IN GÖTTER VERLIEBT

IHRE DUNKLE WALKÜRE
BUCH DREI

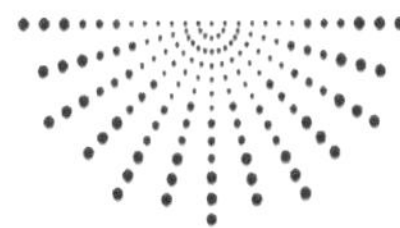

EVA CHASE

In Götter verliebt

Ihre dunkle Walküre Buch 3

Erste Digitale Ausgabe, 2018

Copyright © 2024 Eva Chase

Übersetzung: Stephanie Kotz

Lektorat: Nadja Uebach

Umschlaggestaltung: Covers by Christian

Ebook ISBN: 978-1-998752-88-1

Paperback ISBN: 978-1-998582-25-9

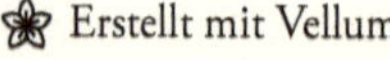 Erstellt mit Vellum

KAPITEL EINS

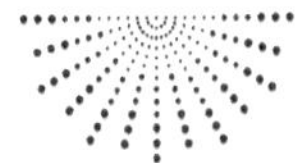

Aria

Es war ein wenig beunruhigend, wie distanziert ich mich von der Welt der Menschen fühlte, als ich über die von Highways durchzogene Landschaft segelte. Diese Welt, dieses Reich, das ich mittlerweile als Midgard bezeichnete, war in meinen zweiundzwanzig Jahren als Mensch *mein* Zuhause gewesen. Es war die einzige Welt gewesen, von deren Existenz ich gewusst hatte.

Jetzt konnte allerdings jeder erkennen, dass ich kein Mensch mehr war. Die riesigen silber-weißen Flügel, die aus meinem Rücken sprossen, waren ein ziemlich auffälliger Hinweis. Hinzu kam, dass ich begleitet von fünf göttlichen Gestalten durch die Luft flog, die nie menschlich gewesen waren und sich mithilfe ihrer göttlichen Magie durch die Luft bewegten.

Vor einem Monat wäre ich durch die Straßen Phillys geeilt und hätte Lieferungen für die Gang übernommen, die meinen Kurierservice gebucht hatte. Heute war ich auf dem Weg, ein übernatürliches Tor zu versiegeln, das Schwarzalben dazu benutzt hatten, schreckliche Taten im Namen eines bösen Riesen durchzuführen.

Das ist nichts Besonderes für Asgards aktuell einzige Walküre.

Sogar in dieser Höhe war der Sommerwind warm, als er über meine Flügel wehte und einige Strähnen meiner zerzausten blonden Haare in meine Wange blies. Die Sonne erhellte die Felder unter uns mit einem kräftigen Leuchten und füllte die Luft mit dem Geruch warmen Grases. Schweiß rann mir über den Nacken. Wir hatten uns dafür entschieden, zur Mittagszeit zu dem Tor zu reisen, da die Schwarzalben, die an die dunklen Höhlen in ihrem Reich gewöhnt waren, nicht besonders scharf auf Sonnenlicht waren. Im Moment war ich selbst nicht besonders scharf darauf.

Der Anblick und die Gerüche meines ehemaligen Zuhauses lenkten meine Gedanken in andere Richtungen. Was würde Petey heute tun? Gingen seine Pflegeeltern mit ihm in den Park oder ins Schwimmbad, damit er den Sommer genießen konnte, wie er es bei unserer Mom nur selten getan hatte? Oder vielleicht war er in der Schule. Seit dem ganzen Sterben-und-als-Walküre-wiederbelebt-werden-Ding hatte ich den Überblick über die Wochentage verloren.

Dies war mein erster Besuch in Midgard, seit ich meinen kleinen Bruder in den hoffentlich guten Händen seiner neuen Pflegefamilie zurückgelassen hatte. Die Schwarzalben hatten gedroht, ihn zu töten, wenn ich den Göttern um mich herum weiterhin half. Die Alben hatten für unbestimmte Zeit Menschen getötet und zum Feuerreich geschleppt, wo der Riese Surt ihre Leichen zu Draugar gemacht hatte — dämonische, aufgeblähte Zombies.

Meine Hände ballten sich zu Fäusten, als ich mich an die

Leichen erinnerte, die ich in ihren Höhlen gesehen hatte, und an das Lachen der Schwarzalbe, als sie davon gesprochen hatte, Petey wehzutun. Wenn sie ihm auch nur ein Haar krümmten, würde ich ihnen ihre plumpen kleinen Hälse ohne einen Funken Reue umdrehen.

Hödur, der Gott der Dunkelheit, richtete seine dunkelgrünen Augen auf mich. Er glitt auf einem Fleck aus Schatten durch die Luft, der einem bizarren fliegenden Teppich ähnelte. Mit seinem blinden Blick konnte er mich nicht sehen, allerdings war es vermutlich nicht allzu schwer, zu erraten, woran ich bei unserer Rückkehr an diesen Ort dachte.

„Die Alben haben keine Ahnung, wo dein Bruder jetzt ist", beruhigte er mich. „Und sie haben nie Kinder geholt. Kinder würden Surts Armee nicht viel nutzen."

„Ein kleiner Segen", brummte ich. Meine Brust zog sich jedoch vor Emotionen zusammen, weil er versuchte, mich zu beruhigen. Es war untypisch für mich, dass ich mich auf jemanden stützen wollte. Hödur hatte es allerdings geschafft, meine sanftere Seite zu enthüllen, von deren Existenz ich nicht einmal gewusst hatte – eine, wegen der ich in ungünstigen Augenblicken in Tränen ausbrach und die manchmal den Drang in mir auslöste, mich in seiner Umarmung zu verstecken. Vielleicht war das nicht so überraschend, da er mir deutlich gesagt hatte, wie tief seine Zuneigung für mich ging.

Dieser Gedanke sandte ein anderes sowohl freudiges als auch nervöses Beben durch mich hindurch. Dies war kein guter Zeitpunkt, um weich zu werden. Wir begannen schließlich die nächste Phase eines Reiche-übergreifenden-Krieges.

„Wir könnten auf dem Heimweg einen kleinen Umweg machen", schlug Loki mit seiner üblichen sarkastischen Stimme vor und grinste mich an. Der Trickster marschierte auf seinen verzauberten Flugschuhen neben uns her. Der Wind peitschte seine hellroten Haare aus seinem blassen Gesicht, sodass sie wild flatterten wie die Flammen, die er mit einem Fingerschnipsen heraufbeschwören konnte.

Was wäre besser für mich – ein Besuch bei Petey, ohne mit ihm reden und ihn berühren zu können, oder meine Erinnerungen an ihn, an denen ich weiterhin festhalten konnte? Erst vor wenigen Tagen hatte ich mich einer Illusion von ihm stellen müssen, die vor mir zurückgeschreckt war. Es war nur ein imaginäres Konstrukt gewesen, das meinen Willen in dem Gefängnis hatte brechen sollen, in dem wir eingesperrt waren. Dennoch hatte mir der Moment schwer zu schaffen gemacht.

Mein kleiner Bruder war sicherer, wenn ich Abstand zu ihm hielt. „Wenn alle Tore versiegelt sind“, erwiderte ich. „Wenn die Schwarzalben nicht mehr zu ihm gelangen können.“

„Falls du deine Meinung jemals änderst …“, sagte Loki mit einer ausladenden Geste, bevor seine bernsteinfarbenen Augen hell aufleuchteten. „Das hier sollte auf alle Fälle eine interessante Aufgabe werden. Es ist schwer, zu glauben, dass ich in all der Zeit, in der ich die Reiche bereiste, nie versucht habe, ein Tor zwischen ihnen zu schließen.“

„Wir haben das Tor letztes Mal relativ mühelos erreicht“, meinte Thor und schwang seinen magischen Hammer, den er bereits in der Hand hielt. Der muskulöse Donnergott neigte seinen Kopf zum vierten Gott im Bunde: Hödurs Zwilling Balder, das Licht zur Dunkelheit des anderen. „Ein Strahl von Balders Kräften sollte jede Wache, die sich in die Sonne gewagt hat, in die Flucht schlagen.“

Der helle Gott lächelte, wobei er selbstbewusster und weniger verträumt wirkte als in all der Zeit, die ich bisher in seiner Gegenwart verbracht hatte. „Ich werde den Weg freiräumen.“ Seine Stimme klang ebenfalls präsenter. In dem

Gefängnis von Odins Raben der Erinnerung hatte ich einige schmerzhafte Momente mit ihm durchlebt, beispielsweise die eisige Leere seines Todes. Diese Folter schien ihn jedoch gestärkt zu haben. Er war entschlossener, sich den Schrecken zu stellen, die womöglich noch vor uns lagen.

Beinahe von Anfang an hatte ich mich zu allen vier Göttern hingezogen gefühlt, die ihre Kräfte verbunden hatten, um mich als Walküre von den Toten zurückzuholen. Allerdings konnte ich nicht leugnen, dass dieser selbstbewusste Balder mein Herz noch schneller schlagen ließ als zuvor.

„Wir sollten nicht davon ausgehen, dass es einfach werden wird, Jungs", mahnte Freya mit einem gebieterischen Schwung ihres Falkenumhangs. Die Göttin der Liebe und des Kriegs spähte zum Horizont und ihr Gesicht strahlte ein leidenschaftliches Licht aus. Die goldenen Wogen ihrer Haare funkelten wie ein exquisiter Gefechtshelm. Dann zwinkerte sie mir zu. „Wie üblich erwarte ich, dass wir beide dafür sorgen müssen, dass dieser Haufen sein Ziel nicht aus den Augen verliert."

Thor lachte schallend und warf seinen Hammer von einer Hand in die andere, als wöge er gar nichts. „Die Höhlenbewohner sollten mittlerweile äußerst vertraut mit Mjölnir sein. Sie werden fliehen. Ihr werdet schon sehen."

Sein warmer brauner Blick glitt mit einem sanften Lächeln zu mir, das sich anfühlte, als wäre es nur für mich bestimmt. Es weckte die Hitze der zärtlichen Liebkosungen, mit denen er mich vor nicht allzu langer Zeit verwöhnt hatte, als wir auf epische Weise zusammengekommen waren. Ich konnte nicht anders, als sein Grinsen zu erwidern.

In unserer Zukunft lag zwar ein Krieg, doch wir waren bereit dafür. Dieses Tor zu schließen, war der erste Schritt, dauerhaft für Peteys Sicherheit zu sorgen und Surts geplante Invasion zu verhindern. Er und seine Armee konnten es sich aus dem Kopf schlagen, auch nur ein Stück meines ehemaligen Reichs zu erobern – oder des neuen Zuhauses, das ich in Asgard gefunden hatte, dem Reich der Götter.

Die Landschaft unter uns war mir allmählich unangenehm vertraut. Das Tor, das wir versiegeln wollten, befand sich dort, wo wir erst letzte Woche eine Schlacht mit den Schwarzalben ausgefochten hatten. Eine Schlacht, bei der wir Odin aus ihren Fängen befreit hatten – zumindest hatten wir das gedacht. Stattdessen waren wir von einer falschen Version des Göttervaters ins Gefängnis der Erinnerungen geführt worden. In den Höhlen auf der anderen Seite dieses Tors hatte ich mehr Leben mit der dunklen Kraft in mir ausgelöscht, als ich jemals für möglich gehalten hätte. Es war die Kraft, mit der die Walküren vor einer Ewigkeit über das Schicksal der Kämpfer auf den Schlachtfeldern entschieden hatten.

Die Schwarzalben hatten meinen kleinen Bruder bedroht und wer weiß wie viele Leute für die Armee ihres Meisters getötet. Ich würde nicht nachgeben, bis sie ein für alle Mal aufgehalten wurden.

Die desolaten Holzgebäude, die um das Tor herumstanden, sahen noch heruntergekommener aus als beim letzten Mal. Eine Handvoll kleiner dunkelhaariger Gestalten hatte sich zwischen einigen Bäumen auf dem felsigen Hügel am Rand der Geisterstadt in einem Kreis versammelt. Die ölige Energie, welche die Schwarzalben absonderten, ließ mich sogar aus dieser Entfernung erschaudern.

Balder hob die Hände, ohne auf einen Befehl zu warten. Licht strömte aus seiner Haut und wand sich um seine Unterarme und Finger. Mit konzentriertem Blick sandte er den Lichtstrahl aus.

Begleitet von einem schrillen Beben schwappte die Lichtwelle über die Stadt und das Tor dahinter. Die Wachen ringsum das Tor stürzten mit schwarz versengten Augen zu Boden. Zwischen den Gebäuden regten sich keine weiteren Gestalten.

„Auf geht's, auf geht's", sagte Loki und klatschte in die Hände. Er sprang hinab zu den Bäumen. Ich segelte ihm hinterher. Die breite Spalte in der Felswand kam wie eine schwarze Narbe zwischen den Felsen und Wurzeln in Sicht. Die schlüpfrige, jedoch träge Energie drang aus dem Reich hinter dem Tor zu uns.

Dieses Mal wollten wir dem Reich allerdings keinen Besuch abstatten. Wir wollten sicherstellen, dass es niemand jemals wieder tat – in beiden Richtungen.

„Schau, ob du mit deinen Kräften daran arbeiten kannst", sagte Loki mit einer lässigen Geste in Hödurs Richtung. „Das Tor stinkt nach Dunkelheit."

Hödur schnitt ihm eine Grimasse, allerdings nur eine leichte. Sie waren zu einem umfassenderen Waffenstillstand gelangt, seit sich unsere Wege in Munins Gefängnis mehrfach gekreuzt hatten.

Der dunkle Gott beugte sich vor und legte seine Handflächen an die Öffnung. Die Macht, die er mir bei meiner Wiederbelebung geschenkt hatte, vibrierte im Takt mit der Energie, die das Tor aussandte.

„Das Tor ist mit Magie durchsetzt. Allerdings bezweifle ich, dass ich diese nutzen kann, um die Schwarzalben komplett von diesem Ort abzutrennen", berichtete Hödur. „Sie sind ebenfalls Wesen der Dunkelheit. Ein Schattenpfropf wird sie nicht lange aufhalten."

„Können wir das Tor physisch schließen?", fragte ich. „Muss es Magie sein? Warum können wir es nicht einfach mit einem Haufen dieser Steine blockieren?" Ich nickte zur Felswand.

Loki tippte sich an die Lippen. „Ich glaube, sie müssten auf magische Weise angebracht werden, damit sie standhalten, aber das ist immerhin ein Anfang. Oh, Donnergott, wie wäre es, wenn du uns ein wenig deiner Wildheit zur Verfügung stellst? Ein Donnerkrachen sollte die Landschaft in angemessener Art umgestalten."

Thor zog seinen Arm zurück und schleuderte seinen Hammer auf das felsige Terrain oberhalb des Tors.

Bevor er ihn fliegen lassen konnte, platzte ein Schwall Körper aus der Öffnung.

Dutzende Schwarzalben griffen uns schneller an, als ich es bei ihren kurzen Beinen für möglich gehalten hätte. Speere und Schwerter blitzten in ihren Händen. Thor stieß ein Brüllen aus und schleuderte seinen Hammer mitten in die Masse unserer Angreifer.

Mehrere der Schwarzalben fielen und wurden von Mjölnir beiseitegestoßen. Diejenigen, die sich zu beiden Seiten seines Pfads befanden, griffen uns jedoch unbeeindruckt an. Ein flackerndes orangefarbenes Licht tanzte die Klingen ihrer Waffen entlang. Ich versuchte, eine aus den Händen eines Mannes zu reißen, der sich auf mich stürzte, und sie schnitt eine pochende Linie über meine Handfläche. Ich schrie auf, sprang zurück und schwang mich mit meinen Flügeln in die Luft.

„Ihre Waffen sind mit Magie versetzt", rief ich. Magie, die sie während unseres letzten Kampfes nicht gehabt hatten – eine feurige Magie, die mich an Surts Reich erinnerte. Hatte er ihnen zusätzliche Macht verliehen, damit sie gegen uns kämpfen konnten?

Das würde sie nicht retten. Die anderen Götter hatten sich so weit zurückgezogen wie ich. Es war allerdings kein Rückzug, sondern nur eine vorübergehende Neuformierung. Thors Hammer flog in seinen Griff zurück. Flammen brachen aus Lokis Händen hervor. Hödurs Schatten wirbelten um ihn herum. In diesem Augenblick konnte ich all das schmecken: das Knistern der Blitze und das Zischen des Feuers, das Trällern der Dunkelheit und das Surren des Lichts, die gemeinsam durch mich hindurchrauschten. Ich klappte mein Messer auf.

Wir griffen gleichzeitig an. Als ich vorstürzte, atmete ich gemeinsam mit den Göttern aus – und ihre Kräfte krachten wie eine Reihe erderschütternder Feuerwerke in den Schwarm Schwarzalben. Schatten und Feuer verschmolzen zu einer dunklen Flamme, die mehrere Körper auf ihrem Weg versengte. Mit einem Knall zerbrach Licht in hunderte Blitze, die jeden Schwarzalb fällten, den sie berührten. In Nullkommanichts war von unseren Feinden nichts übrig außer Leichen, die um das Tor herumlagen. Es war keiner mehr hier, dessen Leben ich mit meiner Klinge und meiner Walküre-Kraft fordern konnte.

Ich hielt abrupt inne und schwebte mit einem Flügelschlag über dem Tor. Mein Herz setzte einen Schlag aus. Die Kräfte der Götter waren zuvor schon einmal verschmolzen, oder nicht? Als wir herbeigeeilt waren, um den echten Odin aus Surts Käfig zu befreien. Der Kampf war damals so schnell und brutal gewesen, dass ich nicht innegehalten hatte, um darüber nachzudenken. Jetzt konnte ich es allerdings nicht ignorieren. Etwas ging hier vor sich, etwas, was die ersten Male nicht geschehen war, als ich an der Seite der Götter gekämpft hatte.

Was zur Hölle hatte das zu bedeuten? Und wichtiger, konnten wir das aus eigenem Antrieb wiederholen, um jeden Schwarzalb ins Jenseits zu befördern?

KAPITEL ZWEI

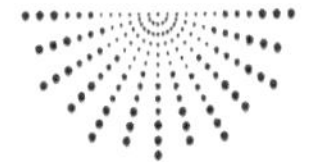

Balder

Elektrizität knisterte durch meine Adern, als ich mein Licht schleuderte und es sich um Thors Hammer legte. Mit einem Kreischen explodierte es in einem Regen aus Blitzen.

Ich blickte zu meinem älteren Bruder, der mich mit hochgezogenen Augenbrauen angrinste. Keiner von uns wusste, was gerade passiert war. Was immer es war, es hatte die Schwarzalben abgewehrt, weshalb das ‚Was‘ noch keine Rolle spielte.

„War das nicht interessant?", fragte Loki und musterte seine Hände. Bevor wir ein richtiges Gespräch über diese eigenartige Verschmelzung unserer Kräfte führen konnten, platzte ein weiterer Schwarm Angreifer aus dem Tor.

Aria stieß einen Schrei aus und sprang vor. Mein Herz setzte aus Angst um sie aus, als ich mit den anderen ins Gewühl rannte. Unsere Walküre konnte sich jedoch selbst wehren. Ein Blitz zuckte aus der Spitze ihrer Klinge, während ihre andere Hand über die Stirn eines Albs strich und ihm das Leben mit ihren Walküre-Kräften entriss.

Das Echo der Bewegungen meiner Götter-Kollegen wusch über mich hinweg, als ich mich ebenfalls bewegte. Anscheinend war nicht nur unsere Magie verschmolzen. Ich stellte fest, dass ich, ohne es zu versuchen, gleichzeitig mit Loki, Hödur und Thor einen Energieball aussandte. Ari wirbelte im selben Moment herum und schlug mit ihrem Messer zu.

Sämtliche Energie, die wir ausschickten, verwob sich miteinander und raste durch die Schwarzalben. Feuriges Licht, schattenhafte knisternde Blitze und ein flammendes Donnerkrachen warfen ihre Körper durch die Luft. Freya eilte mit ihrem Schwert herbei, doch es war kaum noch jemand für ein Duell übrig.

Ein Hochgefühl kitzelte durch meine Brust. Ich wusste zwar nicht, was los war, es war jedoch eindeutig, dass wir uns auf eine Weise verbanden, wie wir es noch nie getan hatten. Meine Brüder und der Trickster wollten diesen Kampf genauso sehr gewinnen wie ich und gemeinsam würden wir das schaffen.

Einige der Schwarzalben schafften es, so schnell zur Seite auszuweichen, dass sie unserer Magie entfliehen konnten. Ich sprang einem hinterher – und in dem Licht, das in und um meinen Körper herum schimmerte, entfaltete sich eine kalte Ranke. Ein dunkler eisiger Finger wie ein Splitter der Leere, die mich nach meinem Tod vor Jahrhunderten und erst vor wenigen Tagen in Munins Gefängnis umhüllt hatte. Diese Kälte wand sich um meinen Magen.

Meine Brust verkrampfte sich, ich presste meinen Kiefer zusammen und rammte meine Faust mit einem zusätzlichen Lichtblitz gegen den Kopf eines Schwarzalbs. Das Beben der

Dunkelheit in mir zerrte an meinem Magen und ich schlug den Alben erneut, wodurch er gegen einen Baum flog.

Meine Lippen zuckten, als er stöhnte. Ja, er sollte ein wenig leiden, bevor er starb, nach allem, was seine Leute …

Ich fing mich und schloss meine Finger, kurz bevor ich seine Haut mit einem Licht versengte, das ihn verwundet, seine Qualen jedoch nicht beendet hätte. Eine beißende Kälte durchflutete mich.

Was tat ich hier? Was *dachte* ich? Diesen Alb zu quälen, wäre keine Gerechtigkeit.

Ich beendete sein Leben mit einer schnellen Lichtexplosion an seinem Kopf, die seinen Verstand verbrannte. Meine Beine fühlten sich ruhig an, als ich mich wieder zu den anderen umdrehte. Der Schatten hatte sich allerdings fester um meinen Magen gewickelt.

Die Leere war in mich gekrochen, während ich im endlosen kalten Nichts getrieben war. Ich hatte gespürt, wie sie durch meine Kehle gekrabbelt und in meine Haut gesickert war. War womöglich ein Teil davon in mir geblieben, als ich ins Licht zurückgekehrt war? Ich hatte so viel Zeit damit verbracht, jegliche Gedanken an meinen Tod und die damit einhergehende Folter zu meiden, dass ich nie besonders aufmerksam in mich geblickt hatte. Vielleicht war sie von Anfang an da gewesen ohne eine Gelegenheit, zu erwachen.

Dies könnte die erste Schlacht seit über tausend Jahren sein, an der ich teilnahm und vollständig präsent war.

Die anderen Schwarzalben um uns herum waren alle gefallen. Loki marschierte zu der gezackten Öffnung des Tors.

„Wir sollten das Tor schließen, bevor eine weitere Truppe herauskommt", sagte der Trickster. „Ich glaube allmählich, dass es mit unseren vereinten Kräften gut klappen sollte."

Ich hob die Arme und drängte das Leuchten, das meine

Glieder durchströmte, in meine Hände. Thor schlug mit seinem Hammer in die Felswand oberhalb der Spalte. Sie knackte und knisterte vor Blitzen, als die Felsen vor die Öffnung fielen.

Bevor sie durch die Schwärze dahinter fallen konnten, schickte Loki eine Feuerwelle über sie. Instinktiv fügte ich seinen Flammen eine Lichtexplosion hinzu. Unsere kombinierten Kräfte verschmolzen die Felsen miteinander und mit den Rändern der Spalte.

Hödur ließ eine Flut aus Schatten über die geschmolzene Masse fließen, die sie zu einer soliden Barriere abkühlten und so das Tor von oben bis unten versiegelten. Die Oberfläche schimmerte wie Obsidian.

Aria testete das Siegel mit ihrem Klappmesser. Die glänzende Masse hielt dem Schlag der Klinge stand, ohne einen Kratzer davonzutragen. Freya trat neben uns und prüfte die Blockade mit ihrer Magie.

Mit zufriedener Miene trat sie zurück. „Es fühlt sich an, als sollte es standhalten. Doch was in Hels Namen ist zwischen dem Rest von euch passiert?"

„Ich weiß es nicht", antwortete Hödur. „Die letzten Male, als wir gemeinsam gekämpft haben, spürte ich eine Art Synchronität – als würden unsere Bewegungen und Kräfte zueinander fließen. Ich habe noch nie zuvor erlebt, dass sich meine Schatten mit der Magie anderer verbunden haben."

„Ich kann es ebenfalls spüren", berichtete Aria. „Es ist wie ein Summen zwischen uns allen."

„Zwischen dir und den vieren", verbesserte Freya sie. „Ich habe nichts gespürt."

Die Walküre nickte und ihre grauen Augen glitten über uns. „Du hast deine Kräfte nicht eingesetzt, um mich heraufzubeschwören, stimmt's?", fragte sie die Göttin. „Sie haben mich geschaffen. Ich bin eine Patchwork-Walküre, deren Macht aus den Stücken eurer Kräfte besteht. Vielleicht hat es etwas damit zu tun?"

„Das muss es sein", meinte Thor. „Odin hat vielleicht eine bessere Idee. Wir können ihn fragen, was er davon hält."

Er bedeutete uns, wieder zum Himmel zu fliegen. Mein Körper sträubte sich kurz, bevor ich den Lichtstrahl rief, der mich tragen würde.

Der Göttervater war zurückgeblieben, anstatt sich uns auf dieser Mission anzuschließen, damit er sich von seiner langen Gefangenschaft erholen konnte. Wir hatten nicht damit warten wollen, die Schwarzalben von Midgard abzuschneiden. Natürlich wollte er unseren Bericht über die Geschehnisse der letzten Stunden hören. Als unser Anführer sollte er es erfahren. Doch ich stellte fest, dass ich mich überhaupt nicht auf dieses Treffen freute.

So wie Odin nun auf seinem Thron im Versammlungsraum seiner großen Halle saß, wäre man nie auf die Idee gekommen, dass er nicht in Topform war. Er saß aufrecht, sein silber-brauner Bart war in Form gebracht worden und nicht mehr so wild wie zuvor und sein einzelnes dunkles Auge blickte wachsam auf uns herab. Sein großer leuchtender Speer lehnte an der Armlehne des Throns, als müsste Odin jederzeit bereit sein, in eine Schlacht zu rennen.

Der Herrscher von Asgard hielt nichts davon, Schwäche zu zeigen.

„Diese Wirkung, die ihr gesehen habt", begann er und sein bohrender Blick wanderte über jeden von uns sechs. „So etwas habt ihr zuvor noch nie erlebt?"

„Nur heute und kurz in dem Kampf, als wir dich in Muspelheim fanden", antwortete Thor.

„Es scheint mit unserer Walküre zusammenzuhängen",

erklärte Loki und legte eine Hand auf Arias Schulter, wobei er ungewöhnlich zaghaft wirkte. „Oder besser gesagt macht es den Anschein, als wären wir durch sie stärker miteinander verbunden worden. Die Heraufbeschwörung einer Walküre – bei der jeder von uns einen Teil seiner Essenz beigesteuert hat – verlangte uns viel ab. Der Großteil der benötigten Kräfte wurde für die Umgestaltung ihres Wesens genutzt. Ich vermute, dass sich ein Teil dieser Verschmelzung aktiviert und unseren Kräften erlaubt, in größerer Harmonie zusammenzuarbeiten, wenn Aria an unserer Seite kämpft."

Harmonie. Ja. Das war das Wort für die Empfindung, die ich in jenen Momenten gespürt hatte, in denen wir gemeinsam gegen die Schwarzalben gekämpft hatten. Ich hatte den Großteil meiner Existenz damit verbracht, nach Harmonie zu streben, sie war jedoch nie so tief und vollständig zu mir gekommen wie vorhin. Ich hatte sie dank Aria gefunden.

Ihr Blick fing meinen von der anderen Seite des Halbkreises auf, den wir in dem hohen Zimmer gebildet hatten, und sie schenkte mir ein kleines Lächeln, als würde sie das Gleiche denken. Da realisierte ich, dass das, was ich gerade gedacht hatte, nicht ganz stimmte. Ich hatte diese exquisite Harmonie noch ein weiteres Mal erlebt – als Loki, Thor und ich zusammengekommen waren, um unser Verlangen nach unserer Walküre auf jede uns mögliche Weise zu demonstrieren.

Hitze raste über meine Haut. Wenn ich die Wahl hätte, würde ich diese Empfindung viel lieber wieder in einem derartigen Moment finden als auf dem Schlachtfeld.

„Aria ist nicht die erste Walküre, die ihr heraufbeschworen habt", sagte Odin. „Habt ihr bei den Vorhergehenden eine ähnliche Wirkung erlebt?"

„Die anderen ... waren nicht lange genug bei uns, dass

wir eine Verbindung hätten formen können", erklärte Hödur.

„Mit Ari haben wir viel mehr durchgemacht", erzählte Thor. „Das Band zwischen uns … es geht über die Rolle hinaus, die wir bei der Erschaffung ihres neuen Lebens gespielt haben." Er räusperte sich, als wäre er sich nicht sicher, wie sehr er ins Detail gehen sollte. „Wir haben einander auf jeder Ebene kennengelernt: mental, emotional …"

Körperlich. Die leicht gewölbte Augenbraue des Göttervaters brachte mich auf den Gedanken, dass er diesen Aspekt erraten hatte, ohne dass ihm jemand davon erzählen musste. Odin entging nur sehr wenig. Ich konnte anhand seines Gesichtsausdrucks nicht erkennen, was er von der Vorstellung hielt, dass drei seiner Söhne und sein Blutsbruder ihre Zuneigungen auf die gleiche nicht-göttliche Frau fokussierten.

Dann fand Odins Blick mich. „Du hast bisher kaum etwas zu der Situation gesagt, mein Sohn", stellte er fest. „Entsprechen deine Eindrücke denen der anderen?"

„Ja", antwortete ich rasch. „Das Gefühl der Harmonie, das Band, das sich gebildet hat … ich bin mir sicher, das alles hängt zusammen." Ich hielt inne, weil ich nicht wusste, was ich sagen sollte. Die Funktionsweise der Magie war nicht meine Stärke. Und seit Odin zu uns zurückgekehrt war, fiel es mir schwer, ihm lange in die Augen zu schauen und nicht zu vergessen, wie man sprach.

Ich hätte alles gegeben, um meinen Vater nach Asgard zurückzubringen. Ein großer Teil von mir war überglücklich über unseren Sieg und begeistert, ihn so scharfsinnig und entschlossen wie eh und je auf seinem Thron zu sehen. Ohne seine führende Kraft waren wir lange Zeit ziellos gewesen und jetzt, da sich Surt darauf vorbereitete, Asgard und

Midgard anzugreifen, brauchten wir diese Führung mehr denn je.

Doch ganz gleich, wie hell meine Freude auch schien, darunter lauerte ein Schatten. Ich konnte die Erinnerungen nicht aus meinem Kopf löschen, die uns Loki gezeigt hatte – und das sollte ich auch nicht tun.

Mein Vater hatte meinen Mord gutgeheißen. Er hatte ihn womöglich sogar befohlen. Er hatte mich in diese weite Leere fallen lassen, die mich so gründlich zerrissen hatte, dass ich mir nicht vorstellen konnte, dass mein Geist jemals vollständig heilen würde. Und all das nur für irgendeinen gewaltigen Plan, über den er vorher oder nachher nie mit mir gesprochen hatte.

Nein, er hatte mich glauben lassen, dass sämtliche Schuld bei meinem Zwillingsbruder lag, der den tödlichen Mistelzweigspeer geworfen hatte, und Loki, der Hödurs Hand gelenkt hatte. Was war *daran* gerecht?

Ich hatte mit Odin noch nicht darüber gesprochen. Er musste sich bisher von seinen Strapazen erholen und ich war mir nicht sicher, ob Loki überhaupt wollte, dass ich das Geheimnis enthüllte, das er uns verraten hatte. Außerdem wusste ich nicht, was ich sagen sollte, um die verworrenen Emotionen in mir auszudrücken, oder was Odin darauf antworten konnte, das mir Frieden schenken würde.

Als sich der Göttervater wieder an die anderen wandte, wickelte sich die Ranke der Dunkelheit, die zuvor an mir gezupft hatte, um meinen Magen und schoss durch die Muskeln meiner Beine. Bevor ich sie aufhalten konnte, rammte ich meine Ferse auf den Boden. Ein kleiner Riss breitete sich auf der glatten Steinoberfläche aus und verästelte sich an deren Rändern.

Mein Herz machte einen Satz. Ich trat zur Seite und verdeckte den Riss mit meinem Fuß. Niemand sah mich an. Niemand schien es bemerkt zu haben.

Ich hatte die Dunkelheit in mir jahrelang in Zaum gehalten, indem ich mich in einem träumerischen Nebel vergraben hatte. Das konnte ich nicht noch einmal tun. Ich musste sie einfach mit all dem Licht in mir ersticken. Ich hatte so lange überlebt. Ein Splitter dieser Leere würde es nicht schaffen, mich zu überwältigen.

„Das ist eine neue Entwicklung, allerdings eine willkommene", sagte Odin gerade. „Dass ihr eure Kräfte in Gegenwart der Walküre verbinden könnt, könnte der Schlüssel zu einem schnellen und entscheidenden Sieg über Surt sein. Wir haben noch keines der anderen Tore nach Svartalfheim gefunden, oder? Bis wir diese finden, solltet ihr in jeder freien Minute gemeinsam üben und experimentieren. Je besser ihr diese neue Fähigkeit kontrollieren könnt, desto mächtiger wird sie sein."

Ein zufriedenes Lächeln breitete sich bei diesen letzten Worten auf seinen Lippen aus. Der Meisterplaner hatte eine neue Strategie entdeckt. Ich hätte mich ebenfalls freuen sollen, doch ein unbehagliches Beben raste durch mich hindurch.

KAPITEL DREI

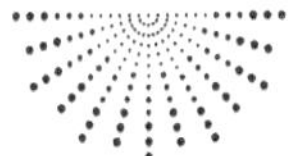

Aria

Odin lehnte sich mit zufriedener Miene auf seinem hohen Stuhl zurück, als hätte er alles gesagt, was zu sagen war, und als sollten wir nun alle schleunigst nach seiner Pfeife tanzen. Seine überhebliche Art ärgerte mich.

Wer zu Hölle war er, dass er unsere Vorgehensweise bestimmen durfte? Okay, klar, er war der König der Götter, doch er hatte jahrzehntelang in einem Käfig festgesessen und war vom Rest der Welt abgeschnitten gewesen. Er wusste kaum, was die Götter in der Zeit seiner Gefangennahme getan hatten, geschweige denn was andernorts geschehen war. Wir sechs arbeiteten mittlerweile seit Wochen zusammen, und zwar gut. Er hatte sich der Party gerade erst angeschlossen.

Außerdem hatte er sich nicht einmal die Mühe gemacht, nach *meiner* Meinung zu dem Ganzen zu fragen.

„Wir können uns nicht nur auf diese spezielle Kraft

verlassen, was immer sie ist, stimmt's?", fragte ich. „Wir müssen herausfinden, was Surt momentan tut und welche Pläne er schmiedet, damit wir vorbereitet sind."

Odins einäugiger Blick heftete sich mit kribbelnder Intensität auf mich. Es war schwer, sich vollständig auf dieses Auge zu konzentrieren und den Narbenknoten zu ignorieren, wo einst sein anderes gewesen war.

„Ich behalte Muspelheim von meinem Hochsitz aus im Auge", erwiderte er.

„Klasse", entgegnete ich. „Dann weißt du, wie groß seine Armee ist? Du hast ihn darüber reden hören, wann er angreifen möchte?"

Der Mund des Göttervaters spannte sich an. Ich erhielt den Eindruck, dass er es nicht zu schätzen wusste, dass er mit so vielen Fragen gelöchert wurde.

„Dass mir mein Hochsitz erlaubt, ,alles zu sehen', ist eine kleine Übertreibung", erklärte er. „Ich kann mir alles anschauen, was ich möchte. Allerdings schränken Mauern meine Sicht ein und Surt hat seine Strategien sowie seine Armee größtenteils hinter diesen verborgen."

Als würde ich darauf vertrauen, dass uns dieser Kerl die ganze Geschichte erzählte, selbst wenn er etwas Nützliches gesehen hatte. Ich stemmte die Hände in die Hüften. „Dann müssen wir dort runtergehen und uns genauer umsehen, oder nicht?" Wir mussten hinter diese Mauern gelangen, wenn es irgendwie möglich war, und sicherstellen, dass es nichts gab, was uns Odin nicht erzählen wollte.

„Muspelheim auszuspionieren, ist keine leichte Aufgabe. Surt hat die Tore in seiner Festung eingeschlossen, die zu den anderen Reichen führen. Nach Muspelheim gelangt man relativ einfach. Doch wenn man erst einmal dort ist, muss man sich rauskämpfen."

„Du hast deine Regenbogenbrückenmagie, die uns sofort rausbringen kann."

Odin gluckste über meine Formulierung, sein Blick erhellte sich allerdings nicht. „Bifröst ist ein mächtiges Werkzeug, jedoch kein subtiles. Surt würde jedem, der die Brücke benutzt, sofort seine Wachen auf den Hals hetzen, sobald sie erscheint."

Okay, in Ordnung. Allerdings hatte ich zuvor schon ohne eine Brücke oder Tor nach Asgard zurückgefunden. Das war der Grund, aus dem die Götter eine Walküre heraufbeschworen hatten, die ihnen bei der Suche nach Odin helfen sollte.

„*Ich* kann gehen", schlug ich vor. „Meine Verbindung zu Walhalla bedeutet, dass ich notfalls hierher zurückkehren kann, ganz egal, wo ich bin. Das habe ich schon einmal getan."

Loki grinste. „Das ist die richtige Einstellung. Du wirst uns alle schon bald mit deinen Plänen in den Schatten stellen, Fee."

Odins Gesichtsausdruck veränderte sich und ein neugieriges Licht trat in seine Augen. Oder vielleicht war er einfach nur belustigt. Ich war mir nicht sicher, ob es mir gefiel.

„Ein exzellentes Argument", erwiderte er. „In Ordnung, meine unerwartete Walküre. Schlägst du vor, dass du sofort zu dieser Aufklärungsmission aufbrichst?"

Auf der anderen Seite des Raums machte Balder ein finsteres Gesicht. „Nach dem Kampf heute sollte sie sich zuerst ein wenig ausruhen."

Odin wandte den Blick nicht von mir ab. Ich reckte das Kinn. Die Frage fühlte sich wie ein Test an, um herauszufinden, wie sehr ich mich diesem Vorgehen verschrieben hatte und ob ich wirklich den Mut besaß, es durchzuziehen. Wenn ich einen Rückzieher machte und mir bis morgen eine Pause gönnte, würde ich dem Göttervater Raum geben, an mir zu zweifeln.

„So müde bin ich nicht. Ich kann mir die Gegend kurz anschauen und mir eine ungefähre Vorstellung davon verschaffen, wo ich beim nächsten Mal gründlicher spionieren möchte."

„Ich wüsste nicht, wie das schaden könnte", meinte Freya, die neben ihrem Ehemann stand. Sie tätschelte Odins Arm. „Es *wäre* gut, ein genaueres Bild von unserem Feind zu erhalten."

Thor hatte sich mit gerunzelter Stirn zu mir umgedreht. „Bist du dir sicher, dass das eine gute Idee ist, Ari? Surt wird nach Leuten aus Asgard Ausschau halten. Wir haben bereits einen langen Tag hinter uns."

Ich zuckte mit den Achseln und schenkte ihm ein beruhigendes Lächeln. „Ich werde heute Nacht besser schlafen, wenn ich weiß, was Surt und seine Lakaien aushecken. Wenn ich müde werde oder das Gefühl habe, ich sei in Gefahr, werde ich einfach nach Walhalla zurückspringen. Es gibt nichts, worüber ihr euch Sorgen machen müsst."

Er warf mir einen Blick zu, als sollte ich wissen, dass er sich trotzdem um mich sorgen würde, seine Haltung entspannte sich jedoch geringfügig. „Ich würde mich besser fühlen, wenn ich – oder einer von uns – dich begleiten könnte."

„Das ist allerdings nicht möglich, oder?"

Loki schnaubte. „Leider hört es sich so an, als könnte der Rest von uns nur nach Hause zurückkehren, indem wir mit Surt kämpfen. Leider, denn ich hätte mir das Reich gerne länger angesehen, das er zu seinem gemacht hat. Doch ich vertraue deinen Fähigkeiten und deinem Urteilsvermögen. Wenn ich nicht gehen kann, bist du von uns allen meine nächste Wahl. Ich habe dir immerhin einen Teil meines Scharfsinns gegeben."

„Davon hatte ich selbst schon genug, bevor du mir

irgendetwas gegeben hast", entgegnete ich und schaute ihn gespielt finster an, woraufhin er lachte.

„Warum denkst du, dass ich dich ausgewählt habe, Fee?"

Ja – ich war vor allen Dingen Lokis Walküre. Er war derjenige, der darauf bestanden hatte, eine Frau zu rufen, die etwas mehr Straßenschläue und etwas weniger Reinheit des Herzens besaß. Wenn sie sich an die gleichen Kriterien gehalten hätten, die sie bei den ersten drei Walküren benutzt hatten, hätte der Zusammenstoß mit dem Jeep des rasenden Junkies mein Leben für immer beendet.

Und die Götter hätten Odin womöglich nie gefunden. Ich hatte das ermöglicht. Ich konnte auch hier einen Unterschied machen. Für sie, für Petey und für alle anderen, die Surt bedrohte.

„Ich kann über Yggdrasil dorthin reisen, oder?", erkundigte ich mich und hob das Kinn zum Zeichen, dass ich bereit war, aufzubrechen. „Ich muss nur wissen, welchen Ast ich nehmen soll."

Odin erhob sich von seinem thronähnlichen Stuhl und packte seinen silbernen Speer wie einen Gehstock. Er hatte auf seinen zerknitterten breitkrempigen Hut verzichtet, doch irgendwie sah er ohne ihn noch größer aus. Er marschierte los, wobei sein Mantel um seine Fersen raschelte. „Dann komm mit. Ich werde ihn dir zeigen."

Loki streichelte mit den Fingern über meinen Arm, als ich mich abwandte, um dem Göttervater zu folgen. Thor nickte mir zu und Balder schenkte mir sein strahlendes Lächeln. Sie gingen zu ihren eigenen Hallen, als wir Odins verließen, Hödur blieb jedoch an meiner Seite.

„Denkst du, dass ich einen zusätzlichen Begleiter brauche?", fragte ich den dunklen Gott mit hochgezogener Augenbraue, obwohl er es nicht sehen konnte.

„Ich habe keine anderen Pflichten", erwiderte er lässig. „Hast du etwas gegen die Gesellschaft?"

Nicht, wenn er es war, und nicht, wenn meine einzige andere Gesellschaft aus dem unheilvollen Odin bestand. „Ich schätze, ich komme mit ein wenig Überfürsorglichkeit klar. Solange du nicht vorhast, mich dazu zu überreden, nicht zu gehen."

Hödur lachte schallend. „Oh glaub mir, Walküre, ich weiß es mittlerweile besser."

Es war nur ein kurzer Spaziergang von Odins Halle über den marmornen Pfad nach Walhalla, wo einst hunderte wiedergeborene Krieger und vielleicht genauso viele Walküren gelebt hatten. Wir folgten dem Göttervater, der mit schnellen Schritten und ohne einen Blick zurück voranging. Die Sonne schien hell, jedoch nicht so kräftig wie in Midgard. Die Brise war angenehm warm und durchzogen von einem süßen blumigen Duft. Es wäre womöglich ein schöner Spaziergang gewesen, wenn ich nicht gewusst hätte, dass ich auf dem Weg zu einem Reich aus nackten Felsen und fließendem Magma war.

Hödur zögerte kurz in der großen Halle mit ihren langen Tischreihen und den Wänden, an denen glänzende Waffen hingen. Ich vermutete, dass er nicht so oft hierhergekommen war, dass er ein klares inneres Bild von der Anordnung der Möbel hatte. Schatten entfalteten sich um ihn herum und testeten die Ränder der Bänke, als wir langsam zu dem goldenen Thron auf der anderen Seite gingen.

Odin blieb bei dem riesigen Steinkamin neben dem Thron stehen. Die Rückseite des Kamins wich einer tiefen Leere, die ich bisher nur einmal betreten hatte, als ich Odins Spuren ins Reich der Schwarzalben gefolgt war. Ich wusste nicht, worauf ich mich weniger freute: die engen feuchtkalten Höhlen oder die sengende Hitze von Surts Reich.

Wenigstens hatte ich im Feuerreich Platz zum Fliegen.

Als Hödur und ich den Kamin erreichten, berührte er

meine Schulter. Ich drehte mich zu ihm um, woraufhin er seine Hand an meine Wange hob und mit seinem blinden Blick meine Augen fand, was ihm mittlerweile problemlos gelang.

„Pass auf dich auf", sagte er. „Ich werde hier auf dich warten, bis du zurückkommst."

Ein Kloß stieg in meiner Kehle auf. Dachte er an meine letzte Reise durch Walhalla, als ich mich blutend und verwundet zu den Göttern geschleppt hatte? „Ich habe vor, dieses Mal stehend zurückzukommen", verkündete ich.

„Das höre ich gern." Er neigte den Kopf und ich ging auf die Zehenspitzen, um seinem Kuss entgegenzukommen. Seine Schatten schwebten um mich herum und hielten mich wie ein Echo seiner schlanken Arme fest. In diesem Moment wünschte ich mir, ich könnte hier bei ihm bleiben und Muspelheim, Surt und den Rest vergessen. Stattdessen wollte ich mich in der Leidenschaft verlieren, die wir zuvor zwischen uns entzündet hatten.

Nicht nur Leidenschaft. Er liebte mich. Das hatte er mir gestanden. Dieses Wissen bebte freudig und nervös zugleich in meiner Brust. Ich war mir nicht sicher, ob ich schon über das Rüstzeug verfügte, um mit meinem Herzen klarzukommen, geschweige denn mit dem eines anderen. Doch es fühlte sich wie eine Ehre an, eine solche Hingabe von einem Mann zu erhalten, der so viel ertragen hatte.

Ich küsste ihn leidenschaftlich, da ich wollte, dass er wusste, wie viel mir diese Geste bedeutete. Hödur streichelte mit dem Daumen über meine Wange und wich zurück. Seine blassen Wangen waren leicht gerötet. Er küsste mich noch einmal auf die Stirn und setzte sich auf eine Bank, um seine Wache zu beginnen.

„Bereit?", fragte Odin mit einem Hauch Trockenheit. Ich hatte keine Ahnung, was er von der Intimität hielt, die er gerade gesehen hatte, allerdings war mir seine Zustimmung ohnehin egal. Es erschien mir sinnlos, zu verbergen, wie nah die vier Götter und ich uns gekommen waren.

„Gehen wir", sagte ich und rieb meine Hände aneinander.

Der Göttervater schlüpfte in die Höhle hinter dem Kamin und ich folgte ihm. Auf der anderen Seite erstreckte sich der liegende Baum wie ein Pfad aus Rinde und Zweigen in ein undurchdringliches Nichts.

Die Luft war hier kühler. Ein Schauder kroch über meine nackten Arme, als ich hinter Odin über den Baumstamm tapste. Mit einem Zucken meiner Schultern öffnete ich die Flügel auf meinem Rücken. Eines wusste ich mit Sicherheit: Ich wollte flugbereit sein, wenn ich durch dieses Tor trat.

„Warum hast du all deine Krieger und Walküren entlassen?", fragte ich und beobachtete Odins Mantel, der vor mir hin und her schwang. „Balder hat mir erzählt, dass du sie alle vor einer Weile hast gehen lassen. Ich vermute, nach all dieser Zeit ist keiner mehr von ihnen übrig, wo immer sie hingegangen sind? Es wäre viel einfacher, wenn wir unsere eigene Armee hätten."

Odin summte leise. „Es war an der Zeit, dieses Kapitel zu beenden", antwortete er, als würde das alles erklären. Er blieb stehen und deutete auf einen Ast zu seiner Rechten. „Dieser Weg wird dich nach Muspelheim führen."

„Okay." Ich schlug mit meinen Flügeln. „Irgendwelche Last-Minute-Tipps?"

Ich hatte keine erwartet, aber der Göttervater bedachte mich mit einem Unheil verkündenden Blick. „Bleibe wachsam. Bewege dich schnell. Lass dich nicht von deiner Aufgabe ablenken, sonst findest du dich womöglich in einem Käfig wieder."

In Ordnung. All diese Ratschläge fielen in die Kategorie *Ach ne*. Ich nickte, lächelte angespannt und machte mich auf den Weg über den Ast.

Eine widerliche Hitze waberte zusammen mit einer Sulfurwolke aus der dichten Dunkelheit am Ende des Pfads. Ich wappnete mich und sprang durch das Tor.

Ich stolperte über eine Ausdehnung zackiger Felsen in heiße, bitter riechende Luft. Eine Felswand ragte in meiner Nähe empor, ein Magmafluss tobte mehrere Meter entfernt von mir und tauchte die dunkelgrauen Steine in ein rötliches Licht. Ein schwaches Schimmern erhellte den trüben Himmel gerade so weit, dass man es Sonnenlicht nennen konnte.

Mit einem Flügelschlag wirbelte ich herum – und erblickte einen Drachen, der gerade seine Augen öffnete. Er lag ausgestreckt am Rand der Klippe und sein Blick richtete sich auf mich. Steinschuppen klirrten, als sich das Wesen auf seine krallenbesetzten Füße hob und seine Flügel mit einem Trällern der Luft spreizte.

Ich würde nicht hierbleiben, um in Erfahrung zu bringen, was dieses Viech für mich auf Lager hatte. Ich flog zu den Bergen auf der anderen Seite des Flusses.

Eine schneidende Windböe erwischte meine Federn. Ich segelte in eine Spalte im Berghang, die so breit war, dass ich hineinpasste, der Drache allerdings nicht. Ein frustriertes Brüllen schallte durch die Luft, als er hinter mir am Himmel erschien.

Ich flog durch die Spalte, bis sie auf der anderen Seite des Bergs endete. Dort spähte ich durch die Öffnung, konnte jedoch keine Spur des Drachen entdecken. Mit einem triumphierenden Grinsen krabbelte ich nach draußen und segelte weiter.

Während meines letzten ‚Besuchs‘ hatte ich nur wenig von Muspelheim gesehen – bloß die Höhle, in der Munin ihr Gefängnis errichtet hatte, und das Tal zwischen dieser Höhle und der anderen, in der Surts Schwarzalben-Verbündete Odin eingesperrt hatten. Das Reich um mich herum wirkte so weitläufig, wie es trostlos war. Wie sollte ich den Riesen finden?

Bei unserer ersten Suche nach dem Tor der Schwarzalben hatte ich deren ölige Energie mit den geschärften Sinnen aufgespürt, die mir die Götter gegeben hatten. Alle Lebewesen sandten eine Art kribbelnde Lebensenergie aus. Es sah allerdings nicht so aus, als gäbe es hier viele Lebewesen. Wenn ich einen Haufen Leute auf einem Fleck fand, wäre das vermutlich Surts Armee. Zumindest der Nicht-untote-Teil.

Ich streckte meine Sinne im Flug aus und achtete auf den kleinsten Hauch vibrierender Lebensenergie. Ein sanftes Beben erreichte mich von irgendwo rechts von mir. Ich flog dorthin und trieb meine Flügel zu einer schnelleren Geschwindigkeit an. Innerhalb weniger Minuten dehnte sich die Empfindung zu einem schwachen, abgehackten Summen aus, das meine Haut streifte.

Ein anderes Gefühl nagte zugleich an meinem Nacken. Ich blickte hinter mich und in alle Richtungen, sah jedoch niemanden in der Nähe. Vielleicht sorgte an diesem seltsamen Ort lediglich meine Paranoia dafür, dass ich mir einbildete, jemand – oder etwas – würde mich beobachten.

Ich glitt über eine Furche in der Landschaft, die aussah, als könnte sie einst ein Fluss gewesen sein, der jetzt ausgetrocknet war. Weiter entfernt säumten skelettartige, hohle Bäume das Ufer, die vermutlich in einer starken Brise zu Asche zerfallen wären. Die Überreste eines Waldes? Es war schwer, zu glauben, dass hier jemals etwas gewachsen war.

Jetzt konnte hier jedenfalls kaum etwas wachsen. Die Hitze packte mich fester und meine Kehle brannte jedes Mal, wenn ich einen tiefen Atemzug machte.

Das Summen der Lebensenergie vor mir wurde stärker. Ich segelte über eine zackige Hügelkette und mein Blick blieb an einer gewaltigen Steinfestung auf der anderen Seite der weiten, kargen Ebene vor mir hängen. Mehrere breite, hoch aufragende Gebäude befanden sich innerhalb einer Mauer, die aussah, als wäre sie errichtet worden, indem man Steine willkürlich aufeinander geworfen hatte. Magma floss wie ein pulsierender, leuchtender Wassergraben um diese hohen, jedoch unebenen Mauern.

Wenn das nicht Surts Zuhause war, war ich die Königin von Portugal.

Das nagende Gefühl, beobachtet zu werden, rieselte erneut über meinen Rücken. Ich fuhr herum in der Hoffnung, meinen Verfolger zu überraschen.

Nichts regte sich zwischen den Hügeln mit Ausnahme eines ausgefransten Stoffstücks, das die Brise nicht von dem dornigen, blattlosen Busch reißen konnte, an dem es hängen geblieben war. Ich musterte die Landschaft noch ein Weilchen, bevor ich weiterflog.

Anstatt geradewegs zur Festung zu gehen, was mir unfassbar unklug erschien, umkreiste ich sie und flog an den niedrigen Klippen im Osten entlang. Als ich näher kam, erblickte ich immer mehr Wachen entlang der Mauern. Andere führten auf dem Hof der Festung Übungskämpfe durch. Gestalten bewegten sich hinter den rauen Fenstern in den Steinmauern.

Dort waren nicht nur Schwarzalben. Mehrere der Gestalten waren entweder zu hochgewachsen oder hatten zu helle Haare, um ein Schwarzalb zu sein. Außerdem gab es noch die spinnenartigen Wesen, die an den Seiten der Gebäude hinaufkrabbelten. Ich erschauderte, als ich mich daran erinnerte, dass mich eines dieser Wesen vor einigen Tagen beinahe mit seinen knorrigen Beinen erdrückt hätte.

Surt hatte tatsächlich eine Armee versammelt. Ich hätte nicht gedacht, dass in diesem Reich so viele Leute leben konnten, da es so unfruchtbar war. Die Gestalten bewegten sich nicht wie die schlurfenden Draugar, die ich zuvor gesehen hatte.

Odin war zwar zuversichtlich, doch ich war mir nicht so sicher, ob ein spezieller magischer Trick reichen würde, um diesen Riesen auszuschalten.

Ich segelte gerade mit gespitzten Sinnen näher, als ein Schatten über mich glitt. Ein anderer Felsendrache tauchte von hoch oben herab. Meine Nerven zuckten und ich raste zum Schutz der Klippe.

Dort gab es keine Verstecke, nur nackte Felsen, so weit das Auge reichte. Die Krallen des Drachen kratzten mit einem ohrenbetäubenden Kreischen nur Zentimeter über meiner Schulter über den Stein. Ich schrie und griff mit meinem Geist nach Asgard, nach dem goldenen Leuchten von Walhalla.

Der Geschmack von altem Met traf meine Zunge und mit einem Ruck fiel die bittere Hitze Muspelheims von mir ab. Ich stolperte auf die abgenutzten Dielenbretter Walhallas. Hödur war an meiner Seite und packte meinen Arm, um mich zu stützen, bevor ich selbst das Gleichgewicht erlangen konnte.

„Geht es dir gut?", fragte er. „Hast du etwas entdeckt?"

Ich massierte die Schulter, die der Drache beinahe aufgerissen hatte. „Ja", antwortete ich. „Und nicht annähernd so viel, wie ich gern erkundet hätte. Wenn wir Surts Armee zu siebt ausschalten wollen, brauchen wir jedenfalls verdammt viel Training."

KAPITEL VIER

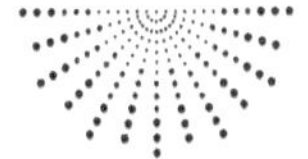

Aria

„J etzt!", brüllte Thor und wir stürzten uns alle auf die Zielobjekte. Als mein Arm mein Klappmesser schwang und meine andere Hand vorschnellte, als wollte sie der Holzfigur vor mir das Leben entreißen, schlugen vier Herzen im Einklang mit meinem.

Lokis Feuer folgte dem Bogen meines Schlags, floss weiter und beschleunigte die Fluggeschwindigkeit von Thors Hammer. Lichtblitze und Schatten zuckten hinter ihm und trennten sich wieder. Funken und Splitter der Dunkelheit explodierten zwischen den Holzfiguren. Bevor meine Füße den Boden berührten, brachen unsere Trainingspuppen zusammen. Von ihnen war nichts als ein Haufen verkohlten Holzes und ein leichter Rauchgeruch in der warmen Luft übrig.

„Wow", sagte ich und meine Brust hob sich, als ich tief Luft holte. Ich staunte nicht nur über die Wirkung unserer vereinten Kräfte. Jetzt, da wir gezielt versuchten, gemeinsam zu kämpfen und die Verbindung zu nutzen, die sich zwischen uns bildete, wurden die Angriffe immer einfacher. Allerdings wurde ich mir der vier Götter an meiner Seite mit jeder Übung bewusster. Jedes Mal, wenn wir einen Angriff starteten, fühlte es sich ein oder zwei Sekunden lang beinahe so an, als wäre ich ein Teil von ihnen und sie von mir.

Irgendwie war diese Empfindung gleichermaßen berauschend und furchterregend. Ich hatte mich noch nie in meinem Leben jemandem so nahe gefühlt, nicht einmal meinen Brüdern. Doch in diesem Moment war ich nicht nur ich selbst. Wenn ich mich noch mehr gehen ließ, würde ich mich dann verlieren?

„Eine Gruppe zur Linken!", rief Freya am Seitenrand. Sie hatte dabei geholfen, die Trainingspuppen auf dieser Wiese außerhalb der Götterstadt aufzustellen. Aufgrund des eifrigen Funkelns in ihren mitternachtsblauen Augen vermutete ich, dass sie sich wünschte, sie könnte mitmachen. Allerdings war es nicht so, als bräuchte die Göttin des Krieges eine mystische Verbindung, um beeindruckend zu sein.

Wir fünf nahmen die Formation an, zu der wir allmählich automatisch fanden: ich ganz vorne, Loki und Thor links und rechts von mir, Hödur und Balder versetzt einen Schritt hinter uns. Thor hob seinen Hammer, was unser Signal dafür war, dass wir uns konzentrieren mussten. Wir warteten einen Herzschlag lang, um sicherzugehen, dass wir alle bereit waren, und dann griffen wir die nächste Gruppe Trainingspuppen an.

Ich rammte mein Klappmesser mit einem befriedigenden Knirschen in die Strohbrust der Puppe. Energie schwappte über und durch mich, als die Götter ihre Magie schleuderten. Sie brachten viel mehr zustande als ich. Für jeden Feind, den ich tötete, schlugen ihre vereinten Kräfte über fünfzig Trainingspuppen nieder. Das funktionierte allerdings nur, wenn ich an ihrer Seite kämpfte. Damit hatten wir experimentiert.

Als ich mit Freya am Seitenrand gestanden hatte und die vier versucht hatten, gemeinsam anzugreifen, hatten sich ihre Kräfte nicht miteinander verbunden. Das Gefühl, dass ich dort draußen bei ihnen sein sollte, hatte so heftig an mir gezerrt, dass ich zu ihnen gestolpert war, als hätte jemand an mir gerissen.

Sogar jetzt, als Thor wegen der zerstörten Holzpuppen gluckste, blieb dieses intensive Bewusstsein bestehen. Emotionen zu spüren – Hoffnungen und Sehnsüchte, Reue und Schuldgefühle –, war Balders Beitrag zu meiner Walküre-Verwandlung gewesen. Wäre ich eine richtige Walküre gewesen, hätte ich mithilfe dieser Fähigkeit entschieden, welche Seite den Sieg verdiente und wer würdig war, nach seinem Tod nach Walhalla geschickt zu werden. Ich konnte menschliche Wesen ziemlich gut lesen, der Verstand der Götter war jedoch beinahe undurchdringlich gewesen, selbst wenn ich es versucht hatte.

Als mich Loki nun verschlagen angrinste, erreichte mich ein Flattern ruheloser Anspannung. Und als Balders Finger mein Kreuz in einer kurzen, jedoch liebevollen Geste streiften, hallte ein Anflug von Schmerzen durch mich hindurch.

Ich drehte mich um und musterte den Lichtgott. Er lächelte mich an, sein jungenhaft gut aussehendes Gesicht und seine wirren weißblonden Haare waren so hell wie immer. Dieser Schmerz war allerdings nicht das einzige unbehagliche Beben, das mich heute Morgen erreicht hatte, während ich in seiner Nähe gewesen war.

„Geht es dir gut?", fragte ich und berührte seinen Arm.

Etwas flackerte in Balders strahlend blauen Augen, sein Lächeln verrutschte jedoch nicht. Er nahm meine Hand und drückte sie sanft. „Mir ging es noch nie besser", verkündete er. „Es ist erstaunlich, wie viel stärker wir alle werden, wenn wir auf die Kräfte der anderen bauen können, oder?"

Das war nicht die Frage, die ich ihm gestellt hatte, doch er *klang* okay. Vielleicht beunruhigte ihn dieses Gefühl der Verbindung ebenfalls, weil wir es noch nicht gewohnt waren.

Loki rieb seine Hände aneinander und betrachtete die Sauerei, die wir mit der Zerstörung all der Puppen in den letzten Stunden angerichtet hatten. „Odin wird jedenfalls stolz sein", meinte er. In seiner sarkastischen Stimme lag eine beunruhigende Schärfe.

Der Göttervater hatte verlangt, dass wir dieses Training aufnahmen, war allerdings nicht rausgekommen, um es sich anzuschauen. Außer er beobachtete uns von seinem Hochsitz, von dem aus er angeblich in alle neun Reiche blicken konnte. Bei dem Gedanken breitete sich Gänsehaut auf meinem Körper aus.

Wer wusste schon, was er tat, während wir herumrannten und versuchten, uns auf einen Krieg vorzubereiten? Er hatte uns aufgetragen, was wir tun sollten, aber nichts zu seiner Rolle in dieser Strategie gesagt. Zudem hatte er nicht besonders besorgt gewirkt, als ich berichtet hatte, was ich in Muspelheim gesehen hatte. Er hatte bloß genickt und gedankenverloren in die Ferne geblickt. Wehe, er hatte vor, auf seinem Thron zu sitzen, während wir das Kämpfen übernahmen.

Natürlich freuten sich möglicherweise nicht alle darauf, an Odins Seite zu kämpfen. Es war schwer, nicht an die Dinge zu denken, die Loki uns aus seinen Erinnerungen gezeigt hatte: Wie ihn der Göttervater zum Schurken gemacht und jegliche Schuld auf ihn abgewiegelt hatte, obwohl Odin dem Trickster befohlen hatte, Chaos in Asgard zu stiften. Wie Loki ihn vergebens angefleht hatte, von dieser Pflicht befreit zu werden. Ich wusste nicht, wie er es geschafft hatte, danach so lange eine friedliche Beziehung mit Odin zu unterhalten und dieses Geheimnis für sich zu behalten.

„Das Training war gut für uns", meinte Hödur und fuhr mit der Hand durch den schweißnassen Pony seiner kurzen schwarzen Haare. „Je mehr wir uns an den Rhythmus dieser Kampfweise gewöhnen, desto effektiver werden wir gemeinsam kämpfen." *Er* fühlte sich in Lokis Gegenwart nach den jüngsten Enthüllungen zwar wohler, doch ich vermutete, dass es noch eine ganze Weile dauern würde, bis er die Angewohnheit ablegte, regelmäßig mit dem Trickster zu streiten.

„Und es sorgt sehr effektiv dafür, dass wir ihn in Ruhe lassen, oder?", entgegnete Loki in dem gleichen lässigen, jedoch scharfen Ton.

Hödur sah aus, als wollte er etwas erwidern. Ich mischte mich ein, bevor er es tun konnte.

„Werden wir jemals mit Odin darüber sprechen?", fragte ich. „Über die Dinge, die er von Loki verlangt hat – darüber, dass es den Anschein macht, als *wollte* er, dass Ragnarök passiert? Keiner von euch wusste zuvor darüber Bescheid. Wir können nicht so tun, als würde es keine Rolle spielen."

Die fünf Gestalten um mich herum versteiften sich augenblicklich und verstummten. Thor rieb sich über den Mund. „Wir werden mit ihm darüber sprechen. Natürlich werden wir das tun. Doch jetzt, da Surt so eine große Gefahr darstellt ... Wir müssen gemeinsam gegen ihn vorgehen, bevor wir die Lage in Asgard klären können."

„Er ist nach seiner langen Gefangenschaft noch nicht einmal eine Woche zurück", fügte Balder hinzu. „Er wird uns bessere Antworten liefern können, wenn er wieder sein übliches Selbst ist."

„Es wird ein schwieriges Gespräch werden", meinte Hödur. „Es ist für uns *alle* besser, es in Angriff zu nehmen, wenn uns keine drängenden Probleme plagen. Es ist

Jahrhunderte her – einige Wochen mehr können nicht schaden."

Lokis Blick war von einem Gott zum nächsten geglitten, als sie ihre Ausreden vorgetragen hatten. Sein Kiefer spannte sich an und sein Mund verzog sich kurz in einem gequälten Winkel, bevor er sich fing. Das reichte jedoch, damit sich mein Magen verknotete.

„Vor wenigen Tagen schienst du nicht der Meinung zu sein, dass die Vergangenheit so wenig zählt, oh Dunkler", bemerkte er mit einem halbherzigen Lächeln und klang jetzt nur noch erschöpft. Er zuckte mit den Achseln. „Und so läuft es in Asgard."

Hödur schaute ihn finster an. „Ich sehe nicht, dass *du* das Thema bei Odin ansprichst."

„Weil mich all die Beschwerden, die ich bereits ausgesprochen habe, so weit gebracht haben?" Loki winkte ab. „Er und ich wissen, wo wir stehen. Wenn es für euch in Ordnung ist, alles so zu lassen, wie es das immer war, ist das euer gutes Recht." Er machte auf dem Absatz kehrt. „Ich wollte heute noch einiges auskundschaften. Es gibt bestimmt noch einige Tore zwischen Svartalfheim und Midgard. Mit etwas Glück werde ich noch eines aufspüren, das wir versiegeln können."

„Hey." Ich packte ihn am Ellenbogen, bevor er davonmarschieren konnte. Der Trickster hielt inne, blickte auf mich herab und zog eine Augenbraue hoch.

Loki war sehr gut darin, Masken der Gelassenheit und Gleichgültigkeit aufzusetzen, doch ich wusste es besser, als diesen zu glauben. Ich hatte mit eigenen Augen gesehen, was er ertragen hatte, um hier in Asgard zu leben. Er war nie als Ebenbürtiger der Götter akzeptiert worden, man hatte ihm nie vertraut oder ihn respektiert. Er hatte all das wegen seines Blutschwurs mit Odin akzeptiert, bis er an die Grenzen seiner Belastbarkeit gebracht worden war. Doch hatte sich jetzt tatsächlich etwas für ihn geändert, da die Wahrheit enthüllt worden war?

Ich drückte seinen Arm. „Ich könnte dich begleiten. Wir haben das erste Tor gemeinsam gefunden." *Ich* war nach wie vor auf seiner Seite, auch wenn die Unterstützung einer Walküre nicht halb so viel zählte wie die der anderen Götter.

Lokis Lächeln wurde sanfter, dennoch bemerkte ich den Aufruhr in seinem bernsteinfarbenen Blick. „Ich weiß das Angebot zu schätzen, Fee", sagte er. „Aber ich denke, nach dieser Gruppenbildungsübung sind ich, mein Ego und mein Selbst genügend Gesellschaft."

„Okay." Es fühlte sich an, als hätte ich nicht genug gesagt. Ich griff hoch, um seine Tunika zu packen, und er beugte seine hochgewachsene schlanke Gestalt, um mir den Kuss zu geben, nach dem ich verlangt hatte. Seine Lippen verharrten gerade so lange auf meinen, dass mein Herz schneller schlug und meine Nerven nach mehr verlangten.

„Vielleicht können wir heute Nacht unsere gegenseitige Gesellschaft genießen", schlug er vor und zwinkerte, als er sich von mir löste. Dabei klang er wieder mehr wie sein übliches fröhliches Selbst.

„Ich könnte möglicherweise überredet werden", erwiderte ich, unfähig, mir das Lächeln zu verkneifen, und er marschierte glucksend davon.

Thor betrachtete das Feld mit den Haufen zersplitterten und versengten Holzes und Strohs. „Ich schätze, wir sollten besser diese Sauerei aufräumen."

„Oh, du kannst das alles innerhalb von Minuten zu Staub zerschlagen, oder nicht, Donnergott?", fragte Freya. „Ari, lass uns nachschauen, was wir sonst noch vorrätig haben, bevor ihr darauf zurückgreift, unsere Wälder zu zerstören."

Sie bedeutete mir, ihr zu folgen, weshalb ich neben ihr her zu ihrer Halle in der Stadt lief. Freya hatte damals die

Hälfte der Krieger beherbergt, die in Asgard geehrt worden waren, und ich vermutete, dass viele Trainingsgegenstände nötig gewesen waren, um die Männer zu beschäftigen. Die erste Ladung Trainingspuppen hatten wir aus Freyas Lagerräumen geholt.

Die Göttin strich eine verirrte goldene Haarsträhne hinter ihr perfekt geformtes Ohr. „Ich kann es ihnen nicht zum Vorwurf machen, weißt du", begann sie. „Dass sie nicht wissen, was sie zu Odin sagen sollen. Ich weiß selbst nicht, wie ich das Thema ansprechen soll, und er ist *mein* Ehemann. Auf Grund dessen, wie er Dinge wahrnimmt, hat er möglicherweise bereits erkannt, dass wir Bescheid wissen."

„Warum wollt ihr es dann nicht einfach ansprechen?", fragte ich. „*Ich* würde es tun, aber, ich meine, ich war nicht einmal hier, als all das geschehen ist. Ich habe keine Ahnung von den Einzelheiten. Es wird nicht viel bedeuten, wenn ich etwas sage. Denkst du, er wird wütend werden?"

„Ich weiß es nicht. Ich glaube vielleicht …" Sie seufzte. „Ihr Sterblichen habt einen Ausdruck über eine Büchse der Pandora? Man holt eine Sache heraus und viele andere Probleme springen an die Oberfläche, die man nicht mehr zurück in die Büchse stecken kann. Odin regiert über Asgard. Sein Urteil und seine Entscheidungen anzuzweifeln, könnte das Fundament dieses Ortes erschüttern."

Ich trat gegen einen Kiesel, der auf der geplättelten Straße lag, die wir gerade betreten hatten. „Auf mich macht es den Eindruck, als wäre dieses Fundament bereits ziemlich wacklig. Wie kann man es stärken, wenn ihr weiterhin so tut, als sei alles in bester Ordnung?"

„Es ist komplizierter", entgegnete Freya. „Du *warst* nicht da. Und es gibt so viele Dinge …"

Sie hielt so lange inne, dass ich schon dachte, wir hätten auch dieses Thema ad acta gelegt. Dann sagte sie: „Ich habe eine Tochter. Oder vielleicht ist ‚hatte' mittlerweile zutreffender. Aus meiner ersten Ehe – Hnoss. Nach Ragnarök, als wir alle wiedergeboren wurden, erzählte sie mir, dass sie glaubte, Odin hätte seine Hand bei den Ereignissen stärker im Spiel gehabt, als er preisgab. Sie wollte, dass ich ihn danach fragte, damit er … Ich weiß nicht. Damit er uns seine Pläne gestand? Damit er uns in Bezug auf die Zukunft beruhigte? Damals waren er und ich uns bereits nähergekommen."

Sie senkte den Kopf und verzog das Gesicht. „Ich glaubte ihr nicht. Ich dachte, sie wäre eifersüchtig auf die Nähe, die wir entwickelt hatten, und würde das Schlimmste von ihm denken, um diese hasserfüllten Gefühle zu rechtfertigen. Wir stritten uns viele Male, bevor sie ging. Sie konnte es nicht ertragen, hierzubleiben, solange ich an seiner Seite stand. Und sie hatte die ganze Zeit recht. Vielleicht nicht mit der Wut, die sie auf ihn hegte – das hängt von seinen Gründen ab – aber mit ihrem Verdacht, den ich ablehnte."

Bei der Reue in ihrer Stimme verkrampfte sich mein Magen. Wenn meine Mutter nur einen Bruchteil dieser Liebe für mich oder Petey empfunden hätte …

„Sie muss irgendwo in den neun Reichen sein, oder?", fragte ich. „Wir werden sie finden. Du kannst mit ihr reden und dich entschuldigen. Es muss nicht kompliziert sein. Du musst es wenigstens versuchen."

Freya nickte. „Das muss ich. Ich wünschte nur, ich wüsste, womit ich beginnen soll."

„Wir werden sie finden", beteuerte ich erneut, obwohl ich nicht den blassesten Schimmer hatte, wie ich dieses Versprechen einhalten sollte.

KAPITEL FÜNF

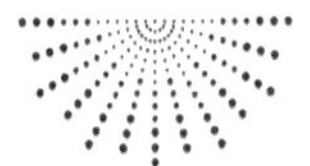

Loki

Ich erschauderte, als ich den Tunnel verließ, und ließ rasch eine Flamme über mich rasen, um sämtliche Spinnennetze und andere Trümmer zu verbrennen, die sich womöglich an meinen Körper geheftet hatten, während ich die verlassene Mine durchsucht hatte. Die Spätnachmittagssonne fiel durch die Zweige über mir und die frischen grünen Düfte des Waldes boten eine willkommene Erleichterung. Wie es Schwarzalben gelang, ihre gesamte Existenz in derart feuchtkalten, dunklen Räumen zu leben, ohne verrückt zu werden, wusste ich nicht.

Natürlich könnte man argumentieren, dass sie tatsächlich verrückt geworden *waren*, wenn man an die Abenteuer dachte, auf die sie sich in letzter Zeit eingelassen hatten.

Ich hatte große Hoffnungen in diese alte Mine gesetzt. Sie war nur wenige Meilen von der Stadt entfernt, wo ich in der Vergangenheit Schwarzalben-Aktivitäten beobachtet hatte. Dort hatten Ari und ich die Symbole entdeckt, mit denen die Dreckfresser Gebäude markiert hatten, die eine gute Quelle für neue Opfer darstellten. Ich bezweifelte, dass sie die Reisenden, die sie entführten, besonders weit transportierten, bevor sie sie nach Svartalfheim schleiften. Vor dem Haupttunnel waren einige dieser Symbole in einen verwitterten Pfosten geritzt worden.

Im Inneren war jedoch keine Spur von ihnen zu finden, genauso wie bei den acht anderen Standorten, die ich bereits erkundet hatte. Alles in allem war dieser Ausflug ein Reinfall gewesen.

In dieser Gegend machte nichts anderes einen vielversprechenden Eindruck. Schnaubend stieß ich mich vom Boden ab und marschierte in die Luft zu dem funkelnden Bogen der Regenbogenbrücke, die Odin für unseren Nutzen heraufbeschworen hatte.

Die Schwarzalben waren raffiniert. Das wussten wir. Dennoch war es schwer, den Drang zu ignorieren, ein oder zwei Dinge in Brand zu setzen, um meinem Frust Luft zu machen. Nicht zuletzt, weil es so viele Dinge gab, wegen denen ich frustriert war. Ich hatte gehofft, dieser Ausflug würde die bitteren Gefühle verjagen, doch das war nicht geschehen.

Verflucht sei Hödur. Verflucht seien Balder, Thor und auch Freya. Die Wahrheit befand sich direkt vor ihren Nasen und sie hatten sie mit eigenen Augen gesehen. Dennoch wagten sie es nicht, an ihrem König zu zweifeln. Seit ich Asgard zum ersten Mal betreten hatte, hatten sie nichts anderes getan, als an mir zu zweifeln, oder? Immer wieder hatten sie meine Taten hinterfragt, als würden sie meinen Antworten nicht trauen, ganz gleich, wie viele ich ihnen gab.

Das Reich der Menschen fiel unter meinen schwebenden Füßen weg. Ich durchbrach die Wolken innerhalb weniger Herzschläge. Die weichere Wärme Asgards legte sich mit einem Hauch von Wildblumen um mich, linderte meine Wut allerdings nicht.

Der Duft zupfte an meinen Erinnerungen und eine Sehnsucht, die ich seit Jahrzehnten, möglicherweise sogar seit Jahrhunderten, nicht mehr verspürt hatte, meldete sich. Oder vielleicht war sie die ganze Zeit da gewesen und ich war einfach so gut darin geworden, sie zu unterdrücken, dass ich aufgehört hatte, sie zu bemerken.

Als ich das letzte Stück der Brücke überquerte, betrachtete ich die Stadt mit ihren glänzenden Hallen, von denen mittlerweile viele leer standen, da die meisten Götter Asgard verlassen hatten. Hatten Thor und die anderen sich jemals gefragt warum? *Ich* war froh gewesen, dass die meisten von ihnen gegangen waren, aber man sollte meinen, die anderen hätten sich die Zeit genommen, sich darüber zu wundern.

Ich schwenkte nach links, um am Stadtrand entlangzugehen. Hinter einem kleinen Wäldchen lag ein hügeliges Feld, wo das Gras so hoch wuchs, dass es an meinen Waden raschelte, als ich hindurchlief. Klee, Glockenblumen und Silberwurz blühten zwischen den dünnen Halmen.

Ich lief immer weiter, bis das Gras und die Blumen weniger wurden. Der Großteil der Vegetation wich der nackten Erde, die mit Steinen gesprenkelt war und zu einem einsamen Strand führte. Asgards Meer zischte über die Kieselsteine.

Der Fels stand nach wie vor mitten in diesem Ödland. Krallenspuren, die in solcher Panik und so tief hinterlassen worden waren, dass die Zeit sie nicht auslöschen konnte, zierten seine unebene Oberfläche. Ich legte meine Hand auf den kühlen Kalkstein und beugte den Kopf.

Ich konnte noch immer sehen, wie mein Sohn um diesen Felsen gestreift war, und hören, wie er seinen Wolfskörper gegen die Ketten geworfen hatte, die ihn gefesselt hatten. Ketten, welche die Schwarzalben mit Odins Segen für die Götter erschaffen hatten, wenn ich mich richtig erinnerte. Noch ein Grund mehr, den Dreckfressern die blassen Schädel einzuschlagen.

Er ist eine Gefahr, hatten die Götter gesagt. *Ein Monster.* Fenrir war genauso wenig ein Monster gewesen wie ich, was nichts heißen musste. Wir waren schließlich beide vom Göttervater und seiner angeblichen Weisheit zu Schurken gemacht worden, nicht wahr?

Hätte ich Odin damals entschlossener die Stirn geboten, hätte ich meinem Sohn dann dieses Schicksal ersparen können, selbst wenn sich mein Pfad nicht geändert hätte? Damals hatte ich nicht so gedacht, doch in Zeiten wie diesen fiel es mir schwer, nicht darüber zu grübeln.

Diejenigen, die man nicht mochte, zu piesacken und zu piken, bis sie wie beabsichtigt um sich schlugen, um dann eine schreckliche Rache auszuüben – das war die asgardische Methode.

Meine Finger krümmten sich, als könnte ich durch die Jahrhunderte das dichte Fell meines Sohns streicheln. Ich konnte mich noch gut daran erinnern, wie er mich angesehen hatte, als ich ihn damals entdeckt hatte, so wütend und dennoch flehend … Meine Hand ballte sich zur Faust.

Diesbezüglich konnte ich jetzt nichts mehr tun. Deswegen verbot ich mir, über Derartiges zu grübeln. Das Gefängnis des Raben hatte jedoch viel zu viele Erinnerungen aufgewirbelt und lebendig werden lassen. Ich hatte zu viele Momente meiner Vergangenheit erneut durchlebt, um sie weiterhin in mir zu vergraben.

Die Erinnerungen hatten mich anscheinend fester im Griff gehabt, als mir bewusst gewesen war, denn als mein Name auf der anderen Seite des Feldes erklang und ich den Kopf hob, hatte sich der Himmel über mir bereits zu Lila verdunkelt. Ich stieß mich von dem Felsen ab und drehte mich um.

Thor marschierte über das Feld auf mich zu. Er verlangsamte seine Schritte zu einem Schlendern, als er sah, dass er meine Aufmerksamkeit hatte. Sein allgegenwärtiger Hammer baumelte von seinem Gürtel. Ich hatte jahrhundertelang nicht daran gedacht, wie ich ihm das verdammte Teil beschafft hatte, und jetzt konnte ich ihn nicht anschauen, ohne erneut das Brennen eines Lederfadens zu spüren, mit dem meine Lippen zugenäht worden waren.

„Hier bist du, Verschlagener", stellte Thor fest, als er mich erreichte. Er betrachtete die Landschaft mit leicht verwirrter Miene. „Was in aller Welt machst du hier draußen?"

Ich blickte zu dem Felsen. „Ich verspürte das Bedürfnis, mich zu erinnern. Der Drang ist verflogen."

Thor folgte meinem Blick und ein Schatten huschte über sein Gesicht. „Es war ein fieser Trick", meinte er. „Ich hätte das damals sagen sollen."

„Dafür ist es jetzt zu spät", erwiderte ich, allerdings ohne Groll. Ein Teil der Anspannung, die sich in mir angestaut hatte, lockerte sich. Es wollte etwas heißen, dass Thor hier stehen und eine derartige Bemerkung machen konnte, obwohl die Bestie, zu der mein Sohn geworden war, seinen Vater zerfleischt hatte. Wie sehr hatte Odin diese Zähne willkommen geheißen, die er eingeplant und selbst auf sich gelenkt hatte?

Ganz zu schweigen davon, dass der Donnergott in einem Kampf mit einem meiner anderen Kinder gestorben war, bei dem sie sich gegenseitig getötet hatten. Mein Nachwuchs war während dieser nervenaufreibenden Geschehnisse herumgekommen. Wenn Thor die Vergangenheit auf sich beruhen lassen konnte, konnte ich ihm nicht allzu böse sein.

„Was führt *dich* hierher, alter Freund?", fragte ich und bedeutete ihm, mit mir zur Stadt zurückzugehen.

„Freya hat bemerkt, dass du aus Midgard zurückgekehrt bist. Allerdings hat sie nicht gesehen, wohin du gegangen bist", erklärte Thor, als wir gemeinsam nach Hause gingen. „Ich habe mich gefragt, ob du bei deiner Suche etwas entdeckt hast."

„Heute leider nicht", erwiderte ich. „In Midgard gibt es einfach zu viel. Doch ich habe ein paar Ideen, wo wir als Nächstes suchen können."

Thor nickte. „Wenn jemand Surt und seine Verbündeten überlisten kann, dann du."

Wir gingen in kameradschaftlichem Schweigen über das Feld und durch den Wald. Thor bog auf einen Pfad, vermutlich um zu seiner Halle zu gehen, und ich blieb bei ihm auf dem Weg zu meiner. Wir hatten nur ein kurzes Stück hinter uns gebracht, als er seine Hand hob und die gegensätzlichen Zwillinge von Licht und Dunkel grüßte, die in einem der kleineren Höfe standen. Sie sahen aus, als hätten sie auf uns gewartet.

„Trickster", grüßte mich Hödur mit flacher Stimme und richtete seinen blinden Blick auf Thor. „Wohin hat er sich davongeschlichen?"

„Das könntest du mich auch direkt fragen", schimpfte ich und ein Kribbeln raste über meine Haut. Warum stellte er diese Frage überhaupt, noch dazu auf diese Art?

Er dachte, ich hätte irgendeinen Schabernack – oder Schlimmeres – ausgeheckt.

Hatte Thor nur nach mir gesucht, um meine Neuigkeiten in Erfahrung zu bringen, oder hatten ihn die anderen Götter nach mir ausgeschickt, um sicherzustellen, dass ich nicht aus der Reihe tanzte? Seine Gesellschaft war vielleicht doch nicht kameradschaftlicher Art. Ich wurde sauer.

„In Ordnung", entgegnete Hödur. „Was hast du all die Zeit gemacht?"

„Ich habe den Großteil meiner Zeit in Midgard verbracht, wie ich es gesagt habe. Hättest du zugehört, wüsstest du das, Blinder", antwortete ich und schaffte es, mit ruhiger Stimme zu sprechen. „Ich habe mehrere vielversprechende Standorte ausgekundschaftet und festgestellt, dass keiner ein Tor zum Reich der Schwarzalben enthält. Nicht der aufregendste Bericht, aber Möglichkeiten von unserer Liste zu streichen, ist besser als nichts."

„Freya hat vor Stunden gesehen, dass du zurückgekehrt bist."

„Ja", erwiderte ich und vielleicht wurde mein Ton dabei etwas schnippisch. „Ich brauchte Zeit zum Nachdenken, so wie jeder andere auch. Erwartest du einen vollständigen Bericht über meine Gedanken?"

„Es war bloß eine Frage", entgegnete Hödur, als wäre er beleidigt, dass ich Anstoß an seinen Fragen nahm. „Du kannst deine Gedanken für dich behalten, danke."

„Seltsam", musste ich einfach bemerken. „Obwohl du dich vorhin gesträubt hast, eine Befragung durchzuführen, scheinst du kein Problem damit zu haben, wenn es um mich geht."

Sogar Balders normalerweise friedliche Miene spannte sich an und er hob seine Hand. „Ich glaube nicht, dass mein Bruder meinte ..."

„Du musst dir keine Entschuldigungen für ihn einfallen lassen", fiel ich ihm ins Wort. „Seine Zunge funktioniert tadellos, auch wenn es seine Augen nicht tun. Wenn er sich erklären will, kann er es tun."

„Loki", sagte Thor. War das eine *Warnung* in seiner Stimme? Ich knirschte mit den Zähnen, damit ich die ätzenden Bemerkungen nicht aussprach, die ich im Kopf hatte. Eine wäre mir womöglich trotzdem entwischt, wenn in dem Moment keine leichten Schritte über den Pfad auf uns zugekommen wären.

„Was ist hier los?", erkundigte sich Ari und ihr Blick glitt von einem Gesicht zum anderen, als sie am Rand unserer Gruppe stehen blieb. „Ist etwas passiert? Hat Surt ..."

Ihre Panik dämpfte die Wut, die in mir aufgeflammt war. Ich griff sanft nach ihrer Schulter. „Es ist nichts passiert. Es gibt keine Neuigkeiten aus Midgard. Alles schien in Ordnung zu sein, als ich dort war. Wir haben über Themen geredet, die nichts damit zu tun haben."

Hödur trat von einem Fuß auf den anderen. Wahrscheinlich wollte er vor unserer Walküre nicht wie ein Arschloch dastehen. Ich wusste nicht, wie es ihr gelungen war, diese Art von Macht über Mr. Dunkel-und-Kratzbürstig zu erlangen, aber durch irgendeine Form der Magie hatte sie ihn im Lauf der letzten Wochen weicher werden lassen. Er neigte den Kopf, als ihr Blick erneut zu ihm wanderte.

„Es ist Zeit fürs Abendessen, oder?", grummelte Thor, der stets Hungrige. Das war ein Thema, dem wir alle mühelos zustimmen konnten.

„Bietest du deine Gastfreundschaft an?", erkundigte ich mich. „Oder sollte ich fragen, ob es in deiner Vorratskammer genug Lebensmittel gibt, um mehr hungrige Mäuler zu stopfen als dein eigenes riesiges?"

Er gluckste und bedeutete uns, ihm zu folgen. „Ich bin mir sicher, ich kann einige Reste zusammensuchen, um euch zu füttern."

„Ich habe frische Pflaumen, die ich bringen kann", bot Balder an und bog zu seinem Zuhause ab, um sie zu holen.

Ari blickte zu mir auf, als wir weiterliefen, und Sorgen schimmerten in ihren Augen. „Bist du dir sicher, dass alles in Ordnung ist? Ich würde gerne auf dem Laufenden gehalten werden."

„Ich verspreche, dass du über alles, was mit unserem

bevorstehenden Krieg zu tun hat, umgehend informiert wirst", sagte ich. „Du bist wohl sehr erpicht darauf, Schwarzalbenschädel einzuschlagen, Fee?"

Sie verzog das Gesicht, hakte sich jedoch bei mir unter. „Ich bin froh, wenn wir keine mehr einschlagen müssen. Ich freue mich einfach darauf, diesen Punkt zu erreichen."

„Alles zu seiner Zeit", erwiderte ich. „Ich habe dir gesagt, dass sie dich zurecht fürchten."

Sie sah aus, als würde sie erneut das Gesicht verziehen, ihre Lippen zuckten allerdings zu einem Lächeln, das so strahlend war, dass meine Brust bei dem Anblick vor Zuneigung schwoll.

Meine Walküre. Und wie gut sie sich bisher geschlagen hatte.

Ich wünschte nur, ich könnte voller Zuversicht sagen, dass es dieser Tage mehr als eine gute Sache in ganz Asgard gäbe.

KAPITEL SECHS

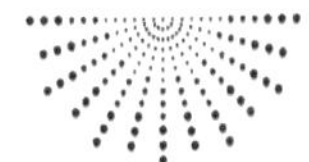

Aria

Bei meinem ersten Ausflug nach Walhalla hatte ich gelernt, dass ich Odins Präsenz – oder seine Erlaubnis – nicht brauchte, um über den Astpfad zu reisen, der hinter dem Kamin lag. Daher durchquerte ich die Halle im frühen Morgenlicht ohne Schuldgefühle und kletterte durch die Öffnung an der Rückseite des Kamins.

Am Fuß von Yggdrasil brachte mich die kühlere Luft der Dunkelheit zum Zittern. Ich konzentrierte mich auf die raue, jedoch feste Baumrinde anstatt auf die Leere zu beiden Seiten und lief los. Der Ast, den mir Odin gezeigt hatte, als ich zuvor auf eine Erkundungstour nach Muspelheim gegangen war, befand sich … hier.

Am Ansatz des Astes hielt ich kurz inne und ließ meine Flügel aus meinem Rücken sprießen. Die Träger meines Racerback-Tops zuckten, als die Federspitzen sie streiften. Ich berührte meine Haare und vergewisserte mich, dass sie noch fest in dem Pferdeschwanz steckten, zu dem ich sie frisiert hatte. Ich wollte nicht, dass mich irgendetwas ablenkte, nicht einmal eine verirrte Haarsträhne. Mein vorheriger Ausflug hatte deutlich gemacht, dass nur wenige Sekunden den Unterschied machen konnten, ob ich zurückkehrte oder nicht.

Ich atmete die Luft tief ein, die daraufhin durch meine Lunge kribbelte, und marschierte über den Ast zu dem schattenhaften Tor an dessen Ende. Ohne mir eine Gelegenheit zum Zweifeln zu geben, sprang ich hindurch.

Dieses Mal war ich bereit für den Felsendrachen. Sowie ich in die heiße, nach Sulfur riechende Luft stolperte, flatterte ich zur Klippe, von wo aus er mich beim letzten Mal angegriffen hatte. Ein zackiger Überhang bot mit einigen kleineren Vorsprüngen etwas Schutz. Ich duckte mich unter einen der Felsvorsprünge, packte den groben Stein und schmiegte mich so dicht wie möglich an ihn.

Über mir erklangen ein Schaben und das Trällern des Windes, als sich der Drache auf seinem Ausguck bewegte. Sein Schatten fegte über das Ödland unterhalb der Klippe. Er brüllte jedoch nicht und wirbelte nach einer Minute wieder herum. Der Schatten verschwand, als er sich mit einem dumpfen Knall auf der Klippe niederließ.

Eine Hand und einen Fuß nach dem anderen kletterte ich zum Fuß der Felswand. Ich setzte meine Schuhe vorsichtig, damit ich keine Kieselsteine lostrat oder mir die Zehen anstieß. So kroch ich davon und hielt mich dicht an die Felswand, sodass mich der Drache nur sehen würde, falls er entschloss, zu einem zweiten Wachflug aufzubrechen.

Als ich schließlich eine Stelle erreichte, wo die Felswand eine Kurve machte und von dem Gebiet wegführte, wo ich aus dem Tor gekommen war, rann mir der Schweiß über den Rücken. Ich eilte um die Biegung zu einem Ort, wo ich außer Sichtweite wäre, und schlug mit den Flügeln, um eine kühle Brise über meine Haut zu wedeln, soweit sie mich in diesem Backofen kühlen *konnte*.

Letztes Mal waren keine monsterhaften Wachen zwischen diesem Gebiet und Surts Festung stationiert gewesen. Dennoch hielt ich die Augen offen und spitzte die Ohren, als ich mich in die Luft schwang und zu den Steingebäuden flog, die ich neulich entdeckt hatte. Ich beabsichtigte, sie mir dieses Mal genauer anzuschauen – und mit Informationen zurückzukehren, die wir tatsächlich nutzen konnten.

Ich wollte Odin zeigen, dass die Informationen, die er von seinem Hochsitz aus sammelte, nicht reichten.

Ich flog um die Berge herum, durch die ich zuvor gestreift war, und überquerte den skelettartigen Wald. Mein Nacken juckte mehr als einmal, da ich das Gefühl hatte, ich würde beobachtet werden. Ärgerlicherweise wurde ich allmählich mit dieser Empfindung vertraut. Nachdem ich einige Male hin und her geflogen war und keinen Grund zur Sorge entdecken konnte, beschloss ich, dass ich einfach damit leben musste.

Falls mich jemand oder etwas beobachtete, so hatte es sich auf meiner letzten Reise und bisher nicht die Mühe gemacht, mich anzugreifen. Vielleicht bemerkte ich nur die Aufmerksamkeit einiger der vorsichtigeren Bewohner dieses Reichs, die wie ich keinen Ärger wollten.

Bei den spitzen Hügeln, hinter denen Surts Festung lag, flog ich nach links und entschied mich für eine diagonale Route. Die unebenen Steinmauern kamen gerade in Sicht, als ich die niedrigeren Felswände erreichte, von wo mich der zweite Drache verfolgt hatte. Anstatt mich näher dorthin zu wagen und zu riskieren, die Aufmerksamkeit dieser Bestie oder einer anderen auf mich zu lenken, landete ich auf einem kleinen Felsvorsprung und faltete die Flügel an meinen Rücken.

Loki hatte mir die geschärften Sinne geschenkt, mit deren Hilfe die Walküren in der Vergangenheit Schlachtfelder beobachtet und die Sieger sowie Verlierer bestimmt hatten. Diese Sinne konnte ich hier ebenfalls nutzen.

Ich musterte die Form der Festung und registrierte jede Bewegung in dem Gebäude und dessen Umgebung. Als ich meinen Blick schärfte, wurden in der Ferne immer mehr Einzelheiten deutlich. Die Wachen auf den Mauern trugen Waffen, die mich an die erinnerten, mit denen uns die Schwarzalben neulich angegriffen und die feurig gebrannt hatten. Ein Laut erreichte meine gespitzten Ohren: ein lautes Rumpeln, das mich an einen Felsrutsch erinnerte. Es schien aus der Richtung der Festung zu kommen, allerdings konnte ich die Quelle nicht entdecken.

Ich suchte die Klippe nach einer Spur meines Drachenfreundes ab und sprang auf einen Vorsprung, der ein Stück weit entfernt war. Anschließend hüpfte ich zum nächsten und neigte den Kopf, um das Geräusch zu verfolgen. Es verstummte mehrere Minuten lang, weshalb ich ebenfalls innehielt. Dann erklang es wieder, etwas lauter. Dort drüben …

Die ätzende Brise zupfte an meinen Haaren, als ich mich auf einem Vorsprung in der Nähe der Festung niederließ. Ich stützte meine Hände auf den rauen Stein für den Fall, dass ich schnell wegspringen musste.

Auf der anderen Seite der Festungsmauern, am Rand eines leblosen Hofs, erschienen zwei Gestalten aus einem schwarzen Fleck – ein Loch, das in den Boden gegraben worden war. Sie zogen einen Wagen auf eine Rampe, die an der Mauer lehnte, und schütteten den Inhalt in einer Flut aus Steinen über die Kante. Manche Steine waren nur so groß wie Kieselsteine, andere waren so groß wie mein Kopf. Ein breiter Trümmerhaufen befand sich bereits entlang eines

Großteils der Mauer. Sie gruben anscheinend schon seit einer Weile.

Warum? Was machten sie dort unten in den Tunneln, die sie gruben? Es musste zu Surts Plan gehören.

Ich wollte gerade näher schleichen, als eine dunkle Gestalt mit einem Rascheln schwarzer Federn auf einem speerähnlichen Felsen einige Meter entfernt von mir landete. Beim Anblick des Raben versteifte ich mich, sah mich kurz um und blickte wieder zu dem Vogel. Wieso hatte ich nicht gehört, dass sie sich angeschlichen hatte?

Munin griff anscheinend wieder auf ihre alten Tricks zurück.

Ich spannte mich an, um mich auf sie zu stürzen, doch ihre Gestalt dehnte sich aus, ihre Federn bebten und wichen zerzausten schwarzen Haaren und einem lockeren schwarzen Kleid, in dem ihre blassen Glieder wahnsinnig dünn wirkten. Der speerähnliche Stein, auf dem sie hockte, war für ihre Menschenfüße kaum groß genug, aber sie schaffte es problemlos, das Gleichgewicht zu halten. Ihre großen dunklen Augen waren auf mich geheftet.

„Hallo, Walküre", grüßte sie mit ihrer leisen heiseren Stimme. „Hat Odin dich geschickt, damit du die Rolle seines Raben übernimmst? Musst du nun seine Augen und Ohren sein, wo er nicht sein kann?"

„Odin weiß nicht einmal, dass ich hier bin", giftete ich. Es war vielleicht nicht das Klügste, das zuzugeben, allerdings konnte ich die Worte nicht zurücknehmen, nachdem sie herausgepurzelt waren. Ich verlagerte mein Gewicht auf dem Felsvorsprung. Wenn ich schnell genug sprang, könnte ich Munin dann packen und festhalten?

Doch selbst wenn mir das gelang, was würde ich mit ihr tun? Ich konnte zwar innerhalb eines Wimpernschlags nach Walhalla zurückkreisen, sie dabei jedoch nicht mitnehmen. Wenn sie tot gewesen wäre und ich sie wie eine Kriegerin zu mir gerufen hätte … *das* hatte ich allerdings noch nie ausprobiert und dies war vermutlich nicht der beste Zeitpunkt für Experimente.

Odins ehemaliger Rabe der Erinnerung war hier nicht unser größter Feind. Es war mir wichtiger, zu erfahren, was sie über Surt wusste, als sie zu töten, weil sie uns gequält hatte. Wenn sie zufällig starb, nachdem ich etwas Nützliches erfahren hatte, würde ich ihr allerdings keine Träne nachweinen.

„Was willst du?", fragte ich. „Hast du dir gedacht, dass du mich noch ein wenig belästigen solltest, bevor du Alarm schlägst?"

„Nein", antwortete Munin. „Ich denke nicht, dass Surt hiervon erfahren muss. Ich gehöre ihm nicht, weißt du. Ich hatte keinen Bedarf für einen neuen Meister."

„Du tust ihm schrecklich viele Gefallen für jemanden, der nicht für ihn arbeitet."

Sie zuckte mit den Achseln und ihr Kleid bewegte sich auf eine Weise, die an zerzauste Federn erinnerte. „Wir arbeiten zusammen, wenn es mir passt. Es hat mir gepasst, Odin zu Fall zu bringen. Es hat mir gepasst, zu versuchen, euch an seiner Befreiung zu hindern. Das ist jetzt erledigt. Ich habe nie einen Groll gegen dich persönlich gehegt. Du hast dir auch nicht ausgesucht, ein Teil dieser Sache zu sein, oder?"

Die Art, wie sie ihren Kopf schieflegte, und das Funkeln in ihren Augen waren eigenartig mitfühlend. Ein Kribbeln breitete sich am Ansatz meiner Flügel aus. Ein Teil von mir wollte wegfliegen, ein anderer wollte *zu* ihr fliegen und ihr das Lächeln aus dem Gesicht schlagen. Allerdings war ich mir nicht sicher, ob mir die Folgen dieser Taten gefallen würden.

„Du hast meine erste Frage nicht beantwortet", entgegnete ich. „Was willst du?"

„Du hast dich hier umgesehen", erwiderte sie. „Du hast die Zerstörung gesehen. Muspelheim war nicht hübsch, als ich das erste Mal hierherkam, weißt du. Die Lage hat sich jedoch verschlechtert. Die Hitze nimmt zu; die Luft wird trockener; das Magma fließt schneller. Außerhalb von Surts Festung kann kaum noch jemand überleben."

„Und zuvor konnten sie es?", fragte ich skeptisch. Ich konnte mir nicht vorstellen, dass dieses Reich jemals ein Traumhaus für jemanden gewesen war.

„Manchen ist es gelungen, sich hier ein Leben aufzubauen", erzählte Munin. Ihr Blick wandte sich kurz von mir ab und ein Schatten der Melancholie huschte über ihr Gesicht. Dann zuckten ihre Augen zu mir zurück. „Und das hatten sie nicht den Göttern zu verdanken."

„Denkst du wirklich, dass es helfen wird, zuzulassen, dass sich dieser Riese durch Asgard und Midgard kämpft?"

„Ich weiß es nicht. Es wäre wenigstens etwas anderes." Sie rutschte auf ihrem gefährlichen Sitz näher zur Felswand. „Du stehst den Göttern nahe, die dich zu sich geholt haben. Das habe ich mit eigenen Augen gesehen. Aber kannst du hinter das blicken, was sie dir erzählt haben? Kannst du in Erwägung ziehen, dass man die Geschichte möglicherweise noch aus anderen Blickwinkeln betrachten kann?"

Ein Lachen entfuhr mir. „Andere Blickwinkel? Ich denke nicht, dass man einen Massenmord und die Verwandlung der Leichen zu einer untoten Armee rechtfertigen kann."

„Ich versuche nicht, es zu rechtfertigen", widersprach die Rabenfrau. „Ich möchte lediglich anmerken ... du hast die Geschichten aus den alten Zeiten gehört? Haben sie dir erzählt, wer Thors geschätzten Hammer und Odins prächtigen Speer angefertigt hat?"

Ich hatte das Endergebnis von Lokis Wette um diese Waffen in schmerzhafter Klarheit in den Erinnerungen gesehen, die sie aufgewirbelt hatte. „Die Schwarzalben", antwortete ich. „Ja und? Das war vor einer Ewigkeit und es ist nicht so, als hätten sie es aus der Güte ihrer Herzen getan.“

„Sie wollten die Götter beeindrucken. Das taten sie häufig. Du wirst feststellen, dass viele der Schätze Asgards von ihnen gemacht wurden. Manchmal haben sie sie den Göttern sogar einfach geschenkt. Einst waren die Götter und Schwarzalben zaghafte Verbündete, wobei die Alben stets erpichter auf dieses Bündnis waren. Du wunderst dich vielleicht, warum sie nun eine andere Richtung eingeschlagen haben. Niemand beginnt zum Spaß einen Krieg.“

„Wenn du weißt, warum sie das hier tun, warum erzählst du es mir nicht einfach?“

Ihre Lippen verzogen sich zu einer leichten Grimasse. „Würdest du mir glauben? Ich denke nicht. Es ist besser, wenn du die Schwarzalben selbst aufsuchst und die Geschichten aus ihrem Mund hörst. Ich weiß ohnehin nur Bruchstücke.“

Ich sollte zu den Schwarzalben gehen und mich mit ihnen darüber unterhalten, warum sie versucht hatten, mich zu töten, warum sie gedroht hatten, meinen kleinen Bruder zu töten, und warum sie wer weiß wie viele Menschen getötet *hatten*? Klar, das klang nach einem reizenden Besuch.

Die Bemerkungen der Rabenfrau machten mir jedoch zu schaffen. Ich hatte nicht mitbekommen, dass die Götter besprochen hatten, warum sich die Schwarzalben mit Surt verbündet hatten. Ich hatte einfach angenommen, dass zwischen Asgard und Svartalfheim immer irgendeine Feindseligkeit geherrscht hatte. Falls Munin recht hatte …

„Warum erzählst du mir das?“, fragte ich plötzlich. „Was interessiert es dich, was ich denke?“

Munin zuckte erneut die Achseln, wobei ihr Kleid raschelte, und begann, sich aufzurichten. „Ich wollte von Anfang an nur, dass sich etwas ändert. Mir ist egal, wie das geschieht. Vielleicht ist dazu lediglich ein neuer Funke in dem ganzen Gefüge notwendig."

Bevor ich weitere Antworten verlangen konnte, sprang sie von der Klippe und nahm zugleich wieder ihre Rabengestalt an. Sie flog mit einem heiseren Krächzen davon. Ich machte Anstalten, ihr zu folgen, doch das Knirschen von Krallen, die über Steine schabten, veranlasste mich dazu, hochzuschauen.

Der Drache faulenzte in kurzer Entfernung oben auf der Klippe. Wenn ich Munin jetzt hinterherflog, würde er mich garantiert entdecken.

Meine Hände ballten sich zu Fäusten, die nagende Unsicherheit bohrte sich allerdings in mein Herz. Vielleicht war das hier nicht der Ort, an dem ich die Antworten erhalten würde, die ich brauchte. Was könnten mir meine Götter erzählen, was sie mir noch nicht verraten hatten?

KAPITEL SIEBEN

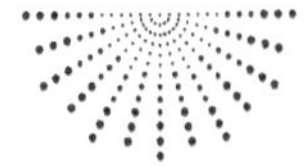

Aria

„Es gibt einige Gebäude", berichtete ich und fügte dem groben Grundriss von Surts Festung, den ich gezeichnet hatte, einige Formen hinzu. Der raue Bleistift kratzte über den vergilbten Papierstreifen, den Balder gefunden hatte. Die Götter hatten in Midgard zwar ein hochmodernes Haus, hier oben hielten sie sich jedoch an die alten Methoden. Vielleicht musste ich eine Aktualisierung der Materialien anregen. „Ich vermute, dass Surt von dem größten Gebäude in der Mitte aus regiert. Allerdings habe ich ihn nicht gesehen, soweit ich weiß."

„Und wo wurden diese Ausgrabungen vorgenommen, die du gesehen hast?", fragte Loki und lehnte sich an den Tisch in Walhalla, wo ich das Papier ausgebreitet hatte.

„Dort drüben." Ich tippte auf die Stelle an meiner skizzierten Mauer und fügte einen dunklen Kreis hinzu. „Ich habe keine Ahnung, was sie dort unten machen, abgesehen davon, dass sie eine riesige Grube ausheben.“

„Er braucht einen Ort, an dem er seine Armee versammeln kann“, grollte Thor mit finsterer Miene. „Vielleicht schafft er Platz, um ihre Anzahl zu vergrößern.“

„Vielleicht hat Odin etwas gesehen“, schlug ich vor. „Oder er könnte jetzt von seinem Hochsitz aus dorthin schauen und sich die Lage ansehen. Das heißt, wenn ihm danach ist, uns zu verraten, was er denkt.“ Diesbezüglich hegte ich noch immer Zweifel. Wenn er die Festung beobachtet hatte, wie konnte ihm diese Aktivität komplett entgangen sein? Er hatte vermutlich einfach entschieden, dass wir nichts darüber wissen mussten.

Loki rieb über sein schmales Kinn. „Ich glaube, dass es in Muspelheim bereits ein weitläufiges Tunnelnetzwerk gibt. Es ist kühler und geschützter, als sich oberirdisch im Freien zu bewegen.“

„Sprichst du aus persönlicher Erfahrung?“, fragte Hödur in einem trockenen Ton. Er lehnte gegenüber von uns an dem Tisch, da er meine Zeichnung ohnehin nicht sehen konnte.

„Ich habe großen Wert darauf gelegt, beinahe alle Orte in den Reichen aufzusuchen, aus freien Stücken und weil der Göttervater beschlossen hatte, mich mitzuschleifen“, erwiderte der Trickster. „Umso besser für uns.“

„Wenn wir seine Festung angreifen, könnte er also einfach entkommen“, schlussfolgerte ich. „Er könnte durch die Tunnel fliehen. Wir können nicht einmal mit unseren vereinten Kräften das ganze Reich auseinanderreißen.“

„Könnten wir vor dem Angriff die Tunnel blockieren, indem wir sie zum Einsturz bringen oder etwas ähnliches tun?“, fragte Balder.

Ich blinzelte, da es mich erschreckte, diese Worte in einem so lässigen Ton von ihm zu hören. Seine Stimme klang normal, ich konnte mich jedoch nicht erinnern, dass ich den Gott des Lichts und der Harmonie jemals zuvor so unverblümt über Kriegsstrategien sprechen gehört hatte.

Andererseits war er auch der Gott der Gerechtigkeit. Manchmal erforderte Gerechtigkeit ein Schwert.

„Wir müssten genau wissen, wo die Tunnel sind", gab Loki zu bedenken. „Wenn wir auch nur einen Zugang offen lassen, würde er uns entwischen. Er hat bereits bewiesen, dass er für einen Riesen schrecklich gerissen ist. Ganz zu schweigen von dem Problem mit den Toren, um die er die Festung anscheinend gebaut hat. Er könnte von dort durch eines davon springen."

„Er wäre nicht in der Lage, eine ganze Armee schnell durch ein Tor wegzubringen", wandte Hödur ein. „Solange wir seine Armee zerstören, spielt es keine Rolle, wie schnell wir *ihn* fangen."

„Das stimmt", meinte Thor. „Wenn wir ihn von seinen Truppen abschneiden, müssen wir ihn lediglich aufspüren, um den letzten Schlag anzubringen."

Ihre Bemerkungen wirbelten das Thema in meinem Kopf auf, das ich noch nicht erwähnt hatte. Dieser Zeitpunkt war so gut wie jeder andere, oder?

„Während ich heute Morgen in Muspelheim war, ist noch etwas passiert", verkündete ich.

Hödur drehte sofort seinen Kopf zu mir.

Loki bedachte mich mit einem abschätzenden Blick. „Nichts zu Erschreckendes, nehme ich an", sagte er leichthin. „Da du scheinbar unversehrt zu uns zurückgekehrt bist. Warum hast du es nicht schon eher erwähnt?"

Ich legte den Bleistift ab und kämpfte gegen den Drang an, mich unbehaglich zu winden. „Ich war mir nicht sicher, ob ich es überhaupt erwähnen soll. Es war bloß … Munin hat sich mir genähert. Nur zum Reden."

Thor schnaubte. „Dieser gefiederte Plagegeist. Sie hat

vermutlich versucht, dich in einen weiteren Erinnerungswirrwarr zu wickeln."

„Das habe ich zuerst auch gedacht", erwiderte ich. „Doch so wie sie gesprochen hat … Ich bin mir nicht sicher, was ihre Absichten waren. Das bedeutet allerdings nicht, dass sie nichts Nützliches gesagt hat. Sie hat die Schwarzalben angesprochen und dass sie früher Verbündete von Asgard waren. Jetzt haben sie sich gegen euch gewandt … sie helfen einem Kerl, der euch vernichten will. Warum tun sie das?"

„Die Schwarzalben waren schon immer im besten Fall unzuverlässige Verbündete", antwortete Thor.

„Das ist trotzdem etwas ganz anderes als ein bekennender Feind."

„Es ist viel Zeit vergangen, in der ihre Verbitterung wachsen konnte", sagte Loki. „Doch ich nehme an, du glaubst, dass es uns helfen würde, herauszufinden, welchen Groll sie hegen?"

„Ich habe nur gedacht …" Ich verzog das Gesicht, als ich meinen Kartenversuch betrachtete. „Sie erledigen sehr viel Arbeit für Surt. Er lässt seine Festung auch von anderen Leuten bewachen, aber die Schwarzalben sind die Einzigen, die wir dabei beobachtet haben, wie sie Menschen für seine Draugar-Armee sammelten, stimmt's?"

„Abgesehen von uns haben sie von allen Reichbewohnern schon immer am nächsten bei Midgard gelebt", erzählte Balder.

„Dann ergibt es Sinn", entgegnete ich. „Wir wollten ihre Zugangspunkte verschließen, vielleicht ist das jedoch weder praktisch noch effektiv. Sie wissen jetzt, dass wir nach ihnen suchen. Sie werden raffinierter vorgehen. Was, wenn wir herausfinden könnten, warum sie sich gegen euch gewandt haben … und sie umstimmen?"

„Dann verliert Surt den Nachschub für seine Armee und

all die Dinge, die sie womöglich sonst noch für ihn erledigt haben. Einfach so." Loki schnippte mit den Fingern und ein Lächeln breitete sich auf seinem Gesicht aus. „Ein wirklich gerissener Plan, Fee. Ich applaudiere dir."

Meine Haut wurde bei seinem Lob warm, Hödur wirkte allerdings skeptisch. „Sie sind bereits so weit gegangen", gab er zu bedenken. „Sie haben Unschuldige getötet und ihre Leichen zu Surt gebracht. Wir haben keinen Grund zu der Annahme, dass wir ihnen irgendetwas anbieten können, was sie umstimmen würde."

„Es ist schwer, an das Gute in jemandem zu appellieren, wenn er nichts Gutes in sich zu haben scheint", warf Balder ein.

„Das sollten wir wenigstens in Erfahrung bringen, oder nicht?", fragte ich. „Ihr wisst das nicht. Ich meine, kommt schon, ihr habt alle gedacht, dass Loki schreckliche Dinge getan hat, einfach nur um böse zu sein. Dann hat sich herausgestellt, dass er andere Gründe hatte. Wir können offensichtlich nicht davon ausgehen, dass wir alles über eine Sache wissen, nur weil wir von außen einen Blick auf sie geworfen haben."

„Eine Lektion, von der man meinen sollte, dass sie diese Gruppe mittlerweile gelernt hätte", bemerkte Loki in einem leicht bissigen Ton.

Die drei zögerten nach wie vor. Thor fuhr mit einer Hand über seine kastanienbraunen Haare. „Das ist ein gutes Argument. Wir wissen es nicht, also sollten wir es herausfinden. Es könnte sein, dass mehr hinter dem Ganzen steckt, als uns bewusst ist."

Loki hob die Hände. „Die Stimme der Vernunft kommt vom Donnergott! Wer hätte das vorhersagen können?"

Hödur schaute ihn finster an, neigte jedoch zustimmend den Kopf. „In Ordnung. Wir sind besser dran, wenn wir unsere Feinde verstehen. Dagegen habe ich nichts einzuwenden."

„Wir müssen sie möglicherweise nicht einmal kontaktieren", erklärte ich. „Wir können anfangen, indem wir es mit Odin besprechen und in Erfahrung bringen, was er weiß …"

„Was sollen wir besprechen?", hallte eine tiefe Stimme durch die Halle.

Ich fuhr herum. Der Göttervater hatte Walhalla gerade betreten und die Spitze seines breitkrempigen Huts streifte beinahe den Türrahmen über ihm. Er marschierte mit steten Schritten zu uns, wobei das Ende seines Speers im Takt auf den Holzboden klopfte. Es berührte den Boden jedoch so leicht, dass deutlich wurde, dass er den Speer nicht als Stütze benutzte. Der Laut fühlte sich wie eine Warnung an.

„Aria hatte eine Idee bezüglich der Schwarzalben", begann Balder, doch ich legte meine Hand auf seine, um ihn aufzuhalten. Es war meine Idee und ich sollte versuchen, Odin zu überzeugen.

„Wir sollten herausfinden, warum sie Surt bei diesem Krieg helfen", erklärte ich. „Dann können wir sie entweder zurück auf unsere Seite ziehen oder sie davon überzeugen, dass sie besser dran sind, wenn sie sich raushalten. Wie auch immer, dadurch könnten wir ihm die meisten Helfer entziehen."

Odin hob die Augenbraue über seinem unversehrten Auge. „Und was hat diesen Gedankengang ausgelöst?"

Ich stemmte mich gegen die Bank. „Ich habe mit Munin gesprochen. In Muspelheim. Ich glaube … wenn wir den richtigen Ansatzpunkt finden, können wir möglicherweise sogar *sie* auf unsere Seite zurückholen." Obwohl sich auf meinem Körper Gänsehaut ausbreitete bei dem Gedanken, an ihrer Seite zu kämpfen, konnte ich nicht leugnen, dass sie vermutlich alle möglichen nützlichen Insiderinformationen über unseren größten Feind besaß.

Odin gluckste abweisend. „Sie hat mehr als deutlich gemacht, wem ihre Treue gilt. Was die Schwarzalben angeht, sie waren von Anfang an neidisch auf unsere Kräfte. Jetzt hat man ihnen endlich eine Möglichkeit gegeben, diese Gefühle auszuleben. Daran ist nichts kompliziert und wir können ihnen nichts anbieten abgesehen von unserer Niederlage."

„Ich denke, der Vorschlag der Walküre hat seinen Wert", widersprach Loki leise. „Sie haben deinen Speer angefertigt und uns im Lauf der Jahre viele Geschenke gemacht."

„Ich sehe keinen Grund zu der Annahme, dass die Schwarzalben umgestimmt werden können", entgegnete Odin bestimmt.

Frust kribbelte meinen Rücken hinauf. „Du hast auf all deinen Reisen, von denen ich gehört habe, und von deinem Hochsitz aus viel geschen", sagte ich. „Sogar *ich* kann erkennen, dass sich die Lage in den anderen Reichen verschlechtert. Du hast uns selbst erzählt, dass nur dieses Reich und Midgard im Gleichgewicht geblieben sind – deswegen will Surt sie. Warum haben wir nichts *dagegen* unternommen? Warum brechen die Reiche überhaupt zusammen?"

„Eine Menge Fragen von jemandem, der erst vor kurzem zu uns gestoßen ist", entgegnete Odin trocken. Sein einzelnes Auge ruhte schwer auf mir. „Alle Dinge verkommen irgendwann. Du solltest das von allen am besten wissen, da du vor kurzem noch sterblich warst."

Bei der Erinnerung an meinen Tod versteiften sich meine Schultern, doch ich stieß mich von der Bank ab, damit ich mich ihm wenigstens gegenüberstellen konnte. „Das ist eine schwachsinnige Antwort. ‚Alle Dinge verkommen.' Klar, aber Asgard zerfällt nicht. Midgard zerfällt nicht. Also worin unterscheiden sie sich von den anderen?"

„Falls Svartalfheim ebenfalls im Begriff ist, zusammenzubrechen, könnte das die Schwarzalben dazu getrieben haben, zu drastischeren Maßnahmen zu greifen“, meinte Hödur und legte argwöhnisch den Kopf schief.

Odin fegte mit der Hand durch die Luft. „Unser Kurs ist eindeutig. Unsere Feinde bedrohen uns und wir müssen ihnen Einhalt gebieten, bevor sie uns schaden können. Dieses Palaver verschafft ihnen bloß mehr Zeit, ihre Truppen zu stärken. Habt ihr vergessen, was sie *mir* angetan haben?“

„Natürlich nicht“, erwiderte ich, da mir plötzlich ein Gedanke kam. „Warum *haben* sie dich eingesperrt und nicht getötet, solange sie dich hatten? Das hätte ihnen das Leben bestimmt um einiges erleichtert, wenn sie bloß alle vernichten wollen, die hier leben.“

Odins Lippen verzogen sich vor etwas, was wie Abscheu aussah. „Surt hatte Angst, dass ich wie zuvor in Asgard wiedergeboren werden würde, wenn er mein Leben beendete. Dann hätte ich mich außerhalb seiner Reichweite befunden, bevor er bereit war, seine restlichen Pläne in die Tat umzusetzen.“

„Oh.“ Ich konnte es mir nicht verkneifen, zu fragen: „Wärst du wiedergeboren worden?“

„Ich weiß es nicht“, antwortete der Göttervater düster. „Keiner von uns kennt sein Schicksal nach diesem Krieg. Was ein Grund mehr ist, aus dem wir den Zeichen folgen und erkennen sollten, dass sich ein Tag der Abrechnung nähert, ob es uns nun gefällt oder nicht.“

„Nein“, widersprach ich und machte einen Schritt auf ihn zu. Thor sagte meinen Namen wie ein Flehen und eine Warnung, doch ich ignorierte ihn. Sie waren zu sehr daran gewöhnt, Befehle von Odin entgegenzunehmen, aber ich hatte dieses Problem nicht. „Auf diese Weise bekommst du immer deinen Willen, oder? Du tust so, als sei die Zukunft in Stein gemeißelt und als könnte man nichts anderes tun, als die Karten zu akzeptieren, die man erhalten hat, und dementsprechend auf sie zu reagieren. Für mich klingt das nach einer wirklich einfachen Methode, die Verantwortung für die eigenen Entscheidungen abzugeben.“

„Ich sage nur, wie es ist“, erklärte Odin mit einer Stimme, die so laut dröhnte, wie es Thors tun konnte.

„Richtig“, entgegnete ich. „Aber weißt du was? Wenn wir so gedacht hätten, als du in Surts Käfig saßt, wärst du vermutlich noch immer dort, weil wir aufgegeben und dich den Alben überlassen hätten. Das sollte dir also ein Hinweis sein, dass es an der Zeit ist, eine andere Sichtweise auszuprobieren. Wenn du nur ...“

Odin unterbrach mich, indem er mit seinem Speer auf den Boden schlug. „Ich weiß, was kommt. Wir werden nicht ...“

Ein grimmiger Schrei und ein unheilvoll klingender Knall dröhnten durch Walhallas Mauern. Mein Herz setzte aus. Sofort rannten wir alle zur Eingangstür, wobei Loki auf seinen Flugschuhen an uns vorbeisauste.

Auf dem Feld, das sich zwischen Walhalla und dem bewaldeten Randgebiet des Reichs erstreckte, schleuderte Freya ihre Magie, die so hell wie ihre goldenen Haare war, auf eine Gruppe torkelnder Gestalten. Als ich mich vom Boden abstieß und mit den Flügeln schlug, um mich dem Kampf schneller anzuschließen, drang ein fauliger, schimmeliger Gestank in meine Nase. Die gräuliche Haut und die aufgedunsenen Gesichter ihrer Angreifer bestätigten meinen ersten Eindruck: Sie waren Draugar. Zombies, die einst Menschen wie ich gewesen waren.

Mein Magen schlingerte, doch ich zückte mein Klappmesser. Sie waren keine Menschen mehr. Sie waren nicht einmal mehr am Leben.

Loki brüllte und zwei der untoten Gestalten gingen in Flammen auf.

„Wir sollten sie gemeinsam angreifen!", rief Balder irgendwo auf meiner anderen Seite.

Eine Schattenwoge hatte bereits einen der anderen umgeworfen. Freya zog ihr Schwert und schlug einem anderen den Kopf ab. Angetrieben von meiner Überraschung und Furcht zuckte ein Blitz aus meinem Messer und in den fünften Angreifer. Thors Hammer krachte einen Augenblick später in den letzten.

Ich landete in der Nähe der zerschlagenen Körper auf dem Boden. Meine Brust hob und senkte sich schwer, während ich nach Luft rang. Nichts bewegte sich auf dem Feld hinter ihnen.

Freya bückte sich und zog etwas aus der Hand eines gefallenen Draugr. Sie hielt es hoch. Es war ein kastenförmiges Metallgerät, in dessen Mitte eine Glaskugel eingebettet war, die ein gruselig rotes Leuchten aussandte.

„Ich habe sie gerochen, bevor ich sie gesehen habe", erklärte sie. „Es ist gut, dass ich in der Nähe war. Das hier ist das Werk von Schwarzalben. Einer der Dreckfresser hat diese Gruppe begleitet, ist jedoch weggerannt, sobald er mich gesehen hat." Sie drehte das Gerät in ihrer Hand. „Wenn ich dieses Gerät richtig verstehe, wurde es so gebaut, dass es mit einem Knopfdruck explodiert. Sie waren auf dem Weg nach Walhalla."

Es lief mir kalt über den Rücken. Der Rest von uns war in Walhalla gewesen – hatten sie das gewusst und uns töten wollen? Oder hatten sie einfach nur versucht, uns von unseren Hauptzugängen zu Surts Welt abzuschneiden?

„Wie sind sie überhaupt in dieses Reich gelangt?", fragte Loki. „Wir sollten diesen Schwarzalb suchen und dazu bringen, es uns zu verraten."

Er schnellte vor und der Rest von uns eilte ihm hinterher.

Wir gingen nicht weit. Mehrere Schritte vom Waldrand entfernt blieb Loki neben einem Brandmal stehen, das einen Grasstreifen schwarz verfärbt hatte. Der Gestank von Rauch stieg dort auf. Loki stupste die verbrannte Stelle mit dem Zeh an.

Hödur trat neben ihn und legte den Kopf schief. „Wie hat Surt seine Armee angeblich während Ragnarök nach Asgard gebracht? Hat er nicht selbst eine Brücke erschaffen, eine aus Feuer?"

„Das hat er getan", bestätigte Thor, dessen tiefe Stimme ungewöhnlich niedergeschlagen klang.

„Warum hat er nur sieben Leute hierhergeschickt?", fragte ich. „Er hat doch bestimmt nicht gedacht, dass er uns mit so einem kleinen Geschwader ausschalten kann, oder?"

Odins tiefe Stimme erklang hinter mir. „Es war ein Täuschungsmanöver", sagte er. „Er hat möglicherweise gehofft, dass sie einigen Schaden anrichten würden, das war allerdings nicht das Hauptziel. Dieses bestand darin, zu testen, wie schnell wir reagieren würden."

Loki verzog das Gesicht. „Und der Schwarzalb, der die Draugar hergebracht hat, erstattet ihm zweifellos in diesem Moment Bericht."

„Wir haben sie abgewehrt", sagte Balder, allerdings ein wenig zögernd.

„Ihr habt nicht eure vereinten Kräfte genutzt", stellte Odin fest. „Sobald ihr es mit einem echten Kampf zu tun habt, reagiert ihr alle einzeln."

„Es war kaum Zeit", begann Hödur, woraufhin sein Vater herumwirbelte und ihn böse ansah.

„Wie viel Zeit soll dir Surt deiner Meinung nach geben? Wenn wir dieses Reich und Midgard retten wollen, gibt es keine Zeit für Gespräche mehr. Ihr solltet euch wieder eurem Training widmen. Wir müssen für unsere Feinde bereit sein."

Der Göttervater betrachtete das Brandmal kurz. „Stinkender Riese."

Ich meinte, ich sähe, wie Loki zusammenzuckte. Doch sogar ich konnte nicht leugnen, dass wir für diese winzige Schlacht nicht bereit gewesen waren. Ich schwenkte mein Klappmesser und lächelte schief. „Zeit, weitere Trainingspuppen rauszuholen?"

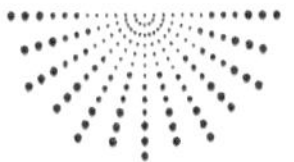

KAPITEL ACHT

Thor

Die Sonne war fast hinter die fernen Baumwipfel gesunken, als ich die letzte Runde meiner Patrouille um die Stadt beendete. Wir wussten nicht, wann Surt einen weiteren Versuch unternehmen würde, unsere Verteidigung zu durchbrechen. Daher mussten wir wachsamer denn je sein.

Ich stellte fest, dass ich zur Halle meines Vaters lief anstatt zu meiner eigenen. Die Zeit in Munins Gefängnis hatte Gedanken aufgewirbelt, über die ich lange nicht mehr nachgedacht hatte. Ich hatte versucht, sie zu verdrängen, doch eine von Odins Bemerkungen über Surt hatte sie wieder aufgewühlt. Vielleicht konnte er mir helfen, diesen Gedanken ein Ende zu setzen.

Die Halle lag still da und vom Foyer aus war niemand zu sehen. „Vater?", rief ich. Er hatte gesagt, dass er die Reiche von seinem Hochsitz aus beobachten würde – womöglich war er noch dort oben.

Ich schwang meinen Hammer, während ich abwartete, ob er kommen würde. Das Gewicht von Mjölnir in meiner Hand zu spüren, beruhigte mich. Es *war* eigenartig, darüber nachzudenken, dass ich mich so sehr auf diese Waffe verließ, welche die Schwarzalben erschaffen hatten, obwohl sie sie in den letzten Wochen am häufigsten zu spüren bekommen hatten. Und jetzt hinterließen die Schwarzalben Bomben auf unserer Türschwelle.

Vielleicht hatte Ari recht – vielleicht sollten wir tiefer graben und herausfinden, warum sie das taten. Es könnte jedenfalls nicht schaden, mehr zu wissen.

Aus diesem Prinzip war ich nun hier.

Mein Magen knurrte und erinnerte mich daran, dass seit dem Mittagessen mehrere Stunden vergangen waren und mindestens zwei seit meinem umfangreichen Nachmittagssnack. Ich hatte mich fast dazu entschieden, zu gehen und später noch einmal vorbeizukommen, nachdem ich meinen Magen gefüllt hatte, als ein schwaches Knarzen aus den Tiefen der Halle zu mir drang. Odin kam wahrscheinlich die Leiter herab, die zu seinem Obergeschoss führte.

Einen Augenblick später erschien er im Gang. Sein ausgemergeltes Gesicht wirkte müde, er ging allerdings aufrecht. Sein Speer glänzte in seiner Hand und berührte den Boden nicht, als er zu mir marschierte.

„Du wolltest mit mir sprechen, mein Sohn?", fragte er in einem undurchdringlichen Ton.

„Wenn ich dich störe …", begann ich.

Er winkte ab, bevor ich weitersprechen konnte. „Eine kleine Pause wird mir guttun. Ein wenig Ruhe für dieses überarbeitete Auge." Seine hochgezogene Augenbraue schien zu sagen, dass er eigentlich nicht glaubte, er bräuchte eine

Pause. Er winkte mich zu einem der Nebenräume. „Hast du auf deiner Patrouille etwas entdeckt?"

„Nein", antwortete ich. „Alles sieht normal aus abgesehen von dem Brandmal, wo vermutlich Surts Brücke unser Land berührt hat."

Odin nickte. „Mir war nicht bewusst, dass er diese Art von Feuer selbst heraufbeschwören kann. Wegen des Chaos der Ragnarök habe ich nie herausgefunden, wie die Brücke erschaffen wurde. Ich nahm einfach an, dass noch andere Anstrengungen im Spiel waren."

Mein Magen verkrampfte sich bei dieser Vorstellung. „Vielleicht war es dieses Mal genauso."

„Ich glaube nicht." Der Göttervater setzte sich auf einen seiner edlen Holzstühle und bedeutete mir, auf einem in der Nähe Platz zu nehmen. „Ich kann zwar nicht alles ständig im Auge behalten, habe ihn allerdings nicht mit Verbündeten eines derartigen Kalibers gesehen. Lediglich die Schwarzalben und das zusammengetrommelte Gesindel aus Muspelheim waren bei ihm. Welche Angelegenheit wolltest du mit mir besprechen?"

„Ich habe mich nur gefragt …" Ich rutschte auf dem Stuhl hin und her, da ich nicht wusste, wie ich vorgehen sollte. „Es kommt vielleicht aus heiterem Himmel, aber ich denke, es wird Zeit. Wir haben nie richtig über meine Mutter gesprochen."

Odin hatte gerade seinen Griff um den Speer verlagert, hielt nun jedoch inne. Er betrachtete mich eine Weile mit seinem einzelnen braunen Auge. „Hat Munin dir etwas Erschütterndes in ihrem Gefängnis gezeigt?"

„Nein", entgegnete ich. „Ich … ich weiß bloß, dass sie eine Riesin war. Ich habe eine Verbindung zu Jötunheim. Ich dachte, wenn ich das besser verstehe, könnte es vielleicht beim Sieg über Surt helfen." Außerdem würde ich mehr im Reinen damit sein, wer *ich* war. Allerdings bezweifelte ich, dass mein Vater das für einen würdigen Grund halten würde. Wenn Thor der Donnergott noch immer nicht wusste, wer er war, was konnte ihm dann noch helfen?

Odin schnaubte. „Es bringt nichts, über sie zu sprechen. Es war ein unbedachter Augenblick meinerseits – allerdings war ich mit dem Ergebnis stets zufrieden." Er deutete mit dem Kopf auf mich. „Ich habe dich kurz nach deiner Geburt aus dem Griff der Riesen befreit. Du gehörst ganz zu mir und überhaupt nicht zu ihnen. Das gilt sogar für dein Wesen. Ich hatte alle Zeit der Welt, es zu beobachten."

Diese Worte trösteten mich nicht so, wie sie es früher möglicherweise getan hatten. Ich hakte nach. „Es gibt noch immer Dinge, die ich gerne wissen würde. Wie hast du sie, äh, kennengelernt? Aus welcher Familie kam sie? Hast …"

„Das reicht." Odin hielt seine Hand hoch, ein definitives Ende des Gesprächs. Er stand wieder auf. „Du hast diesen Teil deines Lebens beinahe in dem Moment hinter dir gelassen, in dem dein Leben begann. Lass ihn dort, wo er hingehört. Sie sind ein Volk, das nur Lust und Zorn im Sinn hat abgesehen von den seltenen Ausnahmen wie Loki. Wir werden nichts von ihnen erfahren, da sie selbst kaum etwas wissen. Ich sollte mich wieder meiner Suche widmen."

Er ging in einem Tempo, das keinen Raum für Kompromisse ließ, zu dem Zimmer, das zu seinem Hochsitz führte. Dies war offensichtlich ein Thema, über das er nicht sprechen wollte.

Ich machte ein finsteres Gesicht, als ich ihn gehen ließ. Die Erwähnung Lokis rief mir all die Dinge ins Gedächtnis, die uns der Trickster im Obergeschoss von Odins Halle gezeigt hatte, die Munin mithilfe seiner Erinnerungen konstruiert hatte. Ich dachte an die Dinge, die mein Vater so lange verschwiegen hatte. Wie viele andere Geheimnisse hütete er?

Dieser Zeitpunkt fühlte sich allerdings nicht wie der

richtige an, um sie aus ihm herauszukitzeln. Nicht, wenn Surt seine verrottende Armee zu unserer Hintertür schickte. Außerdem konnte ich nicht behaupten, dass sich Odin in Bezug auf die Riesen irrte. Bei Hel, wir hatten sie mit nichts als einem schlechtsitzenden Kleid und einem Schleier, der kaum den Schlachtrausch in meinen Augen verbergen konnte, davon überzeugen können, dass ich Freya war. Allem Anschein nach sahen die meisten Riesen nur, was sie sehen wollten.

Diese Tatsache ließ sich tiefer in meinem Verstand nieder, als ich die Halle des Göttervaters verließ. Wir hatten die Riesen in der Vergangenheit so viele Male getäuscht. Ich war mir nicht sicher, ob wir Surt so leicht überlisten konnten – da er meinen Vater gefangen nehmen konnte, war er eindeutig einer der Klügeren. Sein Volk zu Hause in Jötunheim … Welche Rolle würden sie in diesem Krieg spielen?

Freya verließ gerade ihre Halle, die etwas tiefer im Stadtzentrum lag. Sie warf mir einen Blick zu, schaute dorthin, woher ich kam, und schlenderte zu mir.

„Hast du mit ihm geredet?", fragte sie.

„Kurz", antwortete ich. „Er hatte es eilig, zu seinem Sitz zurückzukehren."

Sie summte und saugte an ihrer Unterlippe. „Wie hat er auf dich gewirkt?"

Wie konnte ich diese Frage beantworten? Der Göttervater war zwar im wahrsten Sinne des Wortes mein Vater, seine Launen waren für mich jedoch stets undurchschaubar gewesen. Er behielt seine Meinung für sich – so war es immer gewesen.

„Besorgt, aber nicht übermäßig", äußerte ich meine beste Vermutung. „Ein wenig müde. Ungeduldig, andererseits ist das nichts Ungewöhnliches."

„Für seine Wanderungen hat er alle Geduld der Welt",

brummte sie, es schwang jedoch kaum Groll in ihrer Stimme mit. „Seit unserer Rückkehr ist er verschwiegener, sogar mir gegenüber. Ich weiß nicht, wie besorgt *ich* sein sollte."

Ich konnte mich nicht erinnern, dass mir die Göttin jemals zuvor so viel anvertraut hatte. Das bedeutete, dass sie vermutlich doppelt so besorgt war, wie sie zugab.

„Er hat viel durchgemacht", erwiderte ich. „Und es gibt eine Menge, dem wir uns noch stellen müssen. Es wäre seltsam, wenn er vollkommen normal wirken würde."

„Ich weiß."

Ich zögerte, bevor ich das Einzige sagte, was mir einfiel, um ihr etwas Zuversicht zu spenden. „Ich mache mir auch Sorgen um ihn. Wir behalten ihn alle im Auge."

„Manche von uns haben dabei andere Beweggründe", bemerkte sie leicht säuerlich. Ich fragte mich, von wem sie sprach, ihre Miene war allerdings sanfter geworden. „Ich schätze, wir werden uns durch das hier kämpfen, wie wir es bei so vielem getan haben."

Bevor mir eine einigermaßen wortgewandte Antwort einfiel, wehte der Geruch von gebratenem Fleisch an meiner Nase vorbei. Ein antwortendes Knurren erklang in meinem Bauch. Ich drehte mich zu dem Geruch, bevor mir bewusst war, dass ich mich bewegte.

Freya lachte. „Lass uns nachschauen, was wir zum Abendessen aufstöbern können."

Der herzhafte Rauchgeruch führte uns zu Balders leuchtend weißer Halle. Auf der Rückseite fanden wir ihn, Hödur und Ari, die allesamt um eine Feuerstelle herumstanden. Ein Schweinekadaver hing auf einem Spieß über den Flammen. Sein Fleisch war gebräunt und zischte.

„Anscheinend habt ihr hier mehr Essen, als ihr vertilgen könnt", stellte ich fest, als ich mich zu ihnen gesellte.

Hödur drehte seinen Kopf zu meiner Stimme. „Warum überrascht es mich nicht, dass du in dem Moment auftauchst, in dem die Mahlzeit fertig ist?", fragte er lächelnd.

„Du kennst mich zu gut."

„Pass einfach auf, dass du etwas für uns übriglässt."

„Ah, ich glaube nicht, dass ich jemals mehr als ein Spanferkel auf einmal gegessen habe."

Ich zwinkerte Ari zu. Sie grinste, ihr Gesicht wirkte jedoch ein wenig angespannt.

Sie hatte so viel auf sich genommen, seit wir zurückgekehrt waren – und eigentlich auch schon davor. All ihre Erkundungstouren nach Muspelheim, dass sie sich dort der Rabenfrau und den anderen Bedrohungen allein stellen musste … Ich empörte mich instinktiv, wenn ich nur daran dachte.

Balder veränderte die Position des Spießes und überprüfte das Fleisch. Ich trat unterdessen neben Ari, legte meine Hand auf ihre Schulter und drückte sie sachte. Sie legte ihre Hand auf meine. Einfach nur zu spüren, wie ihr Daumen über meinen Handrücken glitt, jagte einen Lustblitz durch mich hindurch.

Ich hielt diese Impulse im Zaum und genoss einfach die Wärme ihrer Berührung. Es würde eine Zeit geben, in der ich mehr mit ihr genießen konnte, falls sie das wollte, nachdem unser Hunger gestillt worden war.

Hödur war zu Balder ans Feuer getreten. Er stupste seinen Zwillingsbruder kameradschaftlich an, während sie den Zustand des Bratens diskutierten: Balder beurteilte das anhand des Aussehens und Hödur anhand des Geruchs. Balders Gesicht hellte sich beim Lachen auf.

Wann hatte ich zuletzt einen derart unbeschwerten Umgang zwischen den beiden erlebt? Definitiv nicht seit der Mistelzweig-Katastrophe. Seit dem Augenblick unserer Wiedergeburt hatte stets eine leichte Anspannung zwischen ihnen geherrscht. Und wenn *ich* das bemerkt hatte, konnte es nicht besonders subtil gewesen sein.

Jetzt wirkten sie trotz des Angriffs heute Morgen entspannt. Als würden sie sich miteinander wohlfühlen.

Mein Herz schwoll vor Zuneigung an. Meine Brüder verdienten dieses Glück nach all den Schwierigkeiten, die sie durchgemacht hatten.

Ari beugte sich zu mir und küsste meine Fingerknöchel. Ich konnte nicht widerstehen und hob ihr Kinn an, um sie richtig zu küssen. Ihre weichen Lippen teilten sich an meinen und in dem Moment konnte ich mir nicht vorstellen, wie sich dieser Ort ohne sie jemals vollständig angefühlt hatte.

Sie strahlte mich an und sah zumindest für den Moment entspannter aus, ehe sie zu dem Steintisch in der Nähe ging, um die Teller zu holen. „Wird es nicht Zeit, dass wir den Braten anschneiden? Ich bin am Verhungern."

„Lass mich mal nachschauen", verkündete ich und trat vor. Balder wich mit belustigter Miene beiseite und reichte mir das Messer.

„Vielleicht solltest du deine Portion als Letzter nehmen", schlug er neckend vor. Ich konnte mich auch nicht an das letzte Mal erinnern, als er sich über jemanden lustig gemacht hatte. Ja, wir waren stärker aus Munins Folter hervorgegangen.

„Damit gibst du ihm nur die Erlaubnis, alles zu essen, was übrig ist", wandte Hödur lachend ein.

„Wir müssen dafür sorgen, dass unser Donnergott bei Kräften bleibt", meinte Freya und tätschelte meinen Arm.

Ich schaute die drei gespielt finster an und bohrte die Klinge in die knusprige Haut. Säfte quollen hervor, tropften zischend ins Feuer und bei dem starken Bratengeruch lief mir das Wasser im Mund zusammen.

Einige Minuten später, als ich über die Keule herfiel, die ich für mich beansprucht hatte, stellte ich fest, dass das

Schwein noch besser schmeckte, als es roch. Das Fleisch war perfekt gebraten, die richtige Mischung aus zäh und zart, und der beinahe süße Geschmack des Schweins wurde von einem Raucharoma begleitet. Ich wollte mir gerade Nachschlag holen, als eine hochgewachsene, schlanke Gestalt mit Haaren so hell wie die Flammen in der Feuerstelle aus der Dämmerung trat.

„Tja", sagte Loki mit einem Lächeln, das aussah, als wäre es ihm mit einem stumpfen Messer ins Gesicht geschnitten worden. Er blieb am Rand unseres Kreises stehen. „Was für ein hervorragendes Abendessen, zu dem ich nicht eingeladen wurde."

Hödur stellte den Teller ab, den er in der Hand gehalten hatte. „Oh, sei nicht eingeschnappt", erwiderte er sanft. „Es ist uns erlaubt, gelegentlich nur etwas mit der Familie zu tun."

Lokis Lächeln wurde noch steifer. „Mit der Familie", wiederholte er.

Ari schlug Hödur auf den Arm und winkte Loki zu sich. „Ich glaube nicht, dass Einladungen verschickt wurden. Es sind einfach alle aufgetaucht."

„Es gibt noch genügend Fleisch", verkündete ich und ging zu dem Braten, wie ich es ohnehin vorgehabt hatte. Das Letzte, was wir brauchten, war ein schlecht gelaunter Trickster. „Ich werde dir eine Scheibe abschneiden."

Eine Minute später hatte Loki einen Teller mit einer dicken Scheibe Schweinefleisch in der Hand. Er betrachtete ihn mit leicht unzufriedener Miene. Ich hatte keine Ahnung, was der Verschlagene jetzt wollte, weshalb ich mich einfach an der anderen Keule zu schaffen machte.

„Nach dem kurzen Abenteuer heute Morgen denke ich, dass wir eine Strategie entwickeln sollten", verkündete Loki. Er begann, um die Feuerstelle herumzulaufen. „Surt wird dreister. Wahrscheinlich ist er beinahe so weit, seinen Angriff zu starten. Wenn wir einfach mit unseren vereinten Kräften in seine Festung platzen, tragen wir vermutlich keinen Sieg davon."

„Ich nehme an, dir ist in dieser Hinsicht selbst etwas eingefallen", sagte Freya.

Loki nickte knapp, bevor er mit einer hektischeren Energie, als er normalerweise an den Tag legte, fortfuhr: „Wir müssen unsere Bemühungen verstärken, die Tore nach Midgard zu schließen. Es könnte uns zwar helfen, die Beweggründe der Schwarzalben zu kennen, doch die Menschheit ist aktuell zu verletzlich, um Surt freien Zugang nach Midgard zu gewähren. Munin könnte auch der Schlüssel sein, falls wir uns eine Methode überlegen können, *sie* zu fangen."

Die unausgereifte Idee, die sich vorhin in meinem Kopf geformt hatte, fiel mir wieder ein. Ich senkte das Tranchiermesser. „Es gibt auch … Wenn es um Riesen geht …"

Loki wies meine Worte mit einer Handbewegung ab. „Ja, ja, wir wissen, dass Surt ein Riese ist. Ich habe genug Erfahrungen, auf die ich zugreifen kann. In dieser Hinsicht sind wir abgedeckt."

„Nein", widersprach ich etwas bestimmter. „Das meinte ich nicht. Ich habe an das eine Mal gedacht, als wir uns Thrym stellten und …"

„Jetzt aber, Donnergott", schimpfte Loki. „Das hier ist wirklich nicht die richtige Zeit, um in vergangenem Ruhm zu schwelgen. Wenn Surt einfach nur darauf aus wäre, Freya zu heiraten, wäre die Situation wesentlich einfacher. Nun, zurück zu Munin, sie hat eindeutig gezeigt, dass sie gewillt ist, mit Ari zu reden …"

Hödur mischte sich ein, um zu verkünden, dass wir unsere Walküre auf keinen Fall als Köder benutzen sollten, und Ari protestierte, dass sie auf sich aufpassen konnte. Freya wollte sich hingegen wieder dem Problem der Versiegelung der Tore nach Midgard widmen. Niemand sah mich an, während ich mit meiner halb abgeschnittenen Keule neben dem Feuer stand. Ein frustriertes Jucken kribbelte über meine Haut.

Warum sollten sie auch zu mir schauen? Ich war nicht bekannt für meine Pläne oder mein strategisches Geschick. Sie brauchten mich nur, damit ich auf dem Schlachtfeld meinen Hammer in die Richtung schleuderte, in die sie deuteten.

In meinem Bauch zwickte es allerdings. Es war eine andere Art von Hunger, als ich sie je zuvor gespürt hatte. Was, wenn ich mehr sein wollte? Wo in den Reichen sollte ich überhaupt anfangen?

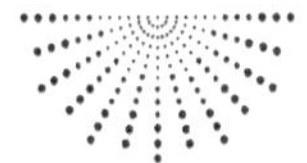

KAPITEL NEUN

Aria

Ich hätte in der Lage sein sollen, zu schlafen. Ich hatte die ganze verdammte Halle für mich – eine, die zuvor einer niederen Göttin gehört hatte, nach deren Schicksal ich mich nicht hatte erkundigen wollen – einschließlich des weichsten Betts, in dem ich jemals schlafen durfte. Die Nacht vor dem Fenster war ruhig und still. Vor der Kälte, die sie mit sich gebracht hatte, schützte mich die Decke, unter die ich gekuschelt war.

Dennoch lag ich bereits seit mindestens einer Stunde da und konnte nichts vorweisen als die Mulde, die ich vermutlich mit all meinem Hin- und Herwerfen in die Matratze gedrückt hatte.

Als wir zum echten Asgard zurückgekehrt waren, hatte es ein oder zwei Augenblicke gegeben, in denen ich gedacht hatte, dass ich vielleicht kein Gebäude nur für mich brauchen würde. Was für einen Sinn hätte das, wenn ich einfach jede Nacht im Bett eines anderen Gottes schlaffen konnte? Doch als jene erste Nacht näher gerückt war, hatte mich die Vorstellung, die ganze Nacht neben jemandem zu schlafen, immer nervöser gemacht. Bei all den One-Night-Stands, die ich gehabt hatte, seit ich bei meiner Mutter ausgezogen war, war ich nie zum Kuscheln geblieben.

Was ich mit den vier Göttern hatte, die mich heraufbeschworen hatten, unterschied sich davon. Das konnte ich nicht leugnen. Es war allerdings auch neu und ein wenig nervenaufreibend. Praktisch zusammen zu *wohnen* … Nein. Ich wusste nicht einmal, wie man das nennen konnte, was wir miteinander hatten. Ich brauchte einen Ort, an dem ich nicht darüber nachdenken musste.

Die ersten Nächte hatte das auch prima geklappt, doch jetzt jagten anscheinend zu viele Gedanken durch meinen Kopf.

Ich vergrub ihn in dem weichen Kissen und kniff die Augen fest zu, als würde ich dadurch schneller einschlafen. Nach ein paar Minuten stöhnte ich und setzte mich auf. Mein Kiefer knackte, weil ich so kräftig gähnte. Durch meinen Kopf summten jedoch nach wie vor die Erinnerungen an meinen jüngsten Ausflug nach Muspelheim, an die Dinge, die Munin gesagt hatte, und den Angriff der Draugar.

Was, wenn Surt eine derartige Truppe nach Midgard schicken würde? Dieses Reich konnten wir nicht so umfassend bewachen wie Asgard. Munin wusste über Petey Bescheid. Sie hatte mir in ihrem Gefängnis das Zuhause seiner Pflegefamilie gezeigt, das sie aus meinen und den Erinnerungen der Götter gezogen hatte. Was, wenn sie Surt dorthin sandte?

Ich rieb über meine trüben Augen. Warum sollte sie das

tun? Sie wusste bestimmt, dass es mich bloß zehnmal so wütend machen würde. Hätte sie mir drohen und mich mit seiner Sicherheit erpressen wollen, hätte sie das heute Morgen tun können. Wenn ich meinen Bruder beschützen wollte, musste ich hier und so erholt sein, dass ich anständig kämpfen konnte.

Vielleicht war ich nicht erschöpft genug, obwohl ich müde war. Ich zog mir etwas an und durchquerte die Halle. Ich hatte vor, so lange über der Stadt zu kreisen, bis ich meine Flügel vor Erschöpfung kaum noch bewegen konnte. Daher schlüpfte ich durch die Tür – und erstarrte auf der ersten Fliese des Pfads.

Odin marschierte Asgards Hauptstraße entlang. Sein Mantel schwang hinter ihm hin und her, der Hut war tief in sein Gesicht gezogen, obwohl keine Sonne schien, vor der er sich schützen musste. Er hatte die Regenbogenbrücke fast erreicht und meine Halle längst passiert. Wohin zur Hölle ging er um diese nachtschlafende Zeit und warum konnte er es nicht einfach von seinem Hochsitz aus beobachten?

Ich zögerte kurz, bevor ich hinter ihm her huschte und meine Füße leise auf die Steinfliesen setzte.

Ich blieb weit hinter Odin, als ich ihm folgte, und hielt mich an die dichten Gebäudeschatten. Als er in das schwache Funkeln seiner Regenbogenbrücke stolzierte, wartete ich, bis er deren höchsten Punkt überwunden hatte, und sprang mit einem Flügelschlag in die Luft. Als ich schließlich über die Brücke glitt, hatte er bereits fast die Erde erreicht. Er fuhr das letzte Stück der Brücke aus, die er vorhin eingezogen hatte, damit auf diesem Weg keine Schwarzalben nach Asgard gelangen konnten. Anschließend marschierte er über das bestellte Ackerland, auf dem er angekommen war.

Die hügeligen Felder machten es mir leicht, seine hochgewachsene Gestalt sogar in der Nacht im Auge zu behalten. Wo immer wir gelandet waren, es war wärmer als in Asgard. Die Luft war trotz der Dunkelheit warm und ein Halbmond leuchtete kräftig über mir. Nur eine schwache Brise raschelte durch die Pflanzenstängel unter mir. Ich schlug vorsichtig mit den Flügeln und versuchte, so wenige Geräusche wie möglich zu machen. Meine Walküre-Kräfte machten mich zwar für Sterbliche unsichtbar, außer ich zeigte mich ihnen bewusst, aber ich bezweifelte, dass das Gleiche für den Göttervater galt.

Er hielt einmal inne und mehrere Minuten später noch einmal. Dabei legte er den Kopf schief, als würde er auf etwas lauschen. Ich konnte nichts außer dem gelegentlichen Rumpeln eines Trucks hören, der über den zweispurigen Highway in der Nähe fuhr. Beide Male wandte sich Odin etwas stärker nach rechts.

Wir kamen an einigen Häusern vorbei, die den Anschein erweckten, als wären wir in einem anderen Land. Diesen Baustil hatte ich zu Hause noch nie gesehen. Nach einer Weile überquerten wir den Highway und wanderten über ein paar niedrige Hügel. Die Vegetation wirkte nun verwahrloster — trockene Erde, die mit Unkraut und stacheligen Büschen gesprenkelt war.

Auf dem dritten Hügel stand eine staubige Hütte neben einem vertrockneten Baum. Odin wurde langsamer. Ich landete auf dem Boden und duckte mich hinter einen der Dornenbüsche, um ihn zu beobachten.

Er lief um die Hütte herum und auf der anderen Seite des Hügels hinab. Was immer er dort fand, ließ ihn innehalten. Sein Kopf beugte sich, als er offensichtlich nachdachte. Er rieb über sein bärtiges Kinn. Ich meinte, eine gerunzelte Stirn ausmachen zu können.

Meine Beine wurden in ihrer verkrampften Haltung steif, als er schließlich zur Hütte zurückkehrte. Er umkreiste sie noch einmal langsam, das einzelne Auge zu einem Schlitz verzogen. Anschließend schien er den Baum zu untersuchen. Daraufhin ging er mit einem Seufzen, das ich sogar in meinem Versteck hören konnte, den gleichen Weg zurück, auf dem er hergekommen war.

Ich spannte mich hinter dem schützenden Busch an, aber Odin marschierte nur einige Dutzend Schritte entfernt von mir den Hügel hinab, ohne in meine Richtung zu schauen. Als er den Fuß des Hügels erreichte, schlich ich um den Busch herum und ging zu der Hütte. Was hatte er sich angeschaut?

Es dauerte nicht lange, bis ich das herausfand. Auf der anderen Seite des Hügels war die aufgerissene Erde von einem Brandmal geschwärzt worden, wie wir es auf dem Feld in Asgard gesehen hatten – das Mal, das Surts Feuerbrücke hinterlassen hatte. War das hier ihr Ausgangspunkt gewesen?

Ein unbehaglicher Schauder krabbelte über meine Haut. Ich rieb mir über die Arme, als ich mich wieder in die Luft schwang. Falls Surt und seine untoten Soldaten hier lauerten, wollte ich nicht allein von ihnen erwischt werden.

Woher wusste Odin von diesem Ort? Warum war er hierhergekommen, um ihn sich anzuschauen?

Irgendwie hatte ich das Gefühl, dass er keine dieser Fragen freiwillig beantworten würde. Ich würde darauf wetten, dass er nicht einmal vorhatte, morgen dem Rest von uns von diesem kleinen Ausflug zu erzählen.

Ich musste etwas schneller als zuvor fliegen, um Odin einzuholen. Ich kannte den Weg, den wir genommen hatten, nicht gut genug, um die Brücke selbstständig zu finden. Er marschierte in einem schnelleren Tempo als zuvor über die Hügel und die Felder der Bauern. Wahrscheinlich, weil er gefunden hatte, wonach er gesucht hatte. Dieses Mal blieb er nicht stehen, um über die Richtung nachzudenken.

Als das Leuchten der Regenbogenbrücke vor uns in Sicht kam, ließ ich mich zurückfallen und sank auf den dicken unteren Ast eines Baums mit wächsernen Blättern. Ich konnte Odin genauso gut vorausgehen lassen, bevor ich ihm folgte, jetzt, da ich meinen Heimweg kannte.

Es war gut, dass ich das tat. Ich hatte mich gerade auf dem Ast niedergelassen, als Odin herumfuhr. Er spähte über das Feld. Ich versteifte mich und hielt die Luft an, während mich die Blätter um mich herum in Schatten hüllten. Sein Blick schien über den Baum zu gleiten, blieb jedoch nicht daran hängen. Schließlich lief er weiter.

Wovor hatte er Angst?

Er erreichte die Regenbogenbrücke und begann mit seinem Aufstieg, wobei der Fuß der Brücke bereits hinter ihm verblasste. Von der Brücke war unterhalb der Wolkendecke, in der er verschwand, nur noch ein Schimmern zu sehen.

Sobald er außer Sichtweite war, sprang ich in die Luft. Meine Flügel trugen mich zu der Brücke. Ich spähte vorsichtig durch den Wolkenschleier und entdeckte, dass der Spitzhut des Göttervaters gerade hinter dem höchsten Punkt der Brücke verschwand.

Ich segelte nach Asgard und der kühle Wind peitschte gegen meine Flügel. Odin war nicht mehr zu sehen, als ich die Stadt erreichte. War er zu seiner Halle zurückgekehrt, um ein wenig zu schlafen – oder um die Welt von seinem magischen Sitz aus auszuspionieren?

Ich hatte gehofft, dass das Fliegen einen Teil meiner rastlosen Energie verbrennen würde. Stattdessen fühlte ich mich noch aufgedrehter als zuvor. Mein Puls schepperte durch meine Adern, als ich die Straße entlanglief. Zu viele Fragen purzelten zusammen mit meinen Sorgen durch meinen Kopf und mein Verstand wurde zu träge, um sie zu klären.

Mein Herz zog mich zu einem der anderen Gebäude

entlang der Hauptstraße. Ich zögerte vor der Tür zu Thors Halle, doch die Sehnsucht in mir trieb mich vorwärts.

Ich wusste nicht, wo hier mein Platz war, jetzt, da Odin zurück war und das Sagen hatte. Ich hatte keine Ahnung, was die Zukunft für mich oder die Götter bereithielt, die ich allmählich als die meinen betrachtete. Der Donnergott war allerdings kein Teil dieser Konflikte. Thor hatte keine dunklen Geheimnisse, keine heimlichen Beweggründe. Er mochte mich, er wollte mich, komplizierter war es nicht.

Es war leicht, sein Schlafzimmer zu finden. Das leise Grollen seiner Atemzüge drang durch die Tür. Ich huschte hindurch und entdeckte ihn ausgestreckt auf dem Rücken in einem riesigen Bett, das scheinbar für ihn gemacht worden war. Seine muskulöse Gestalt füllte das ganze Teil aus, das war jedoch in Ordnung. Ich brauchte nicht viel Platz.

Ich schlüpfte unter die Decke, schmiegte mich an ihn und legte meinen Kopf auf seine Schulter. Ich hatte ihn nicht aufwecken wollen, doch Thor drehte sich bei meiner Berührung auf die Seite und sein Arm schlang sich um meine Taille.

„Ari?", murmelte er verschlafen.

Ich kuschelte mich dichter an seine muskulöse Brust. Eine vorübergehende Panik legte sich um meine Lunge – was tat ich hier? Warum hatte ich diesem Impuls nachgegeben? Welche Bedeutung würde Thor dem hier zuschreiben? Zugleich beruhigte die Wärme seines Körpers meine Nerven.

Das hier war Thor. Er würde dem hier die Bedeutung zuschreiben, die ich ihm nannte.

Und ich brauchte das hier.

„Ich konnte nicht schlafen", erklärte ich. „Ich … ich wollte einfach irgendwo sein, wo ich mich sicher fühle."

Ein zufriedenes Summen drang aus der Kehle des Donnergotts. Er beugte den Kopf und küsste mich auf die Stirn. „Du wirst hier immer sicher sein", versprach er.

Ich war mir nicht sicher, ob das stimmte, auch wenn er es sich wünschte. Doch in diesem Moment fühlte es sich an, als könnte es stimmen, und das reichte. Seine Hand streichelte über meine Haare und meine Augenlider fielen zu. Zum ersten Mal in dieser Nacht entspannte sich mein Körper. In dem vorübergehenden Frieden von Thors Armen schlief ich ein.

KAPITEL ZEHN

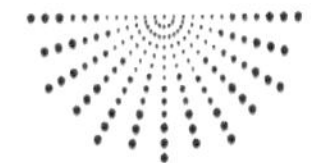

Aria

Ich hatte zwar Bammel davor gehabt, neben einem der Götter einzuschlafen, neben einem von ihnen aufzuwachen, war jedoch sehr reizvoll.

Ich wachte langsam auf, wobei mir Thors herber Duft in die Nase stieg und sich seine festen Muskeln an mich pressten. Im Schlaf hatte ich eines meiner Beine zwischen seine geschoben. Hitze sammelte sich zwischen meinen Schenkeln, als ich meine Position veränderte, woraufhin Thor harsch ausatmete. Der Beweis seiner Erregung ruhte an meiner Hüfte.

„Guten Morgen", sagte er. Seine Stimme war so von Verlangen durchzogen, dass sie ein begieriges Beben zu meiner Mitte sandte.

„Ein sehr guter Morgen", erwiderte ich, schob mich an seinem Körper hoch und verschloss seinen Mund mit meinem.

Thor erwiderte den Kuss stürmisch, seine Hand war jedoch sanft, als sie meinen Rücken streichelte. Sie hielt am Bund der Jeans inne, die ich nicht ausgezogen hatte, als ich zu ihm ins Bett gekrabbelt war. Sein Daumen glitt über die Haut meines Rückens und löste dort ein elektrisches Kribbeln aus, wo mein Oberteil hochgerutscht war.

Ich zeichnete seine wohlgeformten Schultern mit den Fingern nach. Meine Nippel streiften seine Brust durch mein Shirt hindurch und wurden hart. Ich wollte das Shirt gerade ausziehen, damit ich ihn Haut auf Haut genießen konnte, als draußen eine Singsang-Stimme erklang.

„Oh, Fee! Bist du bereit für die heutige Mission?"

Aufgrund von Lokis sarkastischem Tonfall vermutete ich, dass er erraten hatte, wie wenig bereit ich war. Allerdings *hatten* wir uns letzte Nacht darauf geeinigt, dass ich ihm heute dabei helfen würde, ein anderes Schwarzalben-Tor zu suchen. Je eher wir damit anfingen, desto sicherer wäre Midgard. Petey zu schützen, war viel wichtiger, als dieses Verlangen zu stillen – obgleich mein Körper protestierte, als ich mich von Thor löste.

„Ich komme!", rief ich zurück.

Der Donnergott stöhnte, als er sich neben mir aufsetzte. „Verfluchter Riese", schimpfte er scherzhaft. Die Worte erinnerten mich jedoch an Odins Bemerkung über Surt gestern. Ich hoffte, dass Lokis Gehör nicht so gut war, dass er diesen Kommentar gehört hatte.

„Du hast so viele Äonen ohne mich überlebt", erinnerte ich ihn. „Du kannst vermutlich noch einige weitere Stunden überstehen."

„Das bedeutet nicht, dass ich es *möchte*", entgegnete Thor grinsend.

Er sah so zufrieden über diese Bemerkung aus, dass ich ihm einfach noch einen Kuss geben musste. Seine Zunge, die über meine glitt, versprach mir mehr, wann immer wir da weitermachen würden, wo wir aufgehört hatten.

Loki stand auf der gefliesten Straße vor der Eingangstür, die Lippen belustigt verzogen. „Ich entschuldige mich, falls ich etwas unterbrochen habe", sagte er, klang allerdings nicht so, als täte es ihm leid.

„Woher wusstest du überhaupt, wo ...", begann ich, bevor ich mich erinnerte. Ich hatte einmal versucht, vor den Göttern abzuhauen, nachdem die Schwarzalben Petey bedroht hatten, und der Trickster hatte mich problemlos aufgespürt. Er war derjenige, der mich ausgewählt und die Kräfte aller Götter geleitet hatte, als sie mich heraufbeschworen und als Walküre wiedererschaffen hatten. Daher ging das Band zwischen uns tiefer als bei den anderen.

Was nichts Schlechtes war. Mir fiel kein anderer als er ein, der besser dazu geeignet war, mich aus einer heiklen Situation rauszuholen, falls ich mich in einer wiederfand, mit der ich allein nicht klarkam.

„Ich überwache dich nicht so aufmerksam", erklärte er und bedeutete mir, ihm zu folgen. „Aber du warst nicht in deiner Halle, als ich dort nach dir gesucht habe."

„Ich konnte nicht schlafen", erwiderte ich, als wäre ich ihm eine Erklärung schuldig.

„Und zum Donnergott ins Bett zu steigen, war bestimmt wunderbar erholsam."

Ich stieß ihm meinen Ellenbogen etwas fester gegen den Arm, als ich es getan hätte, wenn er kein unsterbliches Wesen wäre. „Das war es tatsächlich. Es war garantiert viel erholsamer, als wenn ich versucht hätte, mit *dir* zu kuscheln."

„Oh, ich hätte dafür gesorgt, dass du diese Entscheidung nicht bereust." Sein Lächeln wurde breiter, als wir über die Straße zur Brücke liefen. Er reichte mir ein Stoffbündel. „Ich nehme an, du hast noch nicht gefrühstückt."

Die Serviette klappte auf und enthüllte ein Käsebrötchen.

Ich fiel darüber her und hatte es bereits verputzt, als wir das Schimmern des Regenbogens erreichten. Das Zwicken des Hungers verflog und eine andere Anspannung packte meinen Magen. Keiner der anderen Götter wusste, wohin Odin gestern Nacht gegangen war, zumindest glaubte ich das. Ich war mir allerdings nicht sicher, was es zu erzählen gab. Er hatte nichts *Falsches* getan.

„Wie werden wir vorgehen?", fragte ich stattdessen. Das letzte Mal, als wir nach Schwarzalben gesucht hatten, hatte mich Loki huckepack getragen, damit wir schneller vorwärtsgekommen waren, während ich meine Walküre-Sinne genutzt hatte, um nach der unverwechselbaren öligen Energie der Schwarzalben zu suchen. Es war jedoch nicht die würdevollste Position.

„Ich schätze, ich könnte dich so tragen, wie Bräute über die Türschwelle getragen werden", schlug der Trickster vor und zog die Augenbrauen hoch.

Ich war mir nicht sicher, ob das besonders würdevoll wäre, und es wäre definitiv eine größere Ablenkung. „Vielleicht sollten wir beim Huckepack bleiben."

Er gluckste. „Was immer du wünschst, Fee."

Er hakte seine Ellenbogen unter meine Knie und ich schlang meine Arme locker um seine Schultern, bevor er in die Luft sprang. Ich hatte vergessen, wie schnell er sich bewegen konnte, wenn er sich nicht für den Rest von uns zurückhielt. Der Wind pfiff an uns vorbei und zerrte an meinen Haaren. Innerhalb weniger Sekunden hatten wir die Regenbogenbrücke überquert und rasten durch den Himmel über der midgardischen Landschaft, die sich bis zum Dunst des Horizonts erstreckte.

Ich sandte mein Bewusstsein bis zu den Straßen und Gebäuden, an denen wir vorbeisausten. Energiefunken berührten meine Sinne. Die meisten hatten jedoch die sanfte Helligkeit an sich, die ich bei menschlichen Wesen spürte.

Ich fing etwas Dickeres auf, allerdings war es nur eine Gestalt. Wir suchten nach einem Ort, an dem sich mehrere Schwarzalben versammelt hatten.

„Ich trage dich über ein neues Gebiet, das wir beim letzten Mal nicht abgesucht haben", erklärte Loki. „Es hat keinen Sinn, die gleiche Gegend erneut zu durchkämmen." Es war das erste Mal, dass er sprach, seit wir Asgard verlassen hatten. Seine Rückenmuskeln bewegten sich an meiner Brust, als er zur Seite schwenkte, um einem hochaufragenden Berg auszuweichen. War er wegen der Anstrengung so schweigsam oder weil ihn etwas bedrückte?

Der Anblick des Landes, das unter uns vorbeisauste, erinnerte mich wieder an den Flug gestern Nacht. Ich legte mein Kinn neben Lokis Halsbeuge und ließ seinen würzigen Geruch über mich schwappen, der an feuerwarmen Ingwer und Kardamom erinnerte. Wenn jemand in Asgard wusste, dass man Odins Entscheidungen nicht blind vertrauen durfte, war es der Gott, der mich momentan festhielt.

„Glaubst du wirklich, dass es viel nützen wird, die Tore der Schwarzalben zu blockieren?", fragte ich.

Er zuckte mit den Achseln, wodurch er mich näher zu sich rückte. „Sie verletzen Leute. Wenn es dazu kommt, muss man ihnen Einschränkungen auferlegen, ungeachtet ihrer Beweggründe. Ich kann es den Göttern nicht übelnehmen, wie sie mit mir umgegangen sind, nachdem ich mich meiner Rolle vollständig verschrieben hatte."

Ich glaubte, dass ich nicht wissen wollte, was involviert gewesen war, als er sich der Sache vollständig verschrieben hatte. Ich umarmte seine Schultern etwas fester. „Was haben sie getan?"

„Oh, ich wurde an einen Felsen in einer ziemlich feuchten Höhle gekettet, wo eine Schlange Gift auf mein Gesicht tropfen ließ. Das sind keine Erinnerungen, in denen ich gerne schwelge."

Ich erschauderte wegen des vagen Bildes, das seine Worte zeichneten. Die leichte Schärfe in seiner Stimme sorgte dafür, dass ich mir plötzlich sicher war, dass er vor nicht allzu langer Zeit in diesen Erinnerungen verweilen *musste*.

„Munin hat dich in diese Zeit zurückgeschickt, oder?"

„Kurz", antwortete er. „Beim ersten Mal ertrug ich es für wer weiß wie lange … ein kleiner Nachschlag war keine allzu schwere Bürde." Er drückte meine Wade leicht. „Du musst dir keine Sorgen um mich machen, Fee. Sie taten, was sie tun mussten. Genauso wie wir tun, was wir tun müssen. Was die Schwarzalben antreibt, können wir in Erfahrung bringen, wenn sie nicht mehr das gemeine Volk terrorisieren."

Ich machte mir Sorgen um ihn, ob ihm das nun gefiel oder nicht. Vor allem, da ich wusste, wie gut der Trickster darin war, zu verbergen, wie tief ihn etwas traf. Ich öffnete den Mund, um etwas Derartiges zu sagen – und ein Rinnsal einer bösartigen Energie leckte über mich. Ich versteifte mich und Loki wurde langsamer.

„Spürst du etwas?", fragte er.

Ich konzentrierte mich mit aller Macht auf die Richtung, aus der diese Empfindung gekommen war. Wir schwebten jetzt über einer rötlichen Wüste. Das Pulsieren mehrerer Schwarzalben-Leben erreichte mich vom Fuß eines Tafelbergs zu unserer Linken. Als ich mich darauf konzentrierte, verschwanden ein paar und zwei neue Wesen erschienen an ihrer Stelle. Ich schluckte schwer.

„Ich glaube, wir haben unser Tor gefunden."

Mit Odins Segen und der Hilfe seiner Regenbogenbrücke waren wir sechs in der Lage, in Nullkommanichts von Asgard zu der Wüste zu reisen. Wir schwebten kurz über der trockenen Erde und den Plateaus aus rötlichen Felsen, um uns zu orientieren.

„Also rennen wir einfach dort rein und greifen sie wie zuvor an?", fragte ich. Ich stimmte allem zu, was Loki vorhin gesagt hatte, dennoch gefiel mir die Vorstellung nicht. Die Schwarzalben würden nicht besonders erpicht auf ein Gespräch mit uns sein, wenn wir sie immer wieder abschlachteten, sobald wir sie sahen.

Vielleicht verdienten sie es. Andererseits hatten die Götter vermutlich genauso empfunden, als sie Loki bestraft hatten. Bei ihm mit harter Hand durchzugreifen, hatte geradewegs zum Ende der Welt geführt, soweit ich das erkennen konnte.

„Wenn sie uns nicht angreifen, wird es keinen Grund geben, jemanden zu töten, mit Ausnahme der Wachen", erwiderte Hödur neben mir und richtete seinen Blick auf mich. „Außer du hast etwas gespürt, was andeutet, dass wir vorsichtiger vorgehen sollten?"

Ich konnte nichts anbieten abgesehen von meinem allgemeinen Gefühl, dass Odin viel mehr über diese Situation wusste, als er uns verraten hatte. Das war jedoch nicht so konkret, als dass ich es als Argument nutzen konnte. Ich befeuchtete meine Lippen und zwang mein nervös klopfendes Herz, sich zu beruhigen. „Nein. Bis jetzt nicht."

„Dann lasst uns reingehen", schlug Freya vor und zückte ihr Schwert mit einem Funkeln ihrer Magie.

„Wenn ich den Schlachtruf ausstoße, greifen wir fünf gemeinsam an", erinnerte uns Thor. „Letztes Mal haben wir sie besiegt, ohne zu wissen, wie wir unsere vereinten Kräfte nutzen können. Dieses Mal sollte es noch einfacher sein."

Ich nickte. Balder schenkte mir ein Lächeln, das so hell strahlte wie sein Licht. „Wir schaffen das."

Wir segelten zu der Stelle, auf die ich gedeutet hatte, am Fuß eines rötlichen Tafelbergs, auf dessen hohem, flachen

Plateau ein wenig Grünzeug wuchs. Als wir dorthin sausten, kamen entlang des Bodens und mehrere Meter darüber einige Höhleneingänge in Sicht, die in Schatten lagen. In deren Mitte befand sich eine zerklüftete Öffnung mit dieser bedrohlichen tiefen Schwärze, die ich bei dem Tor an der anderen Hügelseite gespürt hatte.

Falls das nicht reichte, um unser Ziel zu identifizieren, standen mehrere Schwarzalben in den Schatten der Felszungen, die das Tor umgaben. Die Dolche und Speere, die sie mit ihren blassen Händen umklammerten, schimmerten mit der gleichen wilden Energie wie die Waffen, welche die Alben bei sich gehabt hatten, die uns das letzte Mal angegriffen hatten. Waffen, die mit Surts sengender Magie getränkt waren.

Thor brüllte und ich durchschnitt die Luft mit meinem Klappmesser. Dieses Mal sprangen keine Blitze aus meinen Fingern. Ich wusste noch immer nicht, wie ich sie gezielt hervorrufen konnte. Es spielte jedoch keine Rolle. Ich warf mich in den Kampf und vier Herzen schlugen im Takt mit meinen Absichten.

Eine Woge in Schatten gehüllten Feuers knisterte über die Wachen hinweg. Thors Hammer wirbelte in ihre Mitte, gefolgt von Messern aus Licht. Das Feuer brannte stärker, als der Hammer hindurch flog, und eine dunkle Flamme formte sich um Mjölnir. Als das Flackern von Licht und Dunkelheit verblasste, waren die rauchenden Körper der Wachen auf dem staubigen Boden verstreut, der das Tor umgab.

Dieses kleine Aufgebot hatte keine Chance gegen uns gehabt, vor allem nicht, da wir synchron gearbeitet hatten.

Wir landeten in einem Halbkreis und wappneten uns für eine frische Woge Angreifer. Ich scannte die Höhlen mit meinem Walküre-Einfühlungsvermögen. „Es sind noch ein paar hier", berichtete ich. „Es fühlt sich nicht so an, als würden sie sich bewegen. Ich weiß nicht, was sie tun."

„Vielleicht lauern sie mit weiteren Bomben in den Schatten", brummte Thor.

„In Ordnung, Dreckfresser!", rief Loki in einem Ton, der irgendwie düster und fröhlich zugleich war. „Zeigt euch, dann müssen wir euch nicht aus euren Verstecken brennen."

Ein schlurfender Laut drang an meine Ohren. Wir drehten uns alle um und der Schatten zu Balders Füßen erbebte. Ein Grasbüschel, den er berührte, verdorrte. Was zur Hölle? Ich hob den Blick und bemerkte, dass Balder seine Hand ballte. Ging es ihm gut?

In diesem Moment hatte ich keine Gelegenheit, es in Erfahrung zu bringen. Vier runde Gesichter mit schwarzen Haaren erschienen im Eingang zu einer der Höhlen, der sich etwas weiter weg an der Seite des Tafelbergs befand. Alle vier Schwarzalben hatten die Hände zu einer beschwichtigenden Geste gehoben.

„Bitte", sagte der junge Mann an der Spitze mit angespanntem Gesicht. „Lasst uns einfach nach Svartalfheim zurückgehen, bevor ihr das Tor schließt. Mehr wollen wir nicht."

Die Frau hinter ihm zupfte an seinem Ärmel. „Was? Nein. Was für einen Sinn hätte das? Wir sind besser dran, wenn wir hierbleiben."

Seine Augen wurden groß, als er sie ansah. „Aber ... es ist unser Zuhause", sagte er leise.

Ihr Mund öffnete und schloss sich wieder. „Haben wir überhaupt noch ein Zuhause?"

Sie klang so hoffnungslos, dass es an meinem Herzen riss. Freya klatschte in die Hände. „Entscheidet euch. Andernfalls werdet ihr nicht lange genug hier sein, um irgendetwas zu bekommen."

Der Mann zog an der Hand der Frau und sie senkte den Kopf. Sie und ihre zwei Begleiter eilten durch die Öffnung des Tors.

„Sie werden weitere Wachen mitbringen!", protestierte Thor.

Ich hielt meine Klinge bereit, doch niemand erschien aus der Dunkelheit des Albenreichs. Ein unangenehmer Schmerz kroch durch meine Brust.

Manche der Schwarzalben waren bösartig. Manche hatten Spaß daran gehabt, uns wehzutun. Die Frau, die mir mit Petey gedroht hatte, kam mir in den Sinn. Doch diese Gruppe – sie hatten so zwiegespalten, so erschöpft gewirkt …

Mein Blick glitt zu Hödur, der noch immer rechts von mir war. Er hatte den Mund verzogen.

„Wir haben zuvor schon ein Tor mit unseren vereinten Kräften versiegelt", sagte Loki und marschierte vor. „Lasst uns schauen, ob wir die gleiche Wirkung erneut erzielen können."

Ich schüttelte so viel des Grauens ab, wie ich konnte. „Auf Thors Stichwort?"

Thor hob seinen Hammer, sein Schrei hallte durch mich und die anderen hindurch und schüttelte den Großteil der Schwere ab, die sich um mein Herz gelegt hatte, allerdings nicht alles.

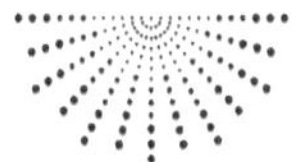

KAPITEL ELF

Hödur

Meine Schritte hallten stumpf von den abgenutzten Dielenbrettern Walhallas wider, als wüssten sie, dass ich nicht hier sein sollte. Ich konnte mich notfalls selbst verteidigen und sogar etwas zu einer großen Schlacht beitragen, niemand würde mich jedoch jemals für einen Krieger halten. Der Geruch von mittlerweile altem Met hing noch immer in der Luft und brachte meine Nase zum Jucken. Das hier war allerdings der schnellste Weg zu dem Ort, an den ich wollte.

Vor ein paar Stunden war viel getrunken worden. Als wir nach Asgard zurückgekehrt waren, hatte der Siegesrausch eingesetzt. Wir hatten gefeiert und gelacht, und falls Ari etwas wortkarger als üblich gewirkt hatte, so konnte ich das auf den Stress der letzten Wochen schieben.

Allerdings glaubte ich nicht, dass dies der einzige Grund gewesen war. Seit ich mich für die Nacht zurückgezogen oder es zumindest versucht hatte, gingen mir zwei Dinge nicht mehr aus dem Kopf. Unsere Walküre, die sagte: *Wir können offensichtlich nicht davon ausgehen, dass wir alles über eine Sache wissen, nur weil wir von außen einen Blick auf sie geworfen haben.* Und die Schwarzalben-Frau, die am Tor gezögert hatte: *Haben wir überhaupt noch ein Zuhause?*

Etwas stimmte nicht. Die Schwarzalben handelten aus komplexeren Gründen als der Eifersucht, der mein Vater die Schuld am Verrat der Schwarzalben gab. Das spürte ich bis in meine Knochen.

Ich hätte in der Lage sein sollen, mit dieser Erkenntnis zu Odin zu gehen. Außerdem sollte ich darauf vertrauen können, dass uns seine Weisheit führen würde. Doch man schaue sich nur an, wie weit es uns bisher gebracht hatte, ihm zu vertrauen. Wann hatte er uns das letzte Mal eine offene Antwort gegeben? Als wir die Brücke verlassen hatten, war er dagewesen, hatte uns begrüßt, uns auf die Schultern geklopft und uns mit diesem warmen Göttervater-Lob überschüttet, das er hervorziehen konnte, wenn es die Situation verlangte. Stolz und wohlwollend.

Was für ein Schwachsinn. Der Mistkerl hatte meinen Tod befohlen wegen eines Mordes, den *er* mehr oder weniger in die Wege geleitet hatte. Um das verdammte Gleichgewicht wiederherzustellen, um Ragnarök den Weg zu ebnen – wer in den Reichen wusste schon warum? Ich bezweifelte, dass er jemals zur Wahrheit stehen würde.

Als ich den Rauchgeruch wahrnahm, der dem Kamin anhaftete, blieb ich stehen und zwang mich, langsam auszuatmen. Ich zwang meine Finger, sich aus meinen Handflächen zu lösen, in die sie sich gebohrt hatten.

Diese Art der Wut würde mir nichts nutzen. Wenn der Krieg vorbei war, würden mein Vater und ich alles besprechen – ruhig, aber bestimmt. Odin würde mir nicht zuhören, wenn ich tobte oder schimpfte. Ich musste auf die kühle Stille der Schatten zurückgreifen, die ich in mir trug.

Vor allem jetzt. Mit der Hand fuhr ich die polierten Steine des Kamins nach und duckte mich unter sie. Asche knirschte unter meinen Stiefeln. Stille hüllte mich ein, als meine Füße die raue Rinde von Yggdrasils Pfad berührten.

Was ich gleich tun würde, war möglicherweise tollkühn, andererseits war es vielleicht das Mindeste, was ich tun konnte. Wir brauchten Antworten. *Ich* brauchte Antworten. Wer war besser dazu geeignet, mit den Leuten zu sprechen, die so viel Zeit in der Dunkelheit verbrachten? Thor oder Loki hätten sie sofort als Bedrohung gesehen. Balder … ich bezweifelte, dass er irgendeine Ahnung hätte, womit er beginnen sollte. Und von Ari würde ich nicht noch mehr verlangen, nicht nachdem sie bereits so viele Bürden geschultert hatte, die nicht ihre hätten sein sollen.

Sie hatte uns gebeten, hinter das Offensichtliche zu blicken. Ich war zwar blind, konnte jedoch trotzdem den Wunsch der Frau erfüllen, die ich liebte.

Für diese Aufgabe brauchte ich kein Augenlicht. Ich war der Sohn des Göttervaters und sein Blut sang durch meine Adern. Die Äste des großen Baums vibrierten in unterschiedlichen Frequenzen, als ich an ihnen vorbeiging, und hinterließen einen schwachen Nachgeschmack auf meiner Zunge. Ein Hauch von Gras und Erde – das war Midgard. Der blumige, süße Duft von Vanaheim, Freyas ehemaligem Zuhause. Eine salzige Kühle, die zu Niflheim gehörte, dem Reich aus Eis. Und dann ein feuchter moosiger Eindruck, der nur zu Svartalfheim gehören konnte, dem Zuhause der Schwarzalben.

Ich testete den Ast mit meinen Füßen und ging ihn vorsichtig entlang. Ein Beben der Energie ging von dem Tor an dessen Ende aus. Dort blieb ich kurz stehen, holte tief Luft und versammelte Schattenfetzen wie einen Schild um mich herum. Dann marschierte ich in die Umarmung des Tors.

Die Luft zog sich um mich herum zusammen und eine Sekunde später schlugen meine Stiefel auf einem unebenen Stein auf. Eine kühle Feuchtigkeit gefror auf meiner Haut. Die Luft um mich herum bewegte sich kaum. Ich streckte eine Hand aus und fand eine raue Felswand nur ein paar Schritte links von mir.

Das Tor bebte nach wie vor in meinem Rücken. Solange ich blieb, wo ich war, sollte ich durch es hindurchgehen können, wenn es nötig war.

Ich war nicht allein. Sowie ich mir ein Bild meiner Lage gemacht hatte, schabte unweit von mir ein Schuh über den Steinboden und das leichte Krächzen eines Atems war zu hören. Die Luft bewegte sich an meiner Haut. Vermutlich gaben sie einander Zeichen. Vielleicht lauerten sie versteckt in dunklen Nischen, die sie vor allen verborgen hätten, die sich auf ihre Sicht verließen.

Die Schwarzalben hatten Ari angegriffen, als sie auf der Suche nach Odin hierhergekommen war. Nach dem zu urteilen, was Munin Ari als Drohung gezeigt hatte, hatten sie auch die drei Walküren getötet, die vor ihr hergekommen waren. Zu versuchen, einen Gott zu töten, war allerdings eine völlig andere Sache. Ich konnte auf mich allein gestellt zwar nicht in die Offensive gehen, doch mit meiner Schattenmagie und dem Tor in meinem Rücken würden mir die sterblichen Kreaturen kaum schaden können.

Leute; erinnerte ich mich. Nicht Kreaturen. Sie hatten sich in den letzten Wochen zwar mehr als einmal wie Tiere auf uns gestürzt, besaßen jedoch mehr Verstand als ein Warg oder ein Draugr. Andernfalls wäre ich nicht hierhergekommen.

„Was machst du hier, Gott von Asgard?", rief eine scharfe

Stimme, als ich mich nicht bewegte. „Wir besitzen nichts von dir."

Ich drehte den Kopf so gut wie möglich zu dem Laut, damit es den Anschein machte, als würde ich dem Sprecher in die Augen schauen. „Ich bin nicht hier, um etwas zu nehmen oder anzugreifen", erwiderte ich. „Ich bin hier, um zu lernen. Wem untersteht ihr? Ich würde gerne mit demjenigen sprechen."

Die Torwachen tuschelten miteinander – in der Sprache der Schwarzalben. Allerdings hatte ich dank meiner Bücher genug Sprachen gelernt, um die Worte für *der Blinde* zu verstehen. Sie hatten mich erkannt. Gut. Das sollte ein Vorteil für mich sein, da ich so weniger bedrohlich wirkte.

„Warum sollte er zu dir kommen?", fragte eine andere Stimme. Diese gehörte einer Frau. „Vielleicht warten deine Freunde auf der anderen Seite des Tors nur darauf, hierher zu rennen."

„Meinst du nicht, wir könnten einfachere Wege finden, wenn wir einen Angriff starten wollten?", fragte ich.

„Du erwartest schrecklich viel Vertrauen von uns, obwohl du uns überhaupt nicht vertraust", entgegnete sie. Die anderen brummten zustimmend.

Damit hatte sie möglicherweise recht. Hier aufzutauchen und sich gegen einen Angriff zu wappnen, zeugte nicht gerade von Vertrauen. Meine Brust zog sich zusammen, doch ich nickte. Ich war so weit gekommen – ich würde meine private Mission zu Ende bringen.

„Ich werde mit euch zu einem Treffpunkt gehen, der weiter weg vom Tor ist", lenkte ich ein. „Aber wir werden langsam und nicht weit laufen. Ich befinde mich bereits auf eurem Boden."

Weiteres Flüstern, dieses Mal so leise, dass ich die Worte nicht ausmachen konnte. Der Mann, der als Erster gesprochen hatte, schnaubte.

„Komm", sagte er. „Dann wollen wir mal schauen, ob sich der Kommandant mit dir treffen möchte."

Einer berührte mich am Arm. Ich schaffte es, denjenigen sanft von mir zu lösen, anstatt meinen Arm wegzureißen, wie ich es gerne getan hätte. „Du gehst voran", erklärte ich. „Ich kann dir folgen." Ich würde ein besseres Gespür für diesen Ort entwickeln, wenn ich selbstständig navigierte.

Ich streckte einen Schatten wie einen Gehstock aus und folgte den zwei Wachen, die mich führten. Mein Rücken kribbelte mit dem Bewusstsein, dass wir einige Schwarzalben zurückließen. Theoretisch gesehen, war ich jetzt umzingelt.

Mithilfe meiner freien Hand, die der Wand folgte, und dem Schattenstock, der meine Umgebung testete, legte ich eine mentale Karte in meinem Kopf an, als ich dem Schaben der Schwarzalbenfüße folgte. Der Tunnel wandte sich nach links. Wir gingen an einer weiteren Höhlenöffnung rechts von uns vorbei, aus der etwas wärmere Luft wehte. Nach ungefähr fünf Minuten blieben meine Führer in einem Raum stehen, der sich anfühlte, als hätte er ungefähr die Größe des Esszimmers in meiner Halle in Asgard. Meine Schatten huschten über Wände, die sich zu einer hohen Decke neigten.

„Warte hier", befahl der Mann. Die Frau blieb und lehnte sich mit einem Rascheln ihrer Kleider an die Wand, als er davoneilte. Ich stand still und aufrecht da und rang mit dem Gedanken, dass ich einen schrecklichen Fehler beging.

Es kam mir vor, als müsste ich eine lange Zeit warten. Mein Mund wurde trocken und meine Schultern steif, weil ich strammstehen musste. Dann erklangen mehrere Schritte in dem Durchgang, in dem die Wache verschwunden war. Das Klirren von Metall drang an meine Ohren.

Der Kommandant hatte weitere Wachen mitgebracht. Ich musste darauf hoffen, dass sie zu seinem Schutz dienten und nicht versuchen würden, mich gefangen zu nehmen.

Sie blieben am Beginn des Durchgangs stehen. Ich vermutete, dass er den Raum nicht einmal betreten hatte. Seine raue Stimme erreichte mich durch den Raum hindurch.

„Du wolltest mit jemandem sprechen, der das Sagen hat. Hier bin ich. Ich kann nicht für alle Schwarzalben sprechen, jemand Besseren als mich wirst du allerdings nicht kriegen. Was willst du, Gott der Dunkelheit?"

Ich stellte fest, dass ich nicht wusste, was ich abgesehen von der Wahrheit sagen sollte. Loki hätte das Thema, über das er reden wollte, möglicherweise auf listige Art angesprochen. Meiner Meinung nach hatte es jedoch keinen Sinn, um den heißen Brei herumzureden. Ich wollte das hier einfach hinter mich bringen, von hier verschwinden und in die offene Wärme und zu den frischen Winden Asgards zurückkehren.

„Ich will wissen, warum ihr euch mit Surt gegen uns verbündet habt", sagte ich. „Warum ihr Menschen für ihn getötet habt. Warum ihr ihm geholfen habt, Odin gefangen zu nehmen."

Der Kommandant lachte heiser. „Und du denkst, dass ich dir das erzählen sollte, nur weil du gefragt hast?"

„Ich glaube, etwas ist schiefgelaufen. Diese Form der Gewalt sah den Schwarzalben in der Vergangenheit nicht ähnlich."

„Schiefgelaufen", wiederholte er und schüttelte, dem Geräusch nach zu urteilen, den Kopf. „Du hast ja keine Ahnung. Das ist also nötig, um einen von euch an unsere Tür zu bringen. Was wirst du tun, wenn ich dir erzähle, dass etwas nicht stimmt?"

„Vielleicht können wir euch helfen, das Ganze wieder in Ordnung zu bringen", erwiderte ich. „Auf eine Weise, bei der ihr euch nicht für dieses Monster erniedrigen müsst."

„Monster?", schnaubte der Kommandant. „Der Riese ist

der Einzige, der sich für uns eingesetzt hat und für unser Überleben kämpft. Während du und die anderen Asen herumlümmeln, eure hübsche Stadt genießt und vergesst, dass der Rest von uns existiert."

Mein Kiefer spannte sich an. „Ich bin *jetzt* hier. Ich höre jetzt zu. Ob ihr diese Gelegenheit ergreift, liegt bei *euch*. Falls euch die Götter nach dieser Sache ‚vergessen‘, tragt ihr allein die Schuld daran."

„Oh, das hier ist also nur eine weitere Methode, uns loszuwerden? Ich bin mir nicht sicher, ob ich dir überhaupt glaube, dass du es nicht weißt. Euer großer Odin war hier unten und hat mit eigenen Augen gesehen, was hier los ist. Er sieht doch angeblich alles, wenn er auf die Reiche herabblickt, oder? Aber wann hat er sich jemals für jemand anderen als seine Leute interessiert?"

In den letzten Worten lag eine solche Bitterkeit, dass sie sich durch meine Haut bis zu der schwelenden Wut zu brennen schien, die ich zuvor gezügelt hatte. Bevor ich meine Antwort gründlich durchdacht hatte, platzte sie bereits aus mir heraus.

„Was bringt dich auf den Gedanken, dass er sich für seine Leute interessiert?"

Der Kommandant hielt kurz inne. „Seltsame Worte von einem derjenigen, die sehr erpicht darauf waren, ihn zurückzukriegen."

Er klang skeptisch, sein Ton hörte sich jetzt jedoch offener an. Neugierig. Ich sprach einfach weiter.

„Du weißt, wer ich bin, oder? Du kennst meine Geschichte. Du weißt, wer meinen ersten Tod angeordnet hat. Ich habe ihn gerettet, ja. Das bedeutet nicht, dass ich jede seiner Taten verteidigen würde. Ich bin hier, *weil* ich ihm nicht blind vertraue. Was immer passiert ist, was immer er über eure Beschwerden weiß, dem Rest von uns hat er nichts davon erzählt. Ich schwöre dir, ich will es wissen, selbst wenn er es nicht tut."

Schweigen breitete sich zwischen uns aus. Als der Kommandant wieder sprach, war seine Stimme rau.

„Ich bleibe dabei, dass du hunderte von Jahren zu spät bist. So lange ist es her, seit die Höhlen anfingen, einzubrechen. Soll ich dir erzählen, wie viel kleiner unser Reich geworden ist, da der Stein immer brüchiger wird? Wie viele gestorben sind, weil die Decke ihres Hauses auf sie gefallen ist? Dass die Gärten, die wir einst hegten und pflegten, aufgrund von Fäulnis verrotten? Wie es ist, jeden Tag deines Lebens das Schluchzen der Kinder zu hören, die hungrig oder krank oder obdachlos sind?"

Eine Woge des Entsetzens schwappte über mich hinweg. „Ich wusste es nicht", erwiderte ich.

„Natürlich wusstest du es nicht. Warum solltet ihr in euren schicken Hallen, wo alles in Ordnung ist, über derartige Dinge nachdenken? Wir haben euch die Waffen und Rüstungen für euren Krieg gemacht. Und was für einen Nutzen hattet ihr für uns, als dieser vorbei war? Wann hat einer eurer Art seit Ragnarök freiwillig einen Fuß in unser Reich gesetzt?"

Er trat zurück und klopfte mit dem Ende eines Speers auf den Felsenboden. „Wir haben uns zu gar nichts erniedrigt. Die Welt, in der wir leben, hat uns runtergezogen. Wir versuchen nur, uns aus dieser Misere zu befreien. Ich frage mich, ob du wirklich anders wählen würdest, wenn du dich für Surt entscheiden müsstest oder dafür, deinen Leuten beim Sterben zuzuschauen. Bring *das* zurück nach Asgard, Blinder."

KAPITEL ZWÖLF

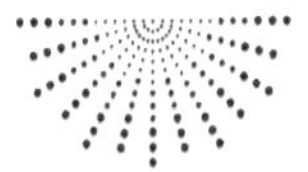

Aria

In der ersten Stunde nach dem Aufwachen, in der Asgard ruhig war und die Sonne gerade erst über den majestätischen Gebäuden aufging, konnte ich fast vergessen, dass uns ein Krieg bevorstand. Ich blieb vor meiner Halle stehen und genoss das Dämmerlicht. Dann entdeckte ich einen goldenen Falken, der vom Himmel herabstürzte.

Mein Herz machte einen Satz. Das war Freya in der Gestalt ihres Falken. War sie auf Patrouille gewesen – hatte sie etwas gesehen?

Ich eilte zu ihr und erreichte sie, als ihre Füße die Fliesen vor ihrer glänzenden Halle berührten. Sie schüttelte den goldenen Falkenumhang mit einem Rascheln ihrer ebenso goldenen Haare ab und rieb sich mit der Hand über die Augen. Sie sah müde aus. Der Eindruck tat ihrem hübschen

Gesicht keinen Abbruch, dennoch war es ein nervenaufreibender Anblick.

„Was ist passiert?", fragte ich. „Wagt Surt noch einen Angriff? Müssen wir alle aufwecken?"

Freya richtete ihre blauen Augen auf mich und blinzelte kurz, als hätte sie vergessen, dass sie nicht allein in Asgard war. Sie ließ ihre Schultern kreisen und verzog den Mund, brachte jedoch kein Lächeln zustande.

„Kein Angriff", antwortete sie. „Keine Spur von Surt. Ich war auf der Suche nach Hnoss – nach meiner Tochter."

„Oh." Nach ihrem Gesichtsausdruck zu urteilen, hatte sie die jüngere Göttin nicht gefunden. Ich suchte nach Worten. „Ich schätze, es gibt eine Menge Orte, an denen du nachschauen musst."

„Ja", stimmte Freya zu. „Und ich war bei allen, die mir eingefallen sind. Es ist so lange her … Es ist schwer zu sagen, ob sich ihr Geschmack geändert hat. Ich vermute, dass ich nicht einmal mit Sicherheit weiß, dass sie noch da ist und gefunden werden kann."

Ihre Stimme zitterte leicht, jedoch so stark, dass sich meine Kehle zuschnürte. Was hätte ich getan, wenn Petey nicht nur mental, sondern komplett für mich verloren wäre?

„Ich bin mir sicher, du wirst sie irgendwann finden", sagte ich. „Du würdest es wissen, wenn ihr etwas zugestoßen wäre, oder nicht? Du hast bestimmt die gleiche Art von Verbindung zu ihr, die dir, Thor und den anderen verraten hat, dass Odin noch am Leben war."

„Ja", bestätigte sie. „Auch wenn das nur ein sehr vager Eindruck ist." Ihr Kiefer zuckte. Sie unterdrückte ein Gähnen. War sie die ganze Nacht lang unterwegs gewesen? „Ich würde das mehr zu schätzen wissen, wenn es mich zu ihr führen würde."

„Es ist immerhin etwas", meinte ich. Was hätte ich nicht für eine derartige Verbindung zu Petey gegeben.

Es schien unsensibel zu sein, das jetzt zu sagen, doch Freyas Blick nahm wissende Züge an. Der Schmerz, den das Gespräch in mir geweckt hatte, musste mir ins Gesicht geschrieben stehen – oder vielleicht konnte sie ihn auf andere Arten spüren. Sie hatte mir einmal erzählt, dass ihr Dasein als Göttin der Liebe nicht nur die romantische Liebe umfasste, sondern jede Form von Liebe. Und wenn ich jemanden liebte, war das Petey.

„Es tut mir leid", entschuldigte sie sich. „Ich habe nicht daran gedacht, wie schwer es für dich sein muss, von deinem Bruder getrennt zu sein, während all diese Dinge in Midgard passieren. Du könntest nach ihm sehen, oder?"

„Nicht allein", entgegnete ich. „So haben die Schwarzalben von ihm erfahren." Selbst wenn ich Loki bitten würde, mich verborgen von seiner Heimlichkeitsmagie zu Petey zu bringen, damit ich ihn eine Weile beobachten konnte, war ich mir nicht sicher, ob es dadurch einfacher für mich wäre. Ich könnte nicht bleiben, um ihn zu beschützen. Es würde mich nur von dem ablenken, was ich hier tun musste.

Es wäre egoistisch, das zu verlangen und Loki die Zeit und Energie zu rauben, nur damit ich ein oder zwei Minuten Trost erhielt. Wenn wir Surt erst einmal aufgehalten hatten und wussten, dass er keine Bedrohung mehr darstellte, konnte ich Petey besuchen, ohne ihn in Gefahr zu bringen.

Freya hob den Kopf, als Schritte erklangen. Odin kam langsam und ruhig auf uns zu. Seine Haltung war etwas weniger gebieterisch als üblich. Als er uns erreichte, legte er seine Hand sanft auf Freyas Kreuz und neigte den Kopf zu ihr. „Ehefrau."

„Ehemann", erwiderte sie in einem sarkastischen Ton und einer ihrer Mundwinkel bog sich nach oben. Ich hatte nie richtig begreifen können, dass die beiden ein Paar waren.

Diese Intimität zwischen ihnen zu sehen, machte es jedoch plötzlich real.

Obwohl ich einige Probleme mit Odin hatte, konnte ich in diesem Moment deutlich spüren, dass ihm seine Frau am Herzen lag.

„Wir haben gerade über die Kleinen gesprochen, die sich unserer Reichweite entziehen", erklärte Freya. „Allerdings kann man Hnoss zu diesem Zeitpunkt wohl nicht mehr als ‚klein' bezeichnen, schätze ich. Du hast sie in den Bildern, die du von deinem Hochsitz aus siehst, nicht gesehen, oder?"

Der Göttervater schüttelte den Kopf. „Ich würde es dir sagen, sobald ich sie sehe."

Würde er das tun? Ich war mir nicht sicher, ob ich *das* glaubte, ungeachtet dessen, wie sanft sein Blick geworden war, als er Freya betrachtet hatte. Hauptsächlich, weil ein hartherziges Leuchten in seine Augen zurückkehrte, sobald sie auf mich trafen.

Um fair zu sein, unser letztes ernstes Gespräch hatte nicht besonders erfreulich geendet.

„Du schaust auch von Zeit zu Zeit nach Arias Bruder, oder?", erkundigte sich Freya.

Odins Blick lag weiterhin auf mir. „Belastet das unsere Walküre? Surt und seine Handlanger sind nicht in seine Nähe gegangen."

Ja, ich vertraute definitiv nicht darauf, dass er mir erzählen würde, wenn es in dieser Hinsicht Grund zur Sorge gäbe. Er wollte, dass ich mit den Göttern übte und unsere Kräfte verbesserte, nicht dass ich mich um Sterbliche sorgte. „Gut zu wissen", erwiderte ich mit gezwungener Fröhlichkeit.

„Wenn es dich beruhigen würde", fuhr er mit seiner undurchdringlichen Stimme fort, „kannst du dich mit eigenen Augen davon überzeugen."

Ich dachte, ich wäre auf alles vorbereitet, was er sagen

könnte, doch dieses Angebot machte mich sprachlos. Freya blinzelte ihn ebenfalls unverkennbar überrascht an.

„Von ... von deinem Hochsitz aus?", hakte ich nach und deutete mit der Hand zu seiner Halle am Ende der Straße.

„Wo sonst?"

„Ich dachte, du würdest niemanden dort hochlassen."

Odin lächelte ein schmales und genauso undurchdringliches Lächeln. „Du bist ein Spezialfall, nicht wahr? Eine Walküre, bei deren Erschaffung ich nicht die Hand im Spiel hatte und die nie darauf vorbereitet wurde, sich auf ein Schlachtfeld zu wagen. Und dennoch haben meine Söhne und Blutsbruder dank dir zu größerer Kraft gefunden. Eine kleine Ausnahme ist ein sehr geringfügiger Preis, wenn sie dafür sorgt, dass du dich später nicht ablenken lässt, wenn es am wichtigsten ist."

Er hatte zuvor schon Ausnahmen gemacht, oder? Er hatte Loki zu den geheimen Treffen in den Turm eingeladen, bei denen er seine dunklen Pläne mit ihm besprochen hatte. Eine Tatsache, die mich nicht beruhigte. Freya nickte jetzt jedoch und ihr Lächeln wurde breiter, als hielte sie sein Angebot für eine wunderbare Idee.

„Du kannst ihn sehen, ohne dass Surts Handlanger jemals davon erfahren", sagte sie. „Du verdienst das nach allem, was du für uns aufgegeben hast."

Mir war nicht bewusst gewesen, dass sie gründlich darüber nachgedacht hatte, wie viel ich aufgegeben hatte. Midgard gegen Asgard einzutauschen, musste in ihren Augen ein großer Schritt sein. Vielleicht hatte sie all die Zeit, in der sie sich um ihre Tochter gesorgt hatte, dazu gebracht, über die verschiedenen Faktoren nachzudenken, die einen Ort zu einem echten Zuhause machten.

Odin beobachtete mich und wartete. Was würde er davon halten, wenn ich ablehnte? War das überhaupt eine vernünftige Entscheidung? Ich *wollte* Petey mit jeder Faser meines Wesens sehen.

„In Ordnung", stimmte ich zu. „Können wir jetzt hingehen?"

Der Göttervater drehte sich mit flatterndem Mantel und einer lockenden Geste um. Er marschierte zurück zu seiner Halle, ohne nachzuschauen, ob ich ihm folgte. Ich eilte ihm hinterher, wobei ich versucht war, meine Flügel zu entfalten und zu zeigen, dass ich schneller als er dorthin gelangen konnte, wenn ich es wirklich wollte.

Wir durchquerten seine Halle, gingen an dem Empfangszimmer vorbei, wo wir ihm zuvor unsere Aufwartung gemacht hatten, und betraten die stillen Tiefen zwischen den Steinmauern. Odin ging durch eine Tür in einen kleinen Raum, in dem es nichts als eine Leiter mit dicken Eichensprossen gab. Eine kreisförmige Platte verdeckte die Decke darüber. Er erklomm die Leiter, drückte so schnell auf einige Punkte der Platte, dass ich der Bewegung nicht folgen konnte, und schob sie beiseite. Mit einem leisen Schnauben verschwand er durch die Öffnung.

Mein Herz schlug schneller, als ich ihm hinterherkletterte. Ich krabbelte auf den Hartholzboden eines beunruhigend vertrauten Raums. Hohe Fenster ragten unter einer hohen spitzen Decke in einem Kreis um mich herum auf. Ein gigantischer Holzstuhl stand in deren Mitte – eine größere und abgenutzte Version des thronähnlichen Stuhls, den er in seinem Versammlungszimmer im Erdgeschoss hatte. Der ganze Raum roch nach dem Ozon eines Gewitters.

Ich war recht vertraut mit diesem Stuhl oder zumindest mit dessen Konstrukt, das Munin zum Leben erweckt hatte. Ich hatte daran gelehnt, während Lokis Lippen und Zunge Wogen der Lust zu meiner Mitte gesandt hatten. Ich hatte auf einer dieser breiten Holzarmlehnen gekauert und Thor in mir gespürt. Die Erinnerungen entzündeten ein Kribbeln zwischen meinen Beinen und trieben mir die Röte in die Wangen.

Davon wusste Odin nichts, da war ich mir ziemlich sicher. Er hatte zu dem Zeitpunkt in einem Käfig in einer Höhle in Muspelheim festgesessen. Außerdem war es nicht dieser Raum oder Stuhl gewesen, sondern nur eine Illusion. Es war besser, das aus meinen Gedanken zu verdrängen.

„Wie funktioniert es?", fragte ich und legte meine Hand auf die Seite des Stuhls. Das Holz war überraschend warm.

„Setz dich", befahl Odin und neigte den Kopf. „Mach es dir gemütlich. Du wirst besser sehen, wenn du dich wohlfühlst."

Ah, nun, ich würde mich nicht super wohlfühlen, solange ich mit dem Göttervater in diesem Raum war. Doch ich gab mein Bestes, kletterte auf den glatten Stuhl und schob mich nach hinten, sodass ich mich anlehnen konnte. In dieser Position wären meine Füße wie die eines kleinen Kindes runtergebaumelt, weshalb ich mich stattdessen im Schneidersitz hinsetzte. Meine Hände legten sich instinktiv auf die Armlehnen des Stuhls.

„Jedes Fenster blickt in ein anderes Reich", erklärte Odin neben mir. „Kannst du erkennen, welches Fenster Midgard zeigt?"

Ich musterte nacheinander alle Fenster, die ich sehen konnte. Symbole, die ich zuvor nicht bemerkt hatte, waren über jedes Fenster in den Stein geritzt worden. Das Symbol, das wie eine Flamme aussah, war offensichtlich Muspelheim. Mein Blick blieb auf einem Fenster auf meiner anderen Seite hängen, einem baumähnlichen Symbol, das an mir zupfte. Ich deutete. „Dort."

„Gut gemacht, Walküre." Odin gab dem Stuhl einen Schubs und er drehte sich zu dem Fenster. Die Aussicht hinter dem Rahmen war verschwommen. Als ich sie mit zusammengekniffenen Augen musterte und versuchte, schärfere Formen zu erkennen, kroch eine rauschende Empfindung über mich, als würde eine scharfe Brise unter meiner Haut wehen anstatt über sie. Mir stockte der Atem.

„Lass dich gehen", riet der Göttervater mit leiser Stimme. „Ich werde dir dabei helfen, den Weg zu finden." Seine Finger legten sich beruhigend um meine Schulter.

Mein Herz hämmerte noch stärker, doch ich gab mich der rauschenden Empfindung hin. Petey war irgendwo dort draußen. Diese Empfindung würde mich zu ihm bringen.

Die Landschaft vor dem Fenster drehte sich in einem Strudel aus Farbblitzen. Die Eindrücke meiner Umgebung verblassten, als hätte mich das Fenster an einen anderen Ort gesogen, obwohl ich die harte Oberfläche des Stuhls noch unter mir spüren konnte. Seen, Hügel und Gebäude peitschten vorbei, bis sich mein Magen drehte, weil mir schwindlig wurde. Dann hielt der Strudel urplötzlich inne und zeigte mir einen kleinen Garten, der tatsächlich von einem weißen Lattenzaun umgeben war.

Ein Junge saß an einem Gartentisch auf der niedrigen Terrasse, die Sonne brachte seine blonden Haare zum Glänzen und seine Hand umklammerte einen Löffel, während er über eine Schale Müsli herfiel. Petey. Ein Keuchen entfuhr mir. Er war dort und so real ...

Die Frau, die ihm gegenübersaß – seine Pflegemutter – schenkte ihm ein sanftes Lächeln, als er sein Frühstück aufaß. „Möchtest du mehr, Schatz?", fragte sie.

„Nein, danke", antwortete Petey mit seiner schüchternen, süßen Stimme, erwiderte jedoch das Lächeln. Seine blaugrauen Augen wanderten zu der Müslischachtel. Er streckte die Hand danach aus und berührte ein Bild. Ich betrachtete es genauer.

Es war das Foto einer der Karten, die er sammelte. Die Sorte, von denen ich ihm heimlich Packungen gebracht hatte, wenn ich der Meinung war, unsere Mom würde es nicht merken. Seine Stirn legte sich in Falten, als er es betrachtete, und mein Magen verkrampfte sich.

„Wir haben die Überraschung bereits rausgeholt, als wir die Schachtel das erste Mal geöffnet haben. Weißt du noch?" Seine Pflegemutter stand auf, nahm seine Schale und zerzauste ihm eindeutig liebevoll die Haare. „In der nächsten Schachtel wird eine andere Karte sein."

„Ich weiß", entgegnete Petey, sein Gesicht wirkte allerdings nach wie vor nachdenklich. Verwirrt. An wie viel konnte er sich erinnern, nachdem Hödur mich und den Rest der Leute, die er gekannt hatte, aus seinem Gedächtnis gelöscht hatte? Wusste er, dass er einst eine große Sammlung der Karten gehabt hatte? Der Packen war so dick gewesen, dass er zwei Gummibänder gebraucht hatte, damit sie nicht verrutscht waren. Hatte er das Gefühl, dass sich *jemand* die Karten mit ihm angesehen und ihm neue gekauft hatte, die er auspacken konnte?

Er stand auf und stieg von der einzelnen Terrassenstufe auf den gemähten Rasen. Eine Plastikwanne voller Spielzeuge stand neben der Stufe. Er holte ein paar Plastikdinosaurier heraus und begann, sie durchs Gras laufen zu lassen, das bis zu ihren Bäuchen reichte. Nach einer Minute hielt er inne und schaute auf den Rasen hinab, als würde er erwarten, dass sich ihm ein Spielkamerad anschloss.

Der hier ist ein Dreihorn, also nennen wir sie Sera. Ich glaube, sie ist die beste Freundin von deinem Stegosaurus.

Natürlich ist sie das. Meine Spielzeuge sind immer die besten Freunde von deinen, Ari. Sie werden einsam, wenn du uns nicht besuchen kannst.

Ich weiß, Kleiner. Ich weiß. Bald wirst du mich ständig sehen. Ich verspreche es.

Gott, wie viele Male hatte ich derartige Versprechen gemacht? Versprechen, die ich jetzt unmöglich halten konnte. Hitze wallte hinter meinen Augen auf.

In dem Moment zitterte Peteys Kinn.

„Warum habt ihr mich alle im Stich gelassen?", flüsterte er den vagen Formen der Erinnerungen zu, die er von der Zeit davor hatte.

Ein Schluchzen raubte mir den Atem und die Szene im Garten raste davon. Ich krachte so hart gegen die Stuhllehne, dass Schmerzen mein Rückgrat hinaufjagten. Das war jedoch nichts im Vergleich zu den Schmerzen, die meine Brust gepackt hatten.

„Lass ihn mich noch einmal sehen", stammelte ich. „Ich brauche … Ich muss …"

„Ich glaube, du hast genug gesehen", widersprach Odin mit einer Stimme, die nicht sanft, aber auch nicht anschuldigend war. „Er ist in Sicherheit und wird gut versorgt. Ist das nicht das, was dir wichtig ist?"

Meine Hände verkrampften sich um die Armlehnen. „Ja", musste ich antworten. Das war es.

Ich wollte jedoch auch, dass er glücklich war. Er war fort von Mom, ihrem Schimpfen und der Vernachlässigung. Er war weg von ihren Freunden und deren Händen, die ihm Blutergüsse zufügten.

Doch er hatte so verdammt *traurig* ausgesehen.

KAPITEL DREIZEHN

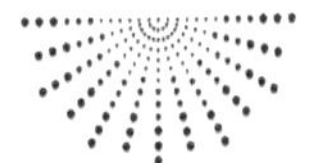

Aria

Das Zittern setzte ein, bevor ich Odins Raum mit der Leiter verlassen hatte. Ich schaffte es, mich zusammenzureißen, als mich der Göttervater aus seiner Halle geleitete. Ich konnte nicht sagen, welche Reaktion er von mir erwartet hatte, doch ich wollte verdammt sein, wenn er mich zusammenbrechen sah.

Sobald ich nach draußen trat, kroch ein Beben über meine Schultern. Ich wirbelte herum und eilte um Odins Halle und an den kleineren, leerstehenden Hallen am Stadtrand vorbei zu dem schmalen Waldstreifen, der sich zwischen der Stadt und dem Obstgarten erstreckte, der den Göttern einst ihre Unsterblichkeit geschenkt hatte.

Als mich die Bäume umschlossen, sank ich mit dem Rücken an einer Kiefer hinab zu Boden. Ein Vogel flatterte durch die sanfte Wärme des Morgens an mir vorbei und der Geruch wachsender Pflanzen füllte meine Lunge. Nichts davon reichte, um meine Nerven zu beruhigen. Ich vergrub das Gesicht in den Händen, atmete krächzend ein und sog Luft durch meine Finger hindurch. Mein ganzer Körper erzitterte.

Reiß dich zusammen, Ari. Du hast schon Schlimmeres überstanden. So viel Schlimmeres.

Doch ich konnte Peteys zarte Stimme nicht aus meiner Erinnerung löschen. Diese schwermütige Frage, obwohl er nicht wissen konnte, von wem er sprach. Er wusste nur, dass ihn *jemand* im Stich gelassen hatte, obgleich er keine Verbindung zu seinem vorherigen Leben mehr hatte.

Es tut mir leid, sprach ich in Gedanken zu ihm, als bestünde irgendeine Chance, dass er mich hören würde. *Es tut mir so verdammt leid.*

Obwohl ich mit meinen widersprüchlichen Gefühlen kämpfte, entging mir das Knirschen näher kommender Schritte nicht. Mein Kopf schnellte empor und mein Körper spannte sich an. Ich zwang mich, so locker wie möglich zu werden, und war dankbar, dass keine Tränen übergelaufen waren und meine Augen gerötet hatten.

Loki schlenderte zwischen den Bäumen hervor. Heute Morgen hatte er sich für eine dunkellila Tunika entschieden, die seine elfenbeinfarbene Haut noch blasser machte und seine Haare heller leuchten ließ. Den Bruchteil einer Sekunde hoffte ich, dass er nur auf einem Spaziergang war und mich möglicherweise nicht einmal bemerken würde. Doch dann begegnete er meinem Blick so lässig, dass ich wusste, dass er auf der Suche nach mir hierhergekommen war.

Er schlenderte zu mir und lehnte sich an die Esche gegenüber meiner Kiefer. „Ari", grüßte er mich und nickte. Sein Ton war fröhlich, seine Augen betrachteten mich jedoch forschend.

„Loki", erwiderte ich. Trotz meiner besten

Anstrengungen brach meine Stimme ein wenig unter der Last zu vieler zurückgehaltener Emotionen.

„Du hast den Göttervater besucht", stellte er fest.

Instinktiv wurde ich sauer. „Ich dachte, du verfolgst mich nicht auf Schritt und Tritt."

Er bedachte mich mit einem unheilvollen Blick. „Was bringt dich auf den Gedanken, dass ich *dich* überwacht habe?"

Oh. Er hatte die Vorgänge in Odins Halle im Auge behalten? Daraus konnte ich ihm keinen Vorwurf machen angesichts dessen, was ihm der König der Götter angetan hatte.

„Er hat mir angeboten, Petey von seinem Hochsitz aus zu beobachten", erklärte ich. „Ich habe ihn nicht mehr gesehen, seit wir ihn bei der Pflegefamilie zurückgelassen haben. Es war eine Möglichkeit, nach ihm zu schauen, ohne unsere Pläne oder ihn in Gefahr zu bringen ..."

Mir war nicht bewusst, wie angespannt Lokis Gesicht gewesen war, bis seine Züge weicher wurden. „Oh, Fee", sagte er. „Natürlich musstest du dir das anschauen." Er legte den Kopf schief. „Was ist passiert? *Wäre* er in Gefahr gewesen, wärst du bereits auf halbem Weg nach Midgard, um ihn zu retten. Aber du siehst alles andere als zufrieden aus."

Ich massierte meine Schläfen. „Ich weiß nicht, was ich erwartet habe. Irgendwie dachte ich, er könnte einfach von Null anfangen. Aber er weiß, dass ihm etwas fehlt. Wie könnte er das auch nicht wissen? Wir haben ein riesiges schwarzes Loch in seinem Gedächtnis hinterlassen. Und das belastet ihn. Ich konnte es sehen."

„Was hat Odin von alldem gehalten?"

„Ich weiß es nicht." Ich warf die Hände in die Luft. „Was hält er von irgendetwas? Er hat nur gesagt, dass ich froh sein sollte, dass Petey in Sicherheit ist, und dass ich mich damit oder etwas anderem nicht aufhalten soll. Er wirkte nicht besorgt, falls du das meinst."

„Nein. Natürlich tat er das nicht." Loki lachte rau und ich bemerkte, dass er sich versteift hatte. „In diesem Zustand hat er uns gerne", fuhr er mit einer fernen Stimme fort, die nicht so klang, als wäre sie mir bestimmt. „Er will, dass wir über einem Abgrund baumeln und nie richtig auf festem Boden stehen." Sein Mund klappte zu. In seinen bernsteinfarbenen Augen funkelte es plötzlich. Er reichte mir seine Hand. „Komm mit."

„Was?", fragte ich und rappelte mich auf. „Wohin?"

„Komm einfach mit." Er packte meine Finger und zog mich in seine Arme. Ehe ich mich versah, hatte er sich schon in die Luft erhoben, wobei er mich an sich presste, mein Kopf an seiner Schulter und meine Hüfte an seiner Taille ruhte.

Ich musste meinen Arm um seinen Hals schlingen und mich an ihn klammern, als der Boden unter uns vorbeipeitschte. „Loki! Was machst du?"

„Ich weigere mich, klein beizugeben", brummte er, was immer das heißen sollte. Die sehnigen Muskeln in seinen Armen waren dort hart, wo sie sich um mich gelegt hatten. In seinen Augen loderte es noch immer und sein Mund war zu einem grimmigen Strich verzogen, als wir weiterflogen. Dabei erzeugten wir genauso viel Wind, wie wir hinterherjagten. Die scharfe Hitze seiner feurigen Macht sickerte von seinem Körper in meinen. Ich bezweifelte, dass ihn etwas anderes als ein heranfliegender Jumbo-Jet von seinem Weg hätte abbringen können, und möglicherweise nicht einmal der.

Manchmal konnte ich fast vergessen, dass ich es mit Göttern zu tun hatte. Jetzt nicht. Ich konnte mich bloß an ihn klammern und schauen, wo wir landeten.

Wir rasten über die Regenbogenbrücke und über das

Land darunter, wobei wir das Terrain so schnell passierten, dass ich nicht mehr als einen verschwommenen Fleck erkennen konnte. Es dauerte nicht lange, bis Loki langsamer wurde. Er hielt plötzlich inne, landete jedoch mit seiner üblichen Eleganz auf einem Dach in einer Wohnstraße.

Das Dach war mir vertraut. Genauso wie die Straße. Ich hatte dort mit Hödur gekauert, um Loki und Balder dabei zu beobachten, wie sie Petey zu seinem neuen Zuhause brachten: dem zweistöckigen Haus mit den hellblauen Schindeln, das ich jetzt anstarrte. Womöglich spielte Petey noch immer mit seinen Dinosauriern im Garten. Es konnte noch keine Stunde her sein, seit ich ihn von Odins Hochsitz aus gesehen hatte.

Mein Magen machte einen Salto und meine Beine zitterten, als mich der Trickster abstellte. „Loki?"

„Niemand kann uns sehen", versicherte er mir. „Kein einziges Schwarzalbenauge wird uns erkennen. Aber wenn du möchtest, können wir deinem Bruder erlauben, dich zu sehen. Du kannst ihm sagen … was immer du möchtest. Was immer du musst. Sei für ihn da. Zur Hölle mit dem Rest."

Meine Kinnlade klappte herunter. Ich wandte mich von Loki ab und dem Haus zu und eine unbehagliche Empfindung regte sich in meinem Magen.

Ich hatte so viele Male darüber nachgedacht, ihn zu bitten, mich heimlich hierherzubringen. Ich hatte davon geträumt, wieder in Peteys Leben zu marschieren. Die Sehnsucht fuhr mit einem schmerzhaften Stich in mein Herz.

Ich machte einen Schritt zum Rand des Dachs und mein Magen verkrampfte sich stärker. Ich schluckte schwer. Die Sehnsucht war da, genauso wie all die Gründe, die mich zögern ließen.

„Ich kann nicht", verkündete ich. „Ich hasse es, was wir

ihm angetan haben, aber ich hasse noch mehr, was ihm hätte zustoßen können, wenn wir es nicht getan hätten. Es ist besser … es ist besser, wenn er traurig anstatt tot ist. Er wird darüber hinwegkommen. Es ist erst eine Woche her." Mit der Zeit würde er über mich hinwegkommen, über mein Ich, an das er sich nicht erinnern konnte. Ein frischer Kloß stieg in meiner Kehle auf. „Ich muss tun, was für ihn am besten ist, und für ihn ist es am besten, wenn ich all meine Energie darauf verwende, Surt aufzuhalten."

Loki legte seinen Arm um meine Schultern. Die beinahe irre Dringlichkeit, die ihn zuvor anzutreiben schien, hatte sich aufgelöst. Ich konnte nicht anders, als mich an ihn zu lehnen und ihm zu erlauben, einen Teil meines Gewichts zu tragen. Mein ganzer Körper fühlte sich plötzlich sehr schwer an.

„Und sie dachten, eine Walküre, die ich ihnen bringe, wäre nicht nobel", brummte er.

Ich gab einen abweisenden Laut von mir. „Du hast jemanden gewählt, der wie du ist, oder nicht? Wie viele Male hast du ignoriert, was *du* wolltest, um stattdessen das zu tun, was du für das größere Wohl hieltest?"

Das heisere Lachen entfuhr ihm erneut. „Vielleicht habe ich heute versucht, einen Teil dieser Geschichte neu zu schreiben." Er streichelte mit dem Daumen über meinen Arm. „Bist du dir sicher?"

Das Wort blieb mir kurz in der Kehle stecken, doch ich wusste, dass ich es aussprechen musste. „Ja, ich bin mir sicher."

Er beugte seinen Kopf zu mir und seine Lippen streiften meine Stirn. „Stört es dich, wenn ich dir noch etwas zeige, während wir hier unten sind?"

„Natürlich nicht. Was ist es?"

„Es wird einfacher zu erklären sein, wenn wir dort sind."

Dieses Mal ließ er mir die Wahl und ich erlaubte ihm,

mich huckepack zu nehmen. Der Trickster zog in einem langsameren Tempo los, dennoch blieb die Stadt innerhalb weniger Herzschläge hinter uns zurück. Loki raste über Felder und Wälder, Dörfer und Städte, bis eine breite Ausdehnung eines schimmernden Blaus vor uns in Sicht kam.

Der Trickster landete auf einem Felsenstrand. Sofort wehte uns ein feuchter salziger Wind entgegen. Ansonsten war niemand zu sehen, nur wir, die grauen Steine und das hellere Grau des Ozeans.

„Du weißt, dass ich meine Gestalt ändern kann", sagte Loki nach einem Augenblick der Stille.

„Du hast mir das an dem Tag, als wir uns das erste Mal begegnet sind, sehr lebhaft demonstriert", erwiderte ich und erinnerte mich daran, wie er sein Gesicht in das einer Frau verwandelt hatte. Außerdem hatte ich gesehen, wie er die Gestalt eines Wolfs angenommen hatte, der beinahe so groß war wie die Wargs, mit denen wir gekämpft hatten.

Er nickte. „Es macht den Anschein, dass deswegen … Wenn ich Kinder habe, sind sie nicht immer das, was man erwarten würde."

Ich schaute ihn an. „Was sind sie?"

Er blickte kurz über das Meer und seine Miene wurde so ernst, wie ich sie noch nie gesehen hatte. „Vor meiner Frau in Asgard hatte ich eine andere Frau, eine Riesenfrau – vor einer Ewigkeit. Sie schenkte mir drei Kinder. Eines von ihnen, das Mädchen, sah relativ menschlich aus, war auf einer Seite jedoch tödlich dunkel. Meine Söhne kamen in der Gestalt eines Wolfs und einer Schlange auf die Welt. Sie waren alle so klug und intelligent wie du und ich."

Im letzten Monat hatte ich so viele verrückte Dinge gesehen, dass ich diese Information aufnahm, ohne mit der Wimper zu zucken. „Wo sind sie jetzt?", fragte ich und dachte an Freyas Suche nach ihrer Tochter.

„Meine Tochter war die Glückliche von den dreien, könnte man sagen", erzählte Loki. „Die Götter konnten ihren Anblick nicht ertragen, weshalb Odin sie ins Reich der Toten geschickt hat, damit sie die Seelen überwacht, die ihren Weg dorthin finden."

Er rieb mit einer Hand über seinen Mund und seine Stimme wurde sorgsam ausdruckslos. „Meine Söhne starben während Ragnarök. Sie griffen die Götter gemeinsam mit mir an. Sie waren eigentlich keine Monster, weißt du. Doch so sah Asgard sie und behandelte sie dementsprechend … Sie ketteten Fenrir, den Wolf, an und hielten ihn gefangen. Und Jörmungandr, die Midgardschlange, schleuderten sie in diesen Ozean und drohten ihm mit der Todesstrafe, sollte er jemals auftauchen. Ein Versprechen, das Thor einhielt, als es so weit war."

Ich zuckte zusammen. „Es tut mir leid", sagte ich. Mit wie vielen Qualen seiner Kinder hatte Munin ihn gefoltert?

Ich drehte mich zu ihm um und umarmte ihn. Loki neigte mein Gesicht nach oben, indem er mit den Fingern über meinen Kiefer strich, und ich hieß seinen Kuss willkommen. Während der kalte Wind um uns peitschte, fühlte es sich kurz so an, als wäre er die einzige Wärme in der ganzen Welt.

Als ich zurückwich, lächelte er. „Das ist alles Schnee von gestern, wie man so schön sagt", erklärte er und sein üblicher lässiger Ton kehrte zurück. „Man hat mir erzählt, dass es den Charakter stärkt, sich an erbrachte Opfer und an die Schmerzen zu erinnern, die man ertragen hat."

Nein, er hatte mich nicht nur aus diesem Grund hierhergebracht. „Bist du okay?", fragte ich.

Er tat die Frage mit einem Fingerschnipsen ab. „Meine liebe Ari, wann bin ich jemals etwas anderes? Gehen wir, ich war gefühlsduselig genug für heute. Du willst Surt besiegen?

Dann widmen wir uns am besten wieder unserem Training, bevor die anderen Alarm schlagen."

Er hob mich mühelos auf seinen Rücken und ich lehnte meinen Kopf an seinen Hals, als er zum Himmel sprang. Mein Magen war fest verknotet. Er hatte sich aus seiner Melancholie gerissen, doch ich glaubte keinen Augenblick lang, dass ihn ‚der Schnee von gestern' nicht mehr heimsuchte.

Falls dies die Botschaft war, die er mir vermitteln wollte, konnte er sie als empfangen betrachten: Nie in meinem Leben würde ich zulassen, dass sich Petey auch nur einem Bruchstück dessen stellen musste, was Odins Pläne Loki und seinen Kindern angetan hatten.

KAPITEL VIERZEHN

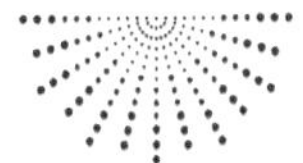

Balder

Ich war auf halbem Weg zum Übungsfeld, als sich der Pfad meines Vaters mit meinem kreuzte. Ich musterte Odin, während er neben mir herging. Sein Mantel sah noch verblasster und die Hutspitze zerknitterter aus als üblich, sein braunes Auge leuchtete jedoch hell.

„Mein Sohn", grüßte er mich mit der Wärme, die er mir immer entgegenbrachte. Ich hatte zuvor nie richtig darüber nachgedacht, dass er diesen Ton bei keinem anderen benutzte. Nicht einmal bei meinem Zwillingsbruder. Doch jetzt, nach den ehrlichen Gesprächen, zu denen Hödur und ich getrieben worden waren, störte mich dieser Unterschied. Warum sollte ich diese Vorzugsbehandlung erhalten?

„Vater", erwiderte ich und neigte den Kopf.

„Wie geht euer Training voran?", fragte er. „Wächst diese gemeinsame Kraft, die ihr vier gefunden habt?"

„Fünf", verbesserte ich ihn automatisch. „Wir fünf."

„Die Walküre. Ja. Allerdings macht es den Anschein, als wäre sie eher eine Leitung als eine Kraft.“

Ich verschluckte mich an einem Lachen. Das hätte er nicht gesagt, wenn er Aria jemals in Aktion erlebt hätte. „Sie besitzt zwar keine göttliche Kraft oder Magie“, erklärte ich, „aber sie ist eine Kämpferin, die man nicht außer Acht lassen sollte. Sie hatte viel weniger Zeit als wir, sich im Umgang mit ihren Kräften zu üben.“

Odin summte. Ein skeptischer Laut. Ein Teil von mir wollte darauf bestehen, dass er Aria den angemessenen Respekt zollte, ein anderer Teil schreckte jedoch davor zurück. Verdient oder nicht, ich besaß die Gunst meines Vaters. Wollte ich wirklich herausfinden, wie es war, sie zu verlieren?

Natürlich hatte er mich trotz seiner Gunst sterben und jahrelang in der Leere verharren lassen als Teil eines großen Plans, den er dem Rest von uns nie anvertraut hatte. Ein Schatten bebte durch mich hindurch und wuchs aus meinen Fingerspitzen. Ich wischte sie an meinem Oberteil ab und spürte, wie sich die Fäden auflösten.

Dies war nicht der richtige Zeitpunkt, um die Vergangenheit aufzuwärmen. Nicht, wenn der Riese, der einst so viele von uns abgeschlachtet hatte, das Ganze wiederholen wollte. Ich rief mir Odins Frage in Erinnerung.

„Ich glaube, die Zusammenarbeit zwischen uns wird instinktiver“, berichtete ich. „Momentan verlassen wir uns darauf, dass einer von uns – normalerweise Thor – das Stichwort gibt, damit wir uns gleichzeitig bewegen. Die Momente natürlicher Harmonie ereignen sich allerdings häufiger. Freya hält uns mit ‚Überraschungen‘ auf Trab.“

Mein Vater gluckste. „Ich kann mir vorstellen, dass sie Spaß daran hat. So, wie ich das verstehe, seid ihr bei eurer letzten Begegnung mit den Schwarzalben gut zurechtgekommen. Denkst du, dass ihr bald bereit sein werdet, es mit einem stärkeren Feind aufzunehmen?"

Unsere letzte Begegnung mit den Schwarzalben, als wir das zweite Tor nach Midgard versiegelt hatten, hatte sich viel zu einfach angefühlt. Weniger wie ein Kampf und mehr wie eine Vernichtung. Die Schatten, die hinter meinen Rippen hervorsickerten, zuckten. Jeden Tag befreiten sich mehr und brannten durch das Licht, das normalerweise meine Brust füllte.

„Das ist schwer, zu sagen", erwiderte ich. „Denkst du, wir müssen Surt bald angreifen? Wir haben seinen Nachschub an Draugar-Soldaten behindert. Ich bin mir nicht sicher, ob es so schlau wäre, einen Angriff auf seinem Grund und Boden zu starten, bevor unsere vereinten Kräfte vollkommen synchron sind." Und vielleicht nicht einmal dann. Wir fünf – sieben, falls sich Freya und Odin dem Kampf ebenfalls anschlossen – gegen den Riesen der Flammen und seine ganze Armee in dem Reich, das er für sich beansprucht hatte? Wir brauchten bestimmt eine längere Vorbereitungszeit, bevor wir das versuchen konnten.

„Je länger er aktiv ist, desto größer das Übel", brummte Odin auf seine nichtssagende Art. „Nun, ich glaube, ich werde mich selbst von euren Fortschritten überzeugen."

Die anderen standen bereits in dem Trainingsbereich, wo das Gras der Wiese von unseren vorherigen Versuchen entweder plattgetrampelt, aufgerissen oder verbrannt war. Mehrere Zielobjekte waren an verschiedenen Punkten rings um unsere Gruppe platziert worden. Aufgrund der vielen Trainingspuppen, die wir zerstört hatten, hatte Freya angefangen, mit ihrer Magie Illusionen anderer Angreifer um die Zielobjekte herum heraufzubeschwören. „Mehr Kämpfen, weniger Basteln", hatte sie gestern gesagt.

Odin blieb am Rand der Wiese stehen, während ich zu meinen Kameraden rannte. Thor und Loki unterhielten sich, wobei Thor laut über etwas lachte, was der Trickster gesagt hatte. Ari schenkte mir ein freundliches Lächeln. Mein Zwilling lächelte ebenfalls, seine Augen blieben jedoch dunkel. Ich musterte ihn und fragte mich, ob er grimmiger als üblich aussah, oder ob ich seine Launen einfach stärker bemerkte, jetzt, da ich mich nicht in einen Schleier aus Verträumtheit wickelte, um allem zu entfliehen, was Qualen hervorrufen konnte.

„Die Gruppe ist vollständig", rief Freya vom Seitenrand. „Wollen wir anfangen?"

Die Wahrheit war, dass uns fünfen der Kampfstil, den wir entdeckt hatten, in Fleisch und Blut übergegangen war, obwohl ich bei meinem Vater etwas anderes angedeutet hatte. Mein Blick fing Thors und anschließend Lokis auf, während Aria in unserer Mitte Position bezog. Ein Kribbeln der Verbindung sauste aus jeder Richtung über meine Haut. Ich spürte es genauso stark, wie ich hörte, dass unsere Atemzüge einen Rhythmus fanden. Unsere Bewegungen begannen, sich ohne unser Zutun zu synchronisieren.

Hier auf dem Übungsfeld, wo wir so sehr an dieser Harmonie gearbeitet hatten, wurde es natürlich. Wie gut würden wir zu diesen Mustern finden, wenn wir von einer Armee Draugar angegriffen wurden?

Hödur trat neben mich, woraufhin ich unsere Verbindung spürte, aber auch ein Beben der Anspannung, das von ihm ausging. Ich runzelte die Stirn. Etwas bedrückte ihn eindeutig. Obwohl er versuchte, eine lässige Haltung zu präsentieren, waren seine Schultermuskulatur und sein Rücken verkrampft. Machte ihm einfach nur die Anwesenheit unseres Vaters zu schaffen? Er konnte Odin zwar nicht sehen, doch ich hegte keinerlei Zweifel daran, dass er die Stimme des Göttervaters gehört hatte, als wir näher gekommen waren.

Ich konnte ihn schlecht danach fragen, während Odin in

der Nähe war und mich überhören konnte. Später konnte ich Hödur mein Ohr leihen, falls er reden wollte. Es war das Mindeste, was ich ihm anbieten konnte, nachdem ich so lange sämtliche Gespräche gemieden hatte, die ihm etwas Frieden verschafft hätten.

Wir bauten uns vor dem ersten Ziel auf. Freyas heraufbeschworene Gestalten entstanden flackernd rings um uns herum – ein Schwarm verschwommener Schwarzalben. Thor hob seinen Hammer, um uns das Signal zu geben, und wir sprangen alle vor.

Ich wusste nie, wie sich das Licht, das ich wirkte, mit der Magie der anderen verbinden würde. Unsere Magie schien das aus eigenem Antrieb heraus zu tun. Dieses Mal krachte sie gegen Lokis Feuerstrahl und ließ das Feuer heller und heißer brennen. Thors Hammer flog durch es hindurch, ließ es mit einem knisternden Blitz noch höher lodern und trat mit leuchtenden Flammen auf der anderen Seite hervor, bevor er in einem der festen Ziele einschlug. Die Illusionen zischten und lösten sich in den Flammen auf.

Freya war noch nicht fertig. Ich hatte unseren ‚Sieg‘ gerade erst registriert, als mehrere Magieblitze von oben auf uns herabfuhren. Wir wirbelten herum, wobei unsere Herzen im Einklang schlugen. Ein Lichtblitz brach aus Arias Händen hervor. Er war kleiner als Thors, aber dennoch kräftig. Ich schleuderte ein flammendes Leuchten zusammen mit den anderen empor und beobachtete, wie die Strahlen um Hödurs schattenhafte Geschosse wirbelten, bevor sie sich teilten und unsere ‚Angreifer‘ zerstörten.

Die zerfetzten Stränge von Freyas Magie trieben davon, während sie harmlos zu Boden segelten. Thor stieß einen triumphierenden Schrei aus und hob seine Hand zu einem High Five, das Aria erwiderte, indem sie hochsprang. Auf der anderen Seite des Felds applaudierte uns Odin mit einem langsamen Klatschen.

„So werden wir diese Schurken besiegen", verkündete er mit zufriedener Stimme. „Schaut, wie sehr ihr diese Kraft verfeinern könnt."

Er wandte sich ab, um wieder zu gehen, und Freya wählte diesen Moment, um ein paar der anderen Strohziele auf uns zu schleudern. Ich zuckte zusammen und wirbelte zu dem Rascheln herum. Die anderen fuhren ebenfalls herum.

Thors Schrei, der uns anleiten sollte, wurde eher instinktiv als berechnend ausgestoßen, diente jedoch trotzdem als Signal. Wir griffen die Zielobjekte gemeinsam an. Verbranntes Stroh regnete auf uns herab.

„Schurken", wiederholte Hödur leise, als er einige Strohhalme von seinem Shirt strich, die daran hängengeblieben waren. Er drehte den Kopf in die Richtung, in die Odin gegangen war, und legte ihn schief, als würde er lauschen. Unser Vater war bereits zwischen den Gebäuden der Stadt verschwunden.

„Er ist fort", berichtete Aria. „Was bedrückt dich?"

Hödur spannte seinen Kiefer an und drehte sich zu uns um. „Ich bin heute Morgen nach Svartalfheim gegangen, um mich mit den Schwarzalben zu unterhalten."

„Was?", rief Thor und Aria riss die Augen auf.

Lokis Augenbrauen wölbten sich. „Also hat Mr. Schwarzmaler doch einige Tricks auf Lager."

Hödur drehte sich in die Richtung des Tricksters und verzog das Gesicht.

„Was hast du herausgefunden?", fragte ich, während es eng in meiner Brust wurde. Nach seinem Benehmen zu urteilen, war es nichts *Gutes*.

„Oh, die Schwarzalben hegen definitiv einen Groll", berichtete er. „Sie haben sich nicht für das entschuldigt, was sie tun. Es klang allerdings nicht so, als wären sie besonders glücklich über die Wahlmöglichkeiten, die ihnen zur Verfügung standen. Die Reiche sind instabiler geworden, als wir gedacht haben. Die Höhlen in Svartalfheim stürzen ein. Die Schwarzalben können kaum genug Essen anbauen, um sich zu ernähren. Sie befinden sich eindeutig in einer Situation, in der sie sich entscheiden müssen, ob sie töten oder getötet werden. Ich bin mir nicht sicher, ob ich es ihnen verübeln kann, dass sie die erste Route eingeschlagen haben. Surt ist der Einzige, der ihnen einen Ausweg anbietet."

„Gibt es etwas, was wir tun *können*?", fragte Aria.

Hödur neigte seinen Kopf. „Ich weiß es nicht. Ich weiß nicht, warum die Reiche zusammenbrechen. Wenn es einer weiß, dann Odin, und er tut so, als wüsste er nichts davon. Er muss eine Ahnung haben. Wir haben das Thema direkt angesprochen und er tat so, als hätten sie keinen anderen Grund als Boshaftigkeit."

Er spuckte das letzte Wort regelrecht aus und spannte sich noch mehr an. Die Dunkelheit, die sich durch mein Inneres wand, zuckte.

Meine Hände ballten sich wegen dieser beunruhigenden Empfindung zu Fäusten. Ein Teil der Dunkelheit entwischte meinen Fingern dennoch und tüpfelte das Gras zu meinen Füßen mit Fäulnis. Mein Herz machte einen Satz, die Aufmerksamkeit der anderen lag jedoch nach wie vor auf Hödur.

„Wenn er es wüsste …", begann Freya.

Hödur hob den Kopf in ihre Richtung. „Denkst du ehrlich, es besteht eine Möglichkeit, dass er es nicht weiß?"

Freya verschlug es die Sprache und sie richtete sich auf. „Ich werde mit ihm sprechen. Ich muss ihm nicht verraten, dass du entgegen seinen Wünschen gehandelt hast. Ich kann ihn einfach drängen, andere Möglichkeiten in Erwägung zu ziehen, tiefer zu graben und sich wenigstens mir zu öffnen."

Und wir würden sehen, wie weit wir damit kommen würden. Plötzlich durchbohrte ein Gefühl der

Hoffnungslosigkeit meine Brust. Was konnten wir erreichen, wenn uns derjenige in die Irre führte, der uns leiten sollte?

„Wir sollten weiter trainieren", hörte ich mich sagen, ohne dass ich die Worte durchdacht hatte. „Es ist jetzt alles aufgebaut und wir müssen nach wie vor kämpfen. Dann … dann können wir besprechen, wie wir weitermachen wollen."

„Dem stimme ich zu", erwiderte Thor barsch, was die Angelegenheit zu entscheiden schien. Wir gingen etwas widerwilliger als zuvor zu unserem nächsten Ziel. Freya biss auf ihre Lippe und wedelte mit dem Arm, um mehr von ihrer Magie heraufzubeschwören. Dieses Mal waren es keine Schwarzalben, sondern Draugar.

Der Anblick ihrer aufgeblähten, wenn auch verschwommenen, heraufbeschworenen Körper zerrte eine qualvolle Erinnerung aus Munins Gefängnis ans Tageslicht: Der Augenblick, als Hödur und ich neben meinem zusammengebrochenen Körper gekniet hatten und dieser wie ein Draugr auferstanden war und meinem Zwillingsbruder jeden finsteren Gedanken an den Kopf geworfen hatte, den ich auszulöschen versucht hatte.

Thor brüllte und wir sprangen alle vor. Ich beschwor einen brennenden Lichtblitz hervor – und die dunklen Ranken in mir traten mit ihm aus. Der Blitz schlug wie beabsichtigt in die Zielfigur ein, schleuderte dabei jedoch die dunklen Ranken zur Seite. Diese peitschten daraufhin mit einem sengenden Zischen gegen Lokis Wade.

Der Trickster schrie auf und fiel auf den Hintern, während er an der verklumpten Energie zerrte, die sich an ihn klammerte. Blut sickerte bereits durch sein Hosenbein. Mein Herz setzte aus, ich warf mich auf ihn und beschwor das heilende Licht in meine zitternden Hände.

„Was in den neun Reichen sollte das, Freya?", schimpfte Loki. „*Ich* bin nicht das verfluchte Ziel."

Meine Schultern wurden steif, doch ich wusste, dass es jetzt zu spät war. Ich konnte es nicht mehr geheim halten.

„Es war nicht Freya", verkündete ich, als meine Magie die Wunde und die bösartige Energie, die sie verursacht hatte, schmolz. „Ich war es. Ich wollte nicht ... es ist rausgerutscht, bevor ich es erwischen konnte."

Jetzt starrten mich alle an, einschließlich Loki. „Falls du jemanden deckst, ist das erbärmlich", sagte er. „Dieses Schattending sah wie nichts aus, was von dir kommen könnte. Es könnte allerdings das Werk deines Zwillings gewesen sein."

„Nein." Ich setzte mich auf meine Fersen. Die Dunkelheit in mir regte sich beharrlicher als zuvor. Wenn ich nicht darum kämpfte, sie zu unterdrücken, kostete es mich überhaupt keine Mühe, die Hand zu heben und die Ranken aus meinen Händen sickern zu lassen.

„Balder", murmelte Aria.

„Während meines Todes", erklärte ich, bevor jemand fragen musste. „In der Leere. Es war dunkel und kalt und ... nach einer Weile sickerte die Dunkelheit in mich. Ich dachte, ich hätte sie zurückgelassen, als ich wiedergeboren wurde, erlaubte mir allerdings nie, besonders sorgfältig nachzuschauen. Ich ... Nach Munin ... ich kann es beherrschen. Ich muss nur die richtige Methode finden."

Ich konnte mich nicht dazu überwinden, einen von ihnen anzuschauen, nicht einmal meinen Zwilling. Uns drohten so viele Gefahren und ich hatte eine in meinem Körper in unsere Mitte gebracht.

KAPITEL FÜNFZEHN

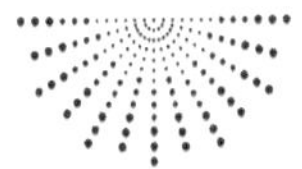

Aria

Balder sah so zerrissen aus, dass sich meine Brust zuschnürte. Ich ging zu ihm und legte eine Hand auf seine Schulter, während er nach wie vor neben Loki hockte. „Wir werden es herausfinden", versprach ich.

„Ja", stimmte Loki zu, rappelte sich auf und klopfte sich den Staub von den Kleidern. „Vielleicht sollten wir mit weiteren Trainingseinheiten warten, bis du dieses Problemchen unter Kontrolle hast." Er blickte zu Freya. „Du könntest dieses Gespräch mit deinem Ehemann führen."

Freyas Mund spannte sich an, doch sie nickte.

„Brauchst du noch etwas von uns?", fragte Thor seinen jüngeren Bruder. „Wenn ich irgendwie helfen kann …"

„Nein", antwortete Balder leise. Seine Stimme hatte den Großteil ihrer üblichen Fröhlichkeit verloren. „Aber danke. Die Dunkelheit ist in mir. Ich werde schauen, was ich tun kann, um sie besser zurückzuhalten."

Loki schlug Thor auf den Rücken. „Warum begleitest du mich nicht? Mir fallen einige andere Methoden ein, wie wir herausfinden können, was die Reiche erschüttert. Allerdings scheinen die Leute Fragen stets schneller zu beantworten, wenn du und dein Hammer in der Nähe seid."

Thors Glucksen klang nicht besonders belustigt, doch er folgte Loki von der Wiese. Hödur kniete sich auf die andere Seite seines Zwillings.

„Wie fühlt sie sich an?", fragte er. „Die Dunkelheit. Woher kommt sie?"

„Ich bin mir nicht sicher." Balder berührte die Mitte seiner Brust. „Diese kalten Stränge sickern einfach von irgendeiner Stelle in mir heraus. Sie sind so dick, dass mein natürliches Licht sie nicht verbrennen kann."

Mir kam so plötzlich und furchterregend ein Gedanke, dass es mir die Kehle zuschnürte. „Es liegt nicht daran, dass ich … dich ermutigt habe, deine anderen Seiten zu erkunden. Dir selbst zu erlauben, verrucht zu sein. Könnte das der Grund sein, aus dem …"

Balder schüttelte bereits den Kopf. Er packte meine Hand, hob seine strahlend blauen Augen und begegnete meinem Blick. „Das ist nicht deine Schuld, Aria. Überhaupt nicht. Was immer in mir ist, es ist dort schon lange Zeit. Ich musste mich meiner Vergangenheit stellen und dies ist ein Teil davon. Mir war nur nicht bewusst, dass es so viel gab, was ich tief in mir vergraben hatte."

„Und ich bezweifle, dass unser Vater viel nutzen wird", brummte Hödur schärfer, als ich es von ihm gewohnt war. „Soweit wir wissen, könnte dies ein Teil seines großen Plans sein."

Das Surren der Anspannung, das ich zuvor bei ihm wahrgenommen hatte, bebte über mich. Balder massierte seine Stirn und seine Gesichtszüge verhärteten sich. Ich zerbrach mir den Kopf nach etwas, was ich vorschlagen könnte. Vielleicht gab es irgendwelche Maßnahmen, mit denen ich Balder helfen konnte, denn ich wollte nicht einfach gehen und die beiden mit diesem Schlamassel allein lassen.

„Vielleicht ist es nicht die richtige Vorgehensweise, die Dunkelheit einzusperren", schlug ich vor und richtete mich auf. „Wenn du zu viel in dir angestaut hast, warum lässt du nicht einen Teil davon raus? Du solltest sie besser kontrollieren können, wenn du sie absichtlich aussendest." Ich blickte zu den leuchtenden Mauern Walhallas am Wiesenrand. „Ich habe das Gefühl, dass wir alle Spaß daran hätten, auf konkretere Art Dampf abzulassen."

Hödur zog seine Augenbrauen hoch. „Was hast du im Sinn, Walküre?"

Er hatte mich früher so genannt, als wollte er sich dadurch von mir distanzieren. Jetzt klang das Wort aus seinem Mund jedoch wie eine Liebkosung. Ein Kompliment, das mich an all die Kräfte erinnerte, die ich in diesem neuen Leben hatte, das mir geschenkt worden war.

„Auf mich macht es den Anschein, als gäbe es in der Halle der Krieger schrecklich viele Waffen, die leider vernachlässigt wurden", erklärte ich und erlaubte mir ein Lächeln. „Was haltet ihr davon, wenn wir einige Dinge mit unseren Händen anstatt mit Magie zerstören?"

Hödur sah noch skeptisch aus, stand jedoch ebenfalls auf. Er reichte seinem Zwilling eine Hand, der sie ergriff und aufstand. Wir stapften über die Wiese nach Walhalla.

Die Schwerter und Speere, die an den Wänden hingen, funkelten bedrohlich, wie sie es immer taten. Ich betrachtete sie und entschied mich für ein Kurzschwert mit einer leicht gebogenen Klinge und einem mit Leder umwickelten Griff. Die Muskeln in meinem Arm zuckten, als ich es testend schwang. Das Schwert fühlte sich nicht so angenehm wie mein vertrautes Klappmesser an, hatte jedoch ein befriedigendes Gewicht. Vielleicht war es an der Zeit, dass ich mich größeren Waffen widmete.

Balder nahm ein Schwert von der Wand, das länger war als das, welches ich gewählt hatte. Außerdem hatte es einen silbernen Schimmer, der zu seinem natürlichen Licht passte. Es sang durch die Luft, als er es wirbeln ließ. Zum ersten Mal, seit ich ihn heute Morgen gesehen hatte, bog ein Lächeln seine Lippen nach oben.

„Ich bin mir nicht sicher, ob es die klügste Idee ist, dem Blinden eine scharfe Waffe zu geben", meinte Hödur trocken. Er fuhr zaghaft mit den Fingern über die Klingen, die an der Wand hingen.

„Wir werden dir genügend Platz lassen", versprach ich. Vor der Eingangstür der Halle war eine etwa sechs Meter breite Stelle, bevor die Tischreihen begannen. „Falls dir ebenfalls danach ist, etwas kurz und klein zu schlagen."

„Die Vorstellung *hat* ihren Reiz. Ich denke, in diesem Fall wäre eine kurze Waffe besser." Er nahm einen Dolch von der Wand, der nur so lang wie sein Unterarm war, und stach damit vorsichtig vor sich in die Luft. „Ich kann uns auch etwas besorgen, gegen das wir kämpfen können."

Auf einen Wink seiner anderen Hand hin huschten Schatten über den Boden und erhoben sich vor jedem von uns zu ausdruckslosen menschenähnlichen Gestalten. Meine trat zur Seite, wenn ich es tat, und folgte meinen Bewegungen.

„Sie werden bei euch bleiben", erklärte Hödur. „Dann muss ich nicht verfolgen, wo ihr seid. Tut damit, was ihr wollt. Es ist nur ein Schatten – ihr könnt ihm nicht wehtun."

Ich schlug mit dem Schwert durch den Arm der Gestalt und ein Hauch Dunkelheit löste sich mit einem Zischen. Klasse. Ich fing Balders Blick auf und er hob sein Schwert. Kurz versteifte er sich. Dann tröpfelte ein Strom Dunkelheit aus seiner Hand über die Klinge.

Ich musste ihm einfach zuschauen, als er sich auf das Schattenziel stürzte. Etwas funkelte ängstlich, jedoch entschlossen in seinen Augen. Er schnitt durch den Oberkörper der Gestalt und die Dunkelheit, die er ausgestoßen hatte, strömte über die Klinge. Die Gestalt erbebte, Schattenstücke übersäten den Boden und fügten sich wieder zusammen.

Balder schwang immer wieder das Schwert und zerschnitt die Schattengestalt mit funkelndem Stahl und Wogen seiner eigenen Dunkelheit. Seine Miene wurde mit jedem Hieb wilder. Ein Schweißfilm bildete sich auf seiner Stirn und machte seine weiß-blonden Haare feucht. Die Emotionen, die er aussandte, waren so nervenaufreibend, dass mein Herz wehtat.

Er hatte so viel Zeit damit verbracht, *alles* einzusperren, was ihn jemals gestört hatte. Ich vermutete, dass es ihm schreckliche Angst machte, diese Unruhe rauszulassen. Für ihn war jedoch am wichtigsten, sicherzustellen, dass er nie wieder einen von uns verletzte, nicht einmal aus Versehen.

Ich widmete mich wieder meiner eigenen Übungsfigur und knirschte mit den Zähnen. *Hieb.* Das war für Odin, seine Geheimnisse und seinen herablassenden Ton. *Hieb.* Das war für Surt, der vorhatte, uns alle abzuschlachten. *Hieb.* Das war für Munin und die schrecklichen Erinnerungen, die sie uns entgegengeworfen hatte. Das wachsende Brennen in meinen Muskeln brachte eine Woge der Erleichterung mit sich.

Ein Grunzen auf der anderen Seite des Raums erregte meine Aufmerksamkeit. Trotz seines Zögerns griff Hödur seine Zielfigur an. Er stand mit beiden Beinen fest auf dem Boden in dem Abschnitt des Raums, den er mehrere Meter entfernt von Balder und mir übernommen hatte. Als mein Blick ihn fand, zeigte sein Gesicht nichts als schwelenden Zorn. Er stach und drehte seinen Dolch durch die Schatten, die er nur spüren, nicht sehen konnte. Seine Brust hob und senkte sich von seinen unregelmäßigen Atemzügen.

Bei diesem Anblick tat mein Herz noch stärker weh, weshalb ich mein Schwert senkte und auf den nächstbesten Tisch legte. Anschließend ging ich um die Bänke herum zu Hödurs Seite des Raums.

Ich hatte Angst, ihn zu erschrecken, doch er hörte anscheinend meine Schritte. Er stach noch ein paar Mal auf sein Ziel ein, ehe er sich zu mir umdrehte. Sein Gesicht war gerötet und in seinen dunkelgrünen Augen funkelte eine stille Emotion.

„Geht es dir gut?", fragte ich. Mir war nicht bewusst gewesen, dass *er* so dringend Dampf ablassen musste.

Er drehte den Griff des Dolchs in seiner Hand, während sein Kiefer mahlte. „Mir geht es prima", antwortete er. „Ich habe die Herrschaft des Göttervaters lange Zeit überlebt. Ich ... ich weiß einfach nicht, ob ich *dich* vor dem beschützen kann, was er möglicherweise mit uns vorhat."

Der Schmerz wurde zu einem Kloß, der in meiner Kehle aufstieg. „Hödur ..."

„Das hier war jedoch gut", fuhr er in einem lässigeren Tonfall fort, bevor ich mir überlegen musste, was ich sagen sollte. „Es hat geholfen, einfach alles rauszulassen, wie du es vorgeschlagen hast. Ich fühle mich geerdeter. Hilft dir der Übungskampf, Bruder?"

Balder hatte beim Klang unserer Stimmen innegehalten. Er nickte und wischte sich den Schweiß von der Stirn. „Ich glaube, ein Teil der Dunkelheit ist wirklich fort. Momentan ist sie in mir weniger verworren – weniger düster." Er hielt inne und einer seiner Mundwinkel verzog sich nach unten. „Ich wünschte, ich wüsste, dass dies alles ist und die Dunkelheit nie wieder zurückkommt, wenn ich sie erst einmal losgeworden bin."

Diese Bemerkung sandte einen anderen Stich durch mich

hindurch. Es war noch nicht allzu lange her, seit ich Loki gestanden hatte, wie viel Angst ich vor den Schatten in *mir* hatte. Vor den Schatten, die sich durch meinen Körper wanden und Leben fordern konnten, wie es einst die Aufgabe der Walküren war. Ich hatte es geschafft, Frieden mit dieser Kraft zu schließen, oder nicht?

„Wäre es wirklich so schlimm, wenn du nicht alles loswerden kannst?", fragte ich. „Sie muss niemandem wehtun. Hödur trägt Dunkelheit in sich und er entscheidet, wie sie sich benimmt." Seine Schatten hatten bewiesen, dass sie genauso leicht Lust bereiten konnten wie Schmerzen. Die Erinnerung an seine Schatten, die über meine Haut glitten, sandte ein warmes Beben zu meiner Mitte. „Du denkst nicht schlechter von ihm, weil er sie besitzt, oder?"

Balder legte sein Schwert ab und verzog den Mund. Sein Blick war jedoch liebevoll, als er seinen Zwilling betrachtete. „Natürlich nicht. Die Dunkelheit gehört allerdings zu seinem Wesen und ist ein Teil von ihm. In mir ..."

„Es ist gar nicht so anders." Ein neuer Drang überkam mich, als ein Teil des Frusts verflog, den ich mit mir herumgeschleppt hatte. Zuerst berührte ich Hödurs Arm, bevor ich mich vorbeugte und seine Schulter mit den Lippen streifte. Seine Haut schmeckte leicht rauchig. „Und es ist keine Bürde oder etwas, was versteckt werden muss. Es kann auch hübsch sein." Die nächsten Worte zerrten leicht an mir, als sie herauskamen, und ein nervöses Zittern durchlief meinen Körper, doch ich verdrängte diese Furcht. „Ich liebe Hödurs Dunkelheit."

Hödurs Stimme klang erstickt von Gefühlen. „Ari."

Er umfasste mein Gesicht und ich gab mich seinem Kuss hin. Ich gab mich allem hin, was er fühlte, Dunkelheit und Licht, obwohl die Zärtlichkeit seiner Berührung so viel Sehnsucht in mir weckte, dass es mir Angst machte. Dann ging ich von ihm zu Balder.

„Ich könnte auch die Dunkelheit in dir lieben."

Das Leuchten, das in die Augen des Lichtgottes trat, war in diesem Moment purer Lust geschuldet. Seine Hand legte sich auf meine Taille und ihm stockte der Atem, als ich an ihn herantrat und meinen Mund auf seinen presste.

Ich genoss seine Körperhitze und das Beben seiner Muskeln, als sich sein anderer Arm um mich legte und mich noch näher an sich zog. Er neigte seinen Kopf, um den Kuss zu vertiefen, und seine Zunge neckte meine.

Verlangen flammte tief in meinem Bauch auf. Ich küsste den Lichtgott heftiger und ließ meine Hände unter seinem Shirt nach oben wandern, um die Konturen seiner Muskeln auf seiner nackten Haut nachzufahren. Ein Stöhnen entwich ihm.

Er neigte meinen Kopf nach hinten und sein Mund fand die empfindliche Haut an meiner Halsbeuge. Seine Hände glitten meine Seiten hinauf und verteilten überall, wo sie mich berührten, schimmernde Lust. Mit einem heiseren Atemzug riss er mir das Top vom Körper. Eine Bewegung seines Daumens lockerte meinen BH.

Balder hob seine Hand an meinen Busen und ein Leuchten erhellte seine Handfläche, ehe es über meine Haut kribbelte und ich wimmerte. Ein flackernder Schatten schloss sich ihm an, was sich in der Hitze wie ein kurzer Anflug von Kälte anfühlte. Mein Nippel richtete sich wegen der gegensätzlichen Empfindungen auf. Ich zuckte nicht zurück, sondern schmiegte mich aufmunternd in seine Berührung.

Mit einem begierigen Laut senkte er den Kopf und saugte die Spitze meines Busens in die feuchte Hitze seines Mundes. Ich wölbte mich ihm entgegen und ein Keuchen entschlüpfte meinen Lippen. Zugleich kribbelte meine entblößte Haut vor dem Verlangen, berührt und von beiden Seiten von dieser Zuneigung umhüllt zu werden, von der ich nicht einmal im Traum gedacht hätte, dass ich sie verdiente.

Balder stimulierte meinen Nippel mit der Zunge und ich klammerte mich an seinen Hals. Meine andere Hand streckte ich nach Hödur aus. „Bitte. Ich möchte, dass du heute mehr als ein Beobachter bist."

Er trat schnell zu uns, weshalb ich vermutete, dass die Bitte nicht nötig gewesen wäre. Die Lippen des dunklen Gottes streiften die Seite meines Halses und sein Körper presste sich von hinten an mich. „Ist dir das hier lieber?", raunte er. Seine Stimme war so voller Versprechen, dass ich quasi vor Sehnsucht zitterte.

„Ja. Oh!" Seine Hand schloss sich um meinen anderen Busen und sein Daumen neckte die Spitze mit der kühlen Berührung eines Schattens. Balder nuckelte kräftiger an mir und Hödur drehte meine Wange, sodass er meinen Mund erreichen konnte. Daraufhin schwebte ich in nichts als purer Wonne.

Wonne und dem brennenden Verlangen nach mehr. Balders Hand glitt zwischen meine Schenkel. Ich schrie auf, als er seine Finger durch meine Jeans hindurch über meine Mitte gleiten ließ. Sie hinterließen ein warmes Leuchten durchzogen mit einer kalten Erregung. Hödur gab meinen Mund frei, um einen Pfad über mein nacktes Rückgrat zu küssen. Unterdessen zog ich Balder zu mir hoch, damit er mich erneut küsste. Mein Körper wiegte sich lüstern im Einklang mit den Bewegungen seiner Hand. Meine Finger wanderten über seine Brust zu der Wölbung hinter seinem Hosenschlitz.

Er stöhnte erneut. Ich streichelte ihn und ein sehr konkretes Verlangen überkam mich.

Ich konnte das tun. Ich war kein Opfer mehr. Was ich wollte, konnte ich mir nehmen – und geben. Die Vergangenheit spielte keine Rolle, wenn ich es nicht zuließ.

Meine Hand machte sich an dem Knopf und Reißverschluss zu schaffen. Dann schob ich meine Finger in seine lockere Boxershorts und umfasste seine seidige harte Länge. Balder bockte gegen meine Hand und atmete zittrig an meinen Lippen aus.

Ich löste meinen Mund von ihm und riss sein Shirt mit meiner freien Hand hoch. Während ich ihn streichelte, drückte ich einen Kuss nach dem anderen auf seinen Oberkörper und wanderte tiefer. „Aria", murmelte er, als er realisierte, was ich vorhatte.

Hödur sank auf die Knie, als ich auf meine fiel. Er massierte meine Brüste und knabberte mit den Zähnen an meinem Schulterblatt, genau dort, wo meine Flügel heraustreten würden.

Eine frische Woge der Lust schwappte durch mich hindurch. Mit der Zunge glitt ich um Balders Bauchnabel herum. Dann senkte ich den Kopf und schloss meine Lippen um seine Schwanzspitze.

Balder stützte sich an den Tisch hinter sich und vergrub seine Finger in meinen Haaren. Ich konnte spüren, dass er sich daran hinderte, tiefer in meinen Mund zu tauchen. Jeder Zentimeter von ihm summte vor Verlangen.

Ich glitt mit der Zunge über die Unterseite seiner Erektion und trank sein sommer-süßes Aroma. Als er erschauderte, streifte eine andere harte Länge meinen Hintern. Hödur brauchte genauso viel Aufmerksamkeit wie sein Bruder. Zur Hölle, *ich* brannte noch immer darauf, so zwischen meinen Beinen gefüllt zu werden, wie es mein Mund momentan war.

Ich schob ihm mein Hinterteil entgegen, während ich Balder tiefer in meinen Mund sog. Hödur knabberte an meinem Rücken und senkte eine Hand auf den Bund meiner Jeans. Mit den Fingern wanderte er über meine Haut und zeichnete den Saum meines Höschens nach, bis ich seine Hand zu meinem Hosenschlitz zog, um ihm zu zeigen, dass ich absolut mit dieser Richtung einverstanden war.

Mit einer flatternden Bewegung seiner Finger und seinen Schatten schob er meine Kleider zu meinen Schenkeln. Seine Fingerspitzen umkreisten meinen Kitzler. Ich stöhnte um Balders Schwanz herum und bog den Rücken durch, um Hödur besseren Zugang zu gewähren.

Eine deutlichere Einladung brauchte er nicht. Kurz raschelten seine Kleider, dann schob sich seine nackte Härte zwischen meine Beine. Ich packte Balders Schwanzwurzel und drückte ihn fest, während ich meine Knie spreizte. Hödur und ich keuchten beide, als er von hinten in mich glitt.

Oh guter Gott, ja, ich liebte das hier – verwöhnt zu werden und im Gegenzug zu verwöhnen. Hödur bewegte sich mit geschmeidigen, gleichmäßigen Stößen in mir, während sein Mund meinen Hals versengte. Ich fand unterdessen einen Rhythmus, mit dem ich Balders Länge mit meinem Mund und meiner Hand stimulierte. Die Beine des Lichtgottes zitterten, als ich ihn noch tiefer aufnahm.

„Fuck", fluchte er. Es war das erste Mal, dass ich ihn fluchen hörte. Ich fasste das als Hinweis auf, das Tempo zu beschleunigen. Seine Finger spannten sich in meinen Haaren an und hielten mich fest, leiteten mich allerdings nicht an. Er ließ mir die Kontrolle, so wie ich es brauchte. „Aria. Ich bin fast … Ich werde …"

Er kam mit einem Schwall einer salzigen Flüssigkeit und einer Welle aus Licht, die von ihm durch meinen ganzen Körper kribbelte. Als sich meine Lippen schlossen und ich schluckte, schien diese Energie zwischen meinen Schenkeln zu explodieren. Hödurs Daumen streifte meinen Kitzler, sein Schwanz füllte mich noch tiefer und ich fiel über den Rand des Abgrunds, wobei ich Balders Hüfte umklammerte, um das Gleichgewicht zu wahren.

Mein Körper verkrampfte sich um Hödur herum und seine Bewegungen wurden ruckartig. Er schlang seinen Arm um meine Taille und drückte mich an sich, als er sich in mir ergoss. Sein Mund verteilte federleichte Küsse auf meiner Schulter.

Balder sank auf den Boden und küsste mich auf den Mund. Ich landete zwischen den beiden, den Kopf an Hödurs Schulter gelehnt und eine Hand auf Balders Schenkel, während wir in den Nachbeben badeten.

„Vielleicht hast du recht. Ein wenig Dunkelheit ist nichts Schlechtes", murmelte Balder verschmitzt.

Ich lachte ein wenig atemlos. „Nein. Überhaupt nicht." Ich drückte sein Bein liebevoll und kuschelte mich näher an Hödurs Brust. In ein oder zwei Minuten müssten wir diesen freudigen Zustand verlassen und in die Realität zurückkehren, doch ich würde diesen Moment so lange es ging genießen. „Und drei kann definitiv mehr Spaß machen als zwei."

Hödur schnaubte. „Plötzlich bin ich sehr froh, dass nur vier von uns – jedenfalls, vier Ungebundene – in ganz Asgard sind."

Ich schlug nach ihm. „Ich würde ohnehin keinen anderen wollen. Vier ist mehr als genug, vielen Dank auch."

Seine Bemerkung sorgte jedoch dafür, dass meine Gedanken eine völlig andere Richtung einschlugen. Ich dachte an Freya, die nach Hause flog, nachdem sie nach ihrer Tochter gesucht hatte, und an all die leeren Hallen, in denen die anderen Einwohner Asgards einst gelebt hatten.

„Die anderen Götter, die früher hier gelebt haben", sagte ich langsam. „Die meisten von ihnen sind noch irgendwo, oder? Sie sind nur zu einem ausgedehnten Strandurlaub oder so etwas aufgebrochen?"

„Soweit wir wissen", antwortete Hödur. „Warum? Überdenkst du die ‚vier ist mehr als genug' Bemerkung?"

Ich verdrehte die Augen. „Nein. Ich habe nur gedacht, dass es hilfreich wäre, mehr Götter zu haben, wenn wir es mit einem Riesen und seiner ganzen Armee aufnehmen wollen. Sollten wir nicht nach den anderen suchen? Falls Surt die einzigen stabilen Reiche übernimmt, die es noch gibt, wird sich das auch auf sie auswirken. Das hier *ist* noch immer ihr ursprüngliches Zuhause."

Balder regte sich. „Wir könnten es Odin vorschlagen."

Jeder Nerv in meinem Körper sträubte sich. „Nein. Denkst du wirklich, er wird sich damit einverstanden erklären, wenn er bereits jede Idee abgelehnt hat, die wir vorgeschlagen haben? Er hält an dem fest, was seiner Meinung nach der richtige Weg in dieser Situation ist."

„Das streite ich nicht ab, Walküre", entgegnete Hödur. „Aber wir brauchen ihn."

Ich legte den Kopf schief und sah ihm ins Gesicht. „Tun wir das wirklich?"

Diese Frage hing mehrere Herzschläge lang in der Luft. Der Schatten eines Lächelns berührte Hödurs Gesicht. „In Ordnung", erwiderte er. „Angenommen, wir brauchen ihn nicht … Sollen wir uns selbst einige Pläne überlegen?"

KAPITEL SECHZEHN

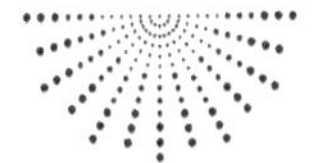

Aria

Der Sprühnebel des gewaltigen Wasserfalls kitzelte mein Gesicht und meine nackten Arme. Ich flog tiefer, doch die einzigen Gestalten, die ich in der Nähe erkennen konnte, waren ein paar Kinder, die etwas älter als Petey waren und mit den Füßen in dem See am Fuß des Wasserstroms planschten.

Thor schüttelte den Kopf, als ich wieder hochflog und mich am Rand des rauschenden Flusses mit ihm traf. „Ich weiß nicht, wo wir noch nachschauen können", sagte er. „Njörd herrschte über die Meere, weshalb er eine Vorliebe für Wasser hat … Wenn er sich nicht an seinen Lieblingsorten aufhält, könnte er überall entlang der Küsten oder an einem der großen Seen sein."

Ich deutete zu der Zeltstelle, die wir gefunden hatten. Die Steine, die diese umgaben, waren mit einigen verblassten Runen markiert, die Thor zufolge nachts für Wärme sorgten und Tiere fernhielten. „Hast du irgendeine Ahnung, wie lange es her ist, seit er diese Stelle zuletzt genutzt hat?"

„Die Asche der Feuerstelle wurde vom Regen weggewaschen und sogar die Brandmale auf den Steinen sind abgenutzt", stellte Thor fest. „Ich vermute, dass es mindestens einige Jahre her ist."

Ich verzog das Gesicht. Thor und ich waren nach Midgard gegangen, um die Götter zu suchen, die sich hier möglicherweise aufhielten – Loki hätte das gleiche Gebiet schneller abdecken können, hatte jedoch angemerkt, dass die meisten Götter nicht besonders begeistert von seinem Anblick wären. Bisher hatten der Donnergott und ich kein Glück gehabt. Diese Zeltstelle war der einzige Hinweis, den wir bisher auf die ehemaligen Bewohner Asgards gefunden hatten.

„Wenigstens wissen wir, dass er vor kurzem noch hier war", meinte ich in dem Versuch, das Positive zu sehen. „Man sollte meinen, dass sie ab und zu in ihrem alten Zuhause vorbeischauen, nur um zu sehen, wie es dort läuft."

„Ah, wir sind nicht unter den besten Voraussetzungen getrennter Wege gegangen", erklärte Thor. „Nach unserer Rückkehr nach Ragnarök änderte sich vieles. Ehen zerbrachen, Freundschaften zerfielen. Der Krieg machte den meisten von uns zu schaffen, die in ihm verwickelt waren."

„Aber dir nicht?", fragte ich und zog eine Augenbraue hoch. Ich hatte ab und zu erlebt, dass Thor zwiegespalten war, doch er hatte nie mit dem Schrecken über den Krieg gesprochen, den ich bei den anderen gehört hatte.

Er zuckte mit den Achseln und ließ seinen Blitz über einen der Steine knistern. Dies war seine Art, eine Nachricht zu hinterlassen für den Fall, dass der Meeresgott in nächster Zeit zurückkehrte. *Du wirst in Asgard gebraucht.*

„Ich habe so gut gekämpft, wie ich konnte", antwortete er. „Unsere Feinde waren uns eindeutig überlegen. Ich habe in viel mehr Schlachten gekämpft als die anderen, vielleicht mit Ausnahme von Odin und Freya – und selbst sie beobachten die Schlachtfelder beinahe so häufig, wie sie auf diesen kämpfen."

„Du warst in deinem Element."

Er gluckste. „So etwas in der Art. Außerdem war mein Tod nur von kurzer Dauer, da er ganz am Ende geschah. Ich kann mir nicht einmal ansatzweise vorstellen, wie schwer es für diejenigen wie Hödur und Balder war, die so lange im Tod ausharren mussten."

Obwohl dies ernste Worte waren, erinnerten sie mich an mein Intermezzo mit den Zwillingen in Walhalla gestern – an die Hitze von Balders Küssen, die Liebkosungen von Hödurs Händen, die Momente, in denen es sich angefühlt hatte, als würden wir nur für die jeweils anderen existieren.

„Ich glaube, sie kommen darüber hinweg", meinte ich.

Thor schenkte mir ein wissendes Grinsen. „Ein wenig Hilfe schadet nie."

Wir flogen wieder über die Landschaft, unser Flug war jetzt allerdings zielloser. Ich rieb mir über die Arme, als der Wind gegen meine Flügel blies. „Was denkst du, wie groß die Chancen stehen, dass wir einfach zufällig einem von ihnen über den Weg laufen? Freya sucht seit Tagen erfolglos nach ihrer Tochter."

„Wir tun alles in unserer Macht Stehende", erwiderte Thor. „Zu diesem Zeitpunkt müssen wir uns möglicherweise auf die Nachrichten verlassen, die wir hinterlassen haben. Ich kann nicht glauben, dass keiner mehr zu seinen Lieblingsplätzen zurückkehrt."

„Womöglich werden sie nicht zurückkehren, bevor sich Surt dazu entscheidet, anzugreifen." Wie lange konnten wir warten, bevor wir allein gegen ihn vorgehen mussten? Nicht einmal Odin wusste, wie groß seine Armee mittlerweile war. Selbst wenn es der Riese vorgezogen hätte, noch ein

Jahrzehnt zu warten, um seine Armee zu vergrößern, wollte er vermutlich so bald wie möglich mit seiner Invasion beginnen, jetzt, da seine Pläne enthüllt worden waren.

„Egal, was geschieht, wir werden ihn stürzen", sagte Thor, runzelte jedoch die Stirn, nachdem er gesprochen hatte.

Ihm fielen noch ein paar Stellen ein, die wir überprüfen konnten: Eine Berghütte, von wo Heimdall anscheinend gerne das Reich der Menschen beobachtet hatte, und eine Reihe Apfelhöfe, bei denen Idun möglicherweise Trost gefunden hatte. An keinem der Orte war eine göttliche Präsenz zu finden. Thor ritzte seine Botschaft an verschiedene Stellen und seine Stirn legte sich in immer tiefere Falten.

„Es wird spät", stellte er fest. „Ich glaube, *wir* sollten jetzt nach Asgard zurückkehren."

Mein Körper protestierte bei dem Gedanken, unsere Suche aufzugeben, doch wir konnten uns offensichtlich nicht darauf verlassen, dass die anderen Götter die Lösung unserer Probleme waren. Seufzend drehte ich mich zur Regenbogenbrücke um.

Wir kamen an Heimdalls ehemaliger Halle vorbei, einem elfenbeinfarbenen Gebäude, das sich an die Seite der Felswand neben der Brücke schmiegte. „Er hat früher den ganzen Tag lang auf seiner Eingangstreppe gesessen und das Kommen und Gehen beobachtet", erzählte mir Thor. „Seine Augen waren so scharf wie Lokis. Die zwei verstanden sich nie besonders gut. Vielleicht, weil er immer vor uns anderen bemerkte, was der Trickster ausheckte."

„Wenigstens hat euch Loki normalerweise aus den Schwierigkeiten rausgeholt, die er euch eingebrockt hat, stimmt's?", fragte ich. Und die Götter hatten Loki ebenfalls eine Menge Schwierigkeiten gemacht, auch wenn sie das den Großteil der Zeit zu vergessen schienen.

„Das hat er, das hat er. Ohne ihn wären wir viel schlechter dran. Ich glaubte das trotz allem sogar, bevor wir die Wahrheit erfuhren. Ihn konnte man nie einfach als Held oder Bösewicht einstufen."

Diese Worte beschäftigten mich noch, nachdem wir die Stadt erreicht hatten. „Sollen wir uns etwas zum Abendessen suchen?", schlug Thor vor, mein Verstand war mir jedoch schon zehn Schritte voraus.

„Ich werde mir später etwas zu Essen holen", antwortete ich. „Vorher muss ich etwas überprüfen."

Thor musterte mich. „Brauchst du einen Begleiter?"

„Es gibt einige Dinge, die ich ohne göttliche Hilfe tun kann", entgegnete ich, deutete mit dem Finger auf ihn und lächelte, um zu zeigen, dass ich nicht beleidigt war. Er lachte und winkte mir.

Ich bezweifelte, dass er mich so ohne Weiteres verabschiedet hätte, wenn er gewusst hätte, was ich überprüfen wollte. Ich segelte nach Walhalla und legte meine Flügel eng an meinen Rücken, als ich durch den Raum eilte. Der Tisch, an dem Balder gestern gelehnt hatte, stand noch immer schief da. Ich riss meinen Blick davon los. Ich war momentan an Erinnerungen interessiert, allerdings nicht an meinen eigenen.

Der leere Raum um Yggdrasil herum schmiegte sich an meine Haut, als ich den mit Rinde bedeckten Pfad betrat. Manchmal machte mich die Schwärze dort noch immer nervös. Heute hatte sie etwas Beruhigendes an sich. All die Orte, die ich mit Thor aufgesucht hatte, all die Enttäuschungen – sie fielen weg, als ich mit geschmeidigen Schritten über den Baumstamm zu einem Ast marschierte, der mich nach Muspelheim führen würde. Ich hielt am Ansatz des Astes inne und atmete langsam und tief, bis mein Herz in einem gleichmäßigen Rhythmus schlug. Dann durchquerte ich das Tor und betrat das Feuerreich.

Dem Wachdrachen wich ich mittlerweile instinktiv aus. Ich presste mich flach unter die schützende Felszunge und wartete, bis er sich wieder niedergelassen hatte, bevor ich durch die Schatten davonhuschte. Die Hitze des Reichs durchdrang sogar diese dunklen Stellen und ich schwitzte innerhalb einer Minute.

Dieses Mal war ich allerdings nicht zum Spionieren hergekommen. Ich wollte gefunden werden – nur nicht von Monstern mit spitzen Zähnen und Krallen.

Als ich den Drachen weit genug zurückgelassen hatte, wagte ich mich auf die trockene Ebene am Fuß der Felswand. Ich spreizte meine Flügel, damit sie mir ein wenig Schatten spendeten. Das silber-weiße Schimmern würde sich zudem deutlich von den dunkelgrauen Felsen abheben. Ich schlenderte weiter und wartete auf das Kribbeln, das mir verriet, dass ich beobachtet wurde.

Ich hatte gerade das Ufer eines der Magmaflüsse erreicht, als ich es spürte. Ich blieb stehen und eine stärkere Hitze stieg von der wogenden Flüssigkeit mit ihrem pulsierenden roten Glühen auf. Vielleicht sollte ich nicht so nah bei einer Substanz stehen, die meinen sofortigen Tod in diesem Gespräch bedeuten konnte. Ich wich einige Schritte zurück und drehte mich langsam um.

Meine Beobachterin war nirgends zu sehen, das hatte ich jedoch erwartet.

„Munin", rief ich so laut, dass meine Stimme weit durch die Landschaft schallte, allerdings nicht so laut, dass es den Drachen in der Ferne wecken würde. „Ich bin hergekommen, um mit dir zu reden. Friedlich." Ich spreizte die Arme und öffnete meine Hände. Ich hatte keine Waffen mit Ausnahme des Klappmessers, das immer in meiner Tasche steckte, und ich bezweifelte, dass die Rabenfrau besonders große Angst davor hatte.

Die Sekunden verrannen wie die Schweißtropfen, die über meinen Rücken rollten. Hatte sie letztes Mal alles gesagt, was sie mir mitteilen wollte? Vielleicht gefiel ihr die

Vorstellung nicht, nachzugeben, wenn jemand anderes versuchte, das Sagen zu haben.

Ich überlegte mir noch meine nächsten Schritte, als ein schwarzes Flattern am Rand meines Sichtfelds erschien. Mein Kopf fuhr herum.

Munin landete, während sie sich verwandelte. Ihre blassen Glieder trugen sie mit der üblichen unbeholfenen Eleganz, die sie auf dem Boden an den Tag legte. Sie hatte mehrere Schritte Abstand zwischen uns gelassen, als würde sie mir zutrauen, dass ich mich mit bloßen Händen auf sie stürzte. Kurz nachdem wir ihrem Gefängnis entkommen waren, wäre dies eine nachvollziehbare Angst gewesen.

Sie legte den Kopf schief. „Was führt dich hierher auf die Suche nach mir, Walküre? Ich dachte, du hättest kein Interesse an einem Gespräch."

Ich schluckte, da meine Kehle von der trockenen Hitze rau wurde. „Du hast mir zuvor Dinge erzählt, die ich deiner Meinung nach nicht außer Acht lassen sollte. Du hattest recht. Ich habe gehofft, dass du vielleicht andere Informationen hast, die du mir verraten möchtest."

Ihr Gesichtsausdruck änderte sich nicht, ihre dunklen Augen waren scharf auf mich gerichtet und ihre Lippen bogen sich vor milder Neugier. „Was für Informationen?"

„Du bist früher mit Odin und allein durch die Reiche gereist, oder?", fragte ich. „Ich möchte die Götter finden, die Asgard verlassen haben. Möglicherweise hast du Orte gesehen, an denen sie gerne Zeit verbringen und von denen die anderen nichts wissen. Oder vielleicht hast du aufgrund ihrer Erinnerungen eine Idee, wohin sie gehen würden."

Munin verzog das Gesicht. „Ich habe kein Interesse daran, Asgards Zahl zu vergrößern. Falls die Götter zurückkehren möchten, können sie selbst nach Hause finden."

„Wenn mehr Götter auf unserer Seite sind, haben wir

mehr Optionen, wie wir alles in Ordnung bringen können“, erklärte ich. „Ist das nicht das, was du willst?“

Sie trat von einem Fuß auf den anderen. „Ich weiß nicht, was du meinst.“

Ich musste mich daran hindern, mit den Zähnen zu knirschen. „Warum hast du mir von den Schwarzalben erzählt? Willst du nicht, dass wir in Ordnung bringen, was mit den anderen Reichen nicht stimmt? Wie sollen wir das tun in dem Wissen, dass Surt jeden Moment Asgard stürmen könnte?“

„Ich schätze, es liegt an euch, das herauszufinden.“

„Mehr wirst du nicht sagen?“

Ihre beinahe schwarzen Augen starrten mich unbeirrt an. Meine Hände ballten sich zu Fäusten. „Ich will die Situation in Ordnung bringen. Keiner von uns möchte, dass die Reiche zusammenbrechen – nun, ich weiß nicht, was Odin möchte, aber der Rest von uns wird alles in seiner Macht Stehende tun.“

Ein raues Lachen entwischte ihr. „Falls Odin es euch erlaubt, hmm?“

„Er ist nicht *mein* Meister“, widersprach ich und sie zuckte zusammen.

„Er ist auch nicht mehr meiner“, verkündete sie und ihre Schultern bewegten sich, als würde sie gleich wieder in ihre Rabengestalt schlüpfen. „Wenn du Antworten willst – er weiß mehr als ich.“

„Du weißt, dass das nicht so einfach ist.“ Ich stieß einen frustrierten Laut aus und zwang meine Stimme zu sanften Tönen. „Bitte. Willst du wirklich, dass Midgard und Asgard niederbrennen? Du bist wütend auf Odin – das verstehe ich. Ich mag ihn auch nicht besonders. Aber er ist nur ein Gott.“

„Der Herrscher von Asgard“, spuckte Munin aus. „Derjenige, dessen Befehlen ihr alle letztendlich folgen werdet.“

„Nein", widersprach ich. „Das werden wir nicht tun. Nicht, wenn wir andere Vorgehensweisen haben. Willst du die Reiche in den Zustand zurückzuversetzen, in dem sie eigentlich sein sollten, und die Probleme aufhalten, die er verursacht hat, oder geht es dir nur um Rache an ihm? Denn wenn es um Letzteres geht, bist du wirklich nicht besser als er, oder?"

Munin empörte sich. „*Du* bist wie er", schimpfte sie. „Du drängst alle anderen dazu, zu tun, was du willst, und womit wird das enden? Er wird immer noch über uns alle herrschen. Er könnte es *niemals* wiedergutmachen. Nie. Er wird nie zugeben oder glauben, dass er etwas falsch gemacht hat. Setze dich mit ihm auseinander, dann werde ich mich mit dir auseinandersetzen."

Sie wirbelte herum und schnellte mit wogenden schwarzen Federn in die Luft. Nach einigen Flügelschlägen war sie nichts als ein dunkler Fleck am leeren grauen Himmel.

KAPITEL SIEBZEHN

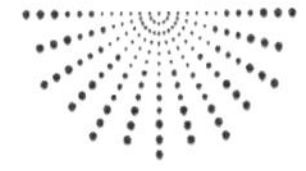

Loki

So schwer es manchmal zu glauben war, bestimmte Gebiete des Riesenreichs waren tatsächlich ziemlich friedlich. Die verschneiten Berge im Norden waren beispielsweise vor langer Zeit, bevor ich nach Asgard gegangen war, einer meiner Lieblingsorte gewesen, wenn mir die Gesellschaft meiner angeblichen Sippschaft zu stark auf die Nerven gegangen war. Dann gab es noch diesen Kiefernwald im Westen, der eine gute Zuflucht bot, wenn man tiefer hineinging, als es die Bewohner des Reichs für gewöhnlich taten – es war eine Erleichterung, dass ich der Sippschaft meines Eidbruders hier ebenfalls entfliehen konnte.

Die Brise brachte einen Hauch Kälte mit sich und den scharfen Duft der Kiefern. Heruntergefallene Nadeln knirschten unter meinen Füßen, als ich durch die einsame Landschaft wanderte. Um die Wahrheit zu sagen, ich hatte gehofft, sie etwas weniger einsam vorzufinden. Die Götter von Asgard verachteten zwar die Gesellschaft der Riesen, nutzten jedoch gerne die abgeschiedenen Ecken Jötunheims, wenn ihnen in ihrer aktuellen Stimmung Midgard nicht zusagte. Es war zunehmend schwierig geworden, im Menschenreich ein Gebiet zu finden, das die Sterblichen nicht für sich beansprucht hatten.

Hier fand ich allerdings keinerlei Hinweise darauf, dass vor kurzem jemand vorbeigekommen war. Ich hatte lediglich einen Beweis dafür gefunden, dass mein ehemaliges Zuhause dem gleichen Zerfall zum Opfer fiel, von dem Hödur in Svartalfheim erfahren hatte. Viele der Kiefern neigten sich und ihre Stämme waren von einer Krankheit geschwächt, die ich nicht kannte. Die Berge, die ich zuvor besucht hatte, waren von einem unheilvollen Beben durchgeschüttelt worden. Von den Dörfern und Städten hatte ich mich zwar ferngehalten, die trockene Erde und die dauerhafte Kälte, obwohl Sommer war, warfen jedoch die Frage auf, wie gut die Ernte sein würde.

Es konnte nicht schaden, ein paar Zeichen zu hinterlassen für den Fall, dass Bragi in den nächsten Wochen hier vorbeikam, um Inspiration für einen poetischen Vers zu finden. Oder vielleicht würde Skadi herkommen, um die winterliche Kälte aufzusuchen. Sie würden sich zwar nicht freuen, mich zu sehen, ich bezweifelte allerdings, dass sie den drängenden Ruf ignorieren würden, nach Asgard zurückzukehren.

Mit einem Fingerschnipsen schrieb ich eine Botschaft in den Stamm einer breiten Kiefer. Der beißende Rauch kitzelte meine Nase. Ich drehte mich um und musterte den Wald, zögerte jedoch. Mir fiel kein Ort mehr ein, der ein geheimes Reiseziel mancher Götter war, von dem sie ihrer echten Sippschaft nichts erzählt hatten. Mit leeren Händen nach Asgard zurückzukehren, gefiel mir nicht.

Hödur würde zweifellos eine höhnische Bemerkung darüber machen, wohin ich gegangen war. Oder vielleicht würde ich feststellen, dass Thor wieder nach mir gesucht hatte, um sich zu vergewissern, dass ich mir keinen Ärger eingehandelt hatte. Wenn sie nur etwas mehr Zeit darauf verwenden würden, sich auf die echte Quelle unserer Schwierigkeiten zu konzentrieren …

Ich verdrängte diesen Gedanken und ging in Richtung des Tors, das mich nach Jötunheim gebracht hatte. Ich hatte noch einen weiten Weg vor mir. Und ich konnte nicht behaupten, dass mir die Vorstellung gefiel, einem der Einwohner dieses Reichs zu begegnen.

Der Wald wich am Rand des Riesenreichs einer struppigen Tundra. Harte Grasbüschel wuchsen hier und dort auf der gerissenen Erde, die so festgetrampelt war, dass meine Schritte meilenweit zu hören gewesen wären, hätte ich den Boden berührt. Allerdings war niemand in der Nähe, der mich hören konnte. Zumindest dachte ich das, bis mich ein heiserer Schrei erreichte.

„Verschlagener! Ich habe auf dich gewartet.“

Ich wirbelte herum und rief eine Flamme in meine Hand. Es gab hier nur wenige, die nach mir suchen und nicht auf einen Kampf hoffen würden, der vorzugsweise mit meinem Kopf auf einem Speer endete.

Der hochaufragenden Gestalt, die am Waldrand stand, hätte das vermutlich am besten gefallen.

Surt war immer ein Riese unter Riesen gewesen. Sogar jetzt in dem Alter, das ihn endlich eingeholt hatte und seine Schultern leicht krümmte, überragte er meine beachtliche Höhe und war beinahe so breit wie unser Donnergott. Seine stahlgrauen Haare hingen schlaff in seine funkelnden haselnussbraunen Augen, sein Bart war so lang und angegraut, dass er Odins Konkurrenz machte.

Er hatte eine Haltung angenommen, die lässig hätte

wirken sollen, da seine Arme locker verschränkt waren und sein Gewicht auf eine Seite geneigt war. Mein Blick blieb jedoch an dem Breitschwert hängen, das er in der Hand hielt.

„Flammender", erwiderte ich und ermutigte die Flammen mit einem Fingerschnipsen, aus meiner Hand emporzulodern. „Bist du darauf aus, gründlich flambiert zu werden?"

Surt gluckste. Es war ein tiefer rauer Laut. „Du kannst es gerne versuchen", erwiderte er. „Mein Schwert giert immer nach mehr."

Ja, es war das verdammte Schwert, vor dem ich am meisten auf der Hut sein musste. Ein feuriger Schein leckte sogar jetzt an dessen Klinge. Alles, was ich Surt entgegenschleuderte, konnte es absorbieren und mir entgegenspucken, jetzt oder zu einem späteren noch ungünstigeren Zeitpunkt. Meine Chancen, diesen Riesen allein zu besiegen, waren gleich null. Andererseits waren das auch seine Chancen, mich niederzuringen. Mit meinen Flugschuhen konnte ich augenblicklich von hier verschwinden.

„Was willst du dann?", wollte ich wissen. „Warum wartest du ausgerechnet *hier* auf mich?"

„Ich lasse jedes mir zur Verfügung stehende Tor von meinen Untergebenen beobachten", erklärte Surt. „Einer sah dich hier aus deinem Reich kommen. Dein großer Baum lässt mich nicht durch, damit ich in Asgard mit dir sprechen kann, und deine Begleiter schienen nicht viel von meinem Versuch einer Brücke zu halten. Dies schien ein besserer Treffpunkt zu sein."

„Gut gemacht", ätzte ich. „Du hast mich gefunden. Ich warte noch immer darauf, den Zweck dieses ‚Treffens' zu erfahren."

Surts schmale Augen musterten mich so lange, dass sich

mein Körper stärker anspannte. „Ich glaube, dieses Treffen ist längst überfällig", sagte er. „Meinst du nicht? Verrate mir, Trickster, bist du wirklich zufrieden mit all den Entscheidungen, die du getroffen hast?"

„Vielleicht könntest du etwas spezifischer sein", schlug ich vor. „Ich schätze, dass ich täglich an die eintausend Entscheidungen treffe. Mein Frühstück heute Morgen war ziemlich befriedigend, falls du dir darum Sorgen machst."

Er verzog keine Miene, sondern deutete stattdessen auf unsere Umgebung, wobei er mir nach wie vor in die Augen blickte. „Du hast dein Zuhause verlassen. Du hast dein Volk für die Leuchtenden aus Asgard aufgegeben." Seine Zähne mahlten bei den letzten Worten, als könnte er sie zerkauen und ausspucken. „Und was haben sie dir jemals gegeben? Ketten und Gift? Du bist eine so erbärmliche Marionette, dass du zu ihnen zurückschleichst, nachdem du sie in die Knie gezwungen hattest."

Der ‚Marionetten'-Kommentar wurmte mich. „Es *war* meine Entscheidung, dortzubleiben", versicherte ich ihm. „Du weißt eindeutig nichts über mein Leben. Wenn du nur hergekommen bist, um dich über Ereignisse auszulassen, die vor Äonen geschehen sind, werde ich jetzt gehen."

Ich machte Anstalten, auf dem Absatz kehrtzumachen.

„Loki", sagte Surt und drückte seinen Rücken durch. Er trat mit dem Schwert an seiner Seite zu mir. „Du weißt, dass wir ein engeres verwandtschaftliches Verhältnis hegen, als du es zu diesen arroganten Wesen oben in ihrer hellen Stadt unterhältst. Hast du so schnell vergessen, wo du herkommst?"

„Oh, glaub mir, ich erinnere mich sehr gut", entgegnete ich. „Vor allen Dingen erinnere ich mich, warum ich gegangen bin. Nichts, was ich seitdem gesehen habe, hat mich diese Entscheidung bereuen lassen. Ich ziehe die Arroganz den Rohlingen vor, vielen Dank auch."

„Die Rohlinge." Surt schüttelte den Kopf. „Begleitest du mich ein Stück? Ich werde dir etwas zeigen."

„Und warum sollte ich etwas sehen wollen, was *du* mir zeigen möchtest?"

Seine Augen funkelten. „Weil es dir von allen Wesen in Asgard am wichtigsten ist, so viel wie möglich zu wissen. Oder haben sie dir endlich beigebracht, wie du deinen Verstand verschließen kannst, so wie sie es tun?"

Er marschierte am Waldrand entlang, wobei sein Schwert an seiner Seite hin und her schwang. Ich verzog das Gesicht und folgte ihm in sicherem Abstand. Unser größter Feind stand vor mir. Es wäre töricht, etwas zu ignorieren, was er mir verraten wollte. Ich sammelte Wissen, ja – damit ich es zu meinem Vorteil nutzen konnte, wenn ich es musste. Wenn sie richtig benutzt wurde, konnte eine Tatsache eine schärfere Waffe als jede Klinge sein.

Surts kräftige Beine trugen ihn schnell durch die Landschaft, obwohl er den Boden nicht verlassen konnte. Ich musste in einem flotten Tempo laufen, um mit ihm mitzuhalten. Wir passierten das Waldstück, das ich durchkämmt hatte, überquerten den größtenteils unfruchtbaren Boden und schritten auf etwas zu, was wie ein schmales Tal wirkte, das in die festgetretene Erde geschnitzt worden war.

Der Riese blieb am Rand der breiten Kluft stehen. Er deutete mit der Hand darauf.

„Das ist aus unserem Heimatland geworden. Der Boden hält nicht mehr. Er teilt sich und zerbricht, als würde er sich selbst zerreißen."

Ich legte den Kopf schief. „Das ist eine kleine Schererei für jemanden, der dort hindurchreisen möchte, schätze ich, aber wohl kaum eine Katastrophe."

Surt wirbelte zur mir herum und Feuer zischte seine Klinge entlang. „Denkst du, dies ist die einzige Spalte? Die einzige Stelle? Die Erde hat sich vor einigen Jahren unter der Hauptstadt geöffnet. Sie hat hunderte Bewohner samt ihrer Häuser verschluckt. Und davor und danach sind weitere Spalten entstanden."

„Ah", machte ich und bewahrte eine ausdruckslose Miene und Stimme. Das hatte ich noch nicht entdeckt. Seit unserer Flucht aus Munins Gefängnis hatte ich nicht besonders viel Zeit gehabt, um Jötunheim zu erkunden, und davor hatte ich jahrzehntelang keinen Zugang zu diesem Reich gehabt. Das hier war schlimmer, als ich mir hätte vorstellen können.

Odin wusste bestimmt davon, oder? Wie hätte ihm bei seinen ständigen Beobachtungen von seinem Hochsitz aus eine zusammengebrochene Stadt entgehen können?

„Und hast du vor, die Erde mit einer Magie zusammenzufügen, von der du mir noch nicht erzählt hast?", wollte ich wissen. „Wie hilft dein großer Plan, die bisher unversehrten Reiche zu zerreißen, jemandem auf lange Sicht?"

„Weißt du, warum die Reiche zerfallen?", fragte Surt. „Warum nur Asgard und Midgard stabil bleiben? Der scharfe Verstand von Loki kann die Puzzlestücke doch bestimmt zusammensetzen."

Asgard war das Reich der Götter und Midgard lag im Zentrum von allem. So hatten wir es uns erklärt, als wir es unter uns besprochen hatten. Doch das war keine richtige Antwort, oder? Was war so besonders an Midgard abgesehen davon, dass es ein viel verlockenderes Land für mich und meine Kameraden war als jedes andere …

Oder vielleicht war das meine Antwort.

„Die Götter haben früher alle Reiche regelmäßig besucht", sagte ich langsam. „Jetzt verlassen wir diese beiden Reiche kaum."

„Und du sagst noch immer ‚wir', als werden sie dir jemals

erlauben, wahrhaftig einer von ihnen zu sein." Surt schnaubte. „Das hier ist alles ihr Werk. Meine Gefangenschaft in Muspelheim. Das Zerbrechen der Reiche. Sie haben keine Lust mehr, als Wärter zu fungieren, obwohl es eine Rolle ist, auf die sie so stolz sind. Und du hältst noch immer zu ihnen?"

„Anstatt zu dir zu halten, während du alles andere niederbrennst?", entgegnete ich.

„Oh, Dinge *werden* brennen", versprach Surt. „Jedoch nur so lange, wie nötig ist, um die besseren Ländereien zu beanspruchen, die man uns schuldet. In Asgard und Midgard gibt es genügend Platz für uns, oder nicht? Die Menschen werden sich an ein wenig zusätzliche Sklaverei gewöhnen. Vielleicht sind sie damit besser dran. Und dieses Mal werden es die Götter sein, die in Ketten gelegt werden. Wir werden sie in die anderen Reiche bringen und zwingen, ihre Kräfte zu deren Heilung zu benutzen, wie sie es rechtmäßig tun sollten."

Er durchschnitt die Luft mit seinem Schwert und das Feuer darin trällerte. „Mit dir an meiner Seite kann ich es schneller und sauberer tun, Loki. Du bist größerer Ehren würdig, als sie dir jemals anbieten werden. Kämpfe an meiner Seite, nimm dir, was dir gehören sollte, und wir werden die Reiche zwischen uns aufteilen. Ist es nicht an der Zeit, dass sie die Oberhand verlieren? Du kannst die Reiche retten, von denen sie stets behauptet haben, du würdest sie zerstören."

Seine Worte zupften an etwas tief in mir. Die bittere Wut in ihnen regte eine entsprechende Emotion in mir, die ich so oft vergraben hatte. Plötzlich verstand ich ihn so gut, dass ich gleichzeitig zusammenzucken und lachen hätte können. Meine Finger krümmten sich in meine Handflächen. Oh, ich kannte diese Wut sehr gut.

Ich hatte Surts Brutalität vor all den Jahrhunderten mit eigenen Augen gesehen – andererseits hatte ich auch viele

Male die Brutalität der Götter erlebt. Nach all dieser Zeit, in der ich unter ihrer Fuchtel stand und wie ein Hund getreten wurde, den sie nicht am Esstisch wollten … übte der Gedanke, die Zügel zu übernehmen und sie in ihre Schranken zu weisen, einen gewissen Reiz auf mich aus. Ich könnte ein freundlicherer Gefängniswärter sein, als sie es jemals für mich gewesen waren.

Eine ekelerregende Befriedigung breitete sich bei dieser Vorstellung in mir aus. Wie viele Male hatte ich vor all den Jahren von einem Moment wie diesem geträumt? Ich konnte auf meine eigene Art ebenfalls brutal sein, wenn es die Situation erforderte. Konnte ich wirklich behaupten, dass mir das keinen Spaß bereitete?

Vielleicht hatte Surt recht. Wir waren uns ähnlicher, als ich in Erwägung ziehen wollte.

Ich musterte den Riesen und Entschlossenheit packte meine Brust. Es *gab* hier doch etwas zu gewinnen.

„Ich werde dein Angebot überdenken", verkündete ich. „Vielleicht sollten wir es in deinem Königreich hinter Mauern besprechen, wo Odin es nicht überhören kann?"

Surt grinste. „Dann komm mit und wir schauen, was sich ergibt."

KAPITEL ACHTZEHN

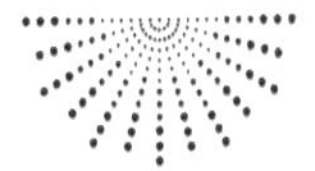

Aria

Der Abend war hereingebrochen, als ich ausgestreckt mit dem Bauch am Rand der grasigen Klippenkante lag, wo Asgard dem Himmel wich. Die Oberfläche der Regenbogenbrücke schimmerte noch immer. Als Loki über deren Bogen lief, reflektierten verschiedene Farben von seinen hellroten Haaren und tauchten seine blasse Haut in eigenartige Farbtöne.

Sein Blick war in die Ferne gerichtet und seine Miene ungewöhnlich ernst. Ich setzte mich auf und erst da schien er zu bemerken, dass ich da war.

„Fee", begrüßte er mich und blieb am Fuß der Brücke stehen. „Spielst du Wachhund?"

Ich war mir nicht sicher, was er damit meinte. Vermutlich sah es ein wenig merkwürdig aus, dass ich hier kauerte.

„Ich habe darüber nachgedacht, dass Heimdall die

Brücke stets beobachtet hat, als er noch hier gelebt hat", erklärte ich. „Ich versuche, mir zu überlegen, wo so jemand hingehen würde, wenn er *nicht* hier ist. Bisher hat es mir allerdings nicht geholfen."

Ich erwartete, dass Loki zu mir kommen oder mich zu sich winken würde, doch er blieb einfach nur ein wenig steif stehen. Unbehagen kroch mir über den Rücken.

„Wir haben unser Bestes gegeben", sagte er. „Zu diesem Zeitpunkt gehe ich davon aus, dass sich uns die anderen Götter aus eigenem Antrieb anschließen werden, falls sie das tun wollen."

Ich rappelte mich auf. Loki wich nicht vor mir zurück, als ich zu ihm ging, marschierte jedoch in Richtung Stadt los, als wäre ihm egal, ob ich ihn erreichte. Mein Unbehagen vertiefte sich.

„Hey", rief ich und joggte die letzten Schritte, um seinen Ellenbogen zu packen. „Was soll die Eile? Ist dort unten etwas passiert?"

Er blieb stehen und zog eine Augenbraue hoch, während er auf mich herabsah. „Nichts Bemerkenswertes. Ich habe es bloß satt, hin und her zu eilen und nach denen zu suchen, denen anscheinend egal ist, was mit diesem Ort geschieht. In meiner Kältekammer sind die Reste eines Bratens, den ich essen möchte. Außerdem freue ich mich auf ein Bett, auf dem ich zusammenbrechen kann."

Er sprach in seinem üblichen sarkastischen Ton, der jedoch etwas Distanziertes an sich hatte. Ich holte tief Luft, während ich entschied, was ich als Nächstes sagen sollte. Dabei stieg mir eine Wolke eines rauchigen chemischen Dufts in die Nase, der sogar für meine geschärften Walküre-Sinne kaum wahrnehmbar war. Ich lehnte mich näher zu ihm und Loki wich vor mir zurück.

Der Geruch musste von ihm kommen. Ich kannte diesen Duft. Es war der Gestank von Muspelheim.

Warum sollte er es riskieren, allein dorthin zu gehen? Und wenn er dorthin gegangen war, wie hatte er es geschafft, über die Regenbogenbrücke zurückzukommen? Ich hatte dort fast die ganze Zeit gesessen, seit Thor und ich zurückgekehrt waren – ich hätte es gewusst, wenn Odin die Brücke an einen anderen Ort als Midgard bewegt hätte.

Hätte sich Loki normal benommen, hätte ich ihn einfach danach gefragt, die Distanziertheit seines Verhaltens sorgte jedoch dafür, dass ich davor zurückschreckte.

„Wo hast du nach den Göttern gesucht?", fragte ich so beiläufig wie möglich. „Thor und ich haben Midgard größtenteils abgedeckt. Aber vielleicht kennst du andere Stellen als er."

„Oh, ich war hier und da." Der Trickster wedelte abweisend mit der Hand. „In deinem Reich gibt es viele Gebiete zu durchsuchen." Er schenkte mir ein Lächeln, das meine Nerven beruhigt hätte, wüsste ich nicht, dass er mich gerade angelogen hatte.

Mein Magen verkrampfte sich. Ich wusste nicht, wie ich ihn auf diese Lüge ansprechen sollte. Loki konnte sich aus so gut wie jeder Situation herausreden. Wenn er nicht zugeben wollte, was er getrieben hatte, bestand keine Chance, dass ich ihm die Wahrheit entlocken würde.

„Okay", sagte ich. „Nun, lass dir deinen Braten schmecken."

Er neigte den Kopf zu mir. Kurz glaubte ich, er würde sich für einen Kuss zu mir beugen. Doch er wich zurück, eilte zu seiner Halle und ließ mich mit einem Schmerz zurück, der sich von meinem Magen bis zu meinem Herzen erstreckte.

Seit wir Munins Gefängnis entkommen waren, hatte Loki angespannter gewirkt als in unseren ersten gemeinsamen Wochen, was jedoch Sinn ergab. Er hatte sich Schrecken stellen müssen, die so traumatisch gewesen waren wie alles, was ich durchgemacht hatte. Schrecken, die er bestimmt tief in sich vergraben hatte, um den Frieden mit den anderen Göttern zu wahren. Und er war offensichtlich frustriert davon, dass sie noch nicht gewillt waren, Odins vergangene Taten mit diesem zu besprechen.

Das hier war allerdings etwas anderes. *Mir* gegenüber war er noch nie so distanziert gewesen. Ich war seine Walküre, diejenige, die er ausgewählt hatte. Wenn er dachte, er könnte nicht einmal mir die Wahrheit darüber anvertrauen, was er getan hatte …

Ich wusste nicht, wie ich diesem Gedankengang zu einem logischen Schluss folgen sollte. Oder vielleicht wusste ich es, doch keiner der Schlüsse, die ich ziehen konnte, gefiel mir. Ich biss mir auf die Lippe und schlenderte auf dem gleichen Weg wie er in die Stadt.

Loki war bereits in seiner Halle verschwunden – vorausgesetzt, dass er wirklich dorthin gegangen war. Ich hielt auf halbem Weg inne, unsicher, wohin *ich* gehen wollte.

Die Tür von Thors riesiger Halle öffnete sich und der Donnergott trat auf die Türschwelle.

„Ist alles in Ordnung?", fragte er. „Du siehst ein wenig verloren aus."

„Mir geht's gut", antwortete ich. „Ich …" Ich rieb mir übers Gesicht. Ich wusste auch nicht, was ich darüber erzählen sollte.

„Möchtest du reinkommen?"

Thors Ton war sanft, jedoch voller Begehren. Ich hielt inne und eine völlig andere Emotion zupfte an mir. Nachdem wir neulich morgens unterbrochen worden waren, hatte ich mein Versprechen nicht eingelöst, dass er nur einige Stunden warten müsste, bis wir die Gesellschaft des anderen genießen konnten.

Außerdem wollte ich jetzt nicht allein sein, während dieses Unbehagen durch mich kroch.

„Ich glaube, das würde ich gerne tun", erwiderte ich und ging zu ihm.

Ich hatte nicht auf seine Halle geachtet, als ich mich in jener Nacht hineingeschlichen hatte. Mich hatte nur interessiert, sein Schlafzimmer zu finden. In dem klaren Abendlicht beeindruckte mich die schiere Größe des Gebäudes. Die Decke ragte so hoch über dem Mittelgang auf, dass sie zwei Stockwerken Platz geboten hätte, und mindestens ein paar Dutzend Türen säumten den Gang.

„Das ist schrecklich viel Platz für einen Kerl", stellte ich fest. „Auch wenn der Kerl so groß ist wie du." Ich stieß Thors Arm liebevoll an.

Er gluckste. „Nun, es war nicht immer nur meine Halle."

Oh, richtig. „Du warst verheiratet", sagte ich. „Vorher."

„Vor Ragnarök. Ja. Mit Sif." Er sprach ihren Namen mühelos und ruhig aus, weshalb ich vermutete, dass ihre Trennung nicht allzu schmerzhaft war. Oder vielleicht war es einfach bereits so lange her, dass er mehr als genug Zeit hatte, um darüber hinwegzukommen. Die Neugier nagte dennoch an mir.

„Was ist passiert?", fragte ich. „Du hast zuvor erzählt, dass eine Menge Leute nach Ragnarök getrennter Wege gegangen sind, weil alle so erschüttert waren. War es nur das?"

„Das war einer der Gründe. Sie war definitiv erschüttert." Er legte seine Hand auf mein Schulterblatt und führte mich durch den Flur. „Sie wollte, dass ich nicht mehr auf Abenteuersuche ging, und konnte es nicht ertragen, dass Loki und ich Frieden miteinander geschlossen hatten. Sie und er …" Er hielt inne und sein Mundwinkel bog sich nach oben. „Damals war ich fuchsteufelswild. Sie hatte die schönsten Haare, die sogar goldener waren als Freyas. Eines Tages setzte sich Loki in den Kopf, ihr im Schlaf sämtliche Haare abzuschneiden. Er hat nie gestanden, warum er das getan hat. Vielleicht gehörte es zu dem Unruhe-Stiften, das ihm Odin befohlen hat."

Ein Schatten huschte über das Gesicht des Donnergottes. Ich legte meine Hand um seine und drückte sie. „Was ist passiert?"

„Oh, ich habe ihn angebrüllt, und er versprach mir, dass er nur Platz für eine noch schönere Haarpracht gemacht hätte. Dann flog er nach Svartalfheim, damit ihr die Schwarzalben Haare herstellten – aus echtem Gold. Sie waren wirklich wunderschön. *Sif* mochte sie, obwohl sie es nicht zugeben wollte. Und ich erhielt Mjölnir als Teil dieses Handels. Ich persönlich glaube an ‚Ende gut, alles gut'. Sif ... Sif konnte nachtragend sein."

Er tätschelte den Hammer, der von seinem Gürtel hing, als er ihn erwähnte. Mein Magen verknotete sich erneut. Die Geschichte, die er mir erzählte – es war eine andere Seite der Geschichte, die damit geendet hatte, dass Lokis Mund zugenäht worden war, weil die Götter bei seiner Wette gegen ihn entschieden hatten.

Diese Erinnerung tat Loki nach wie vor weh. Thor lächelte, als er darüber sprach, obwohl er wusste, welche Konsequenzen die Wette für den Trickster gehabt hatte.

Vielleicht war es nicht überraschend, dass sich Loki manchmal zurückzog, sogar vor mir. Er musste lange Zeit so viel für sich behalten. Diese verschlagene, fröhliche Fassade aufrechtzuerhalten, musste anstrengend sein.

Das erklärte jedoch nicht, warum er darüber gelogen hatte, dass er sich nach Muspelheim geschlichen hatte.

Thor führte mich in ein Nebenzimmer, wo eine Polsterbank neben einem niedrigen Tisch stand. Auf dem Tisch lagen Brot, verschiedene Früchte und ein Stück Käse.

„Ist es schon an der Zeit für dein zweites Abendessen?", neckte ich ihn.

„Wer sagt, dass ich mein erstes bereits beendet habe?", erwiderte Thor grinsend.

Die quälenden Gedanken plagten mich auch, als ich mich neben ihn auf die Bank setzte. Ich nahm eine Erdbeere und biss hinein, der säuerliche Saft auf meiner Zunge konnte mich allerdings nicht ablenken.

„Loki hat sich seitdem – seit Ragnarök – keine ‚Schwierigkeiten' mehr eingehandelt, oder?", fragte ich. „Es macht den Anschein, als wären alle Geschichten, die ich gehört habe, davor geschehen."

„Nichts, was so extrem war, dass ich mich daran erinnere", antwortete Thor. „Und soweit ich mich erinnere, war er sehr zerknirscht, als wir zurückkehrten. Er hat eine verschlagene Art an sich, wenn es seiner Belustigung dient, und er hat auf jeden Fall Spaß daran, gelegentlich diejenigen zu ärgern, mit denen er sich nicht versteht, aber … Nun, sogar davor war er selten richtig grausam."

„Er hatte keinen Grund mehr, Chaos zu stiften", sagte ich.

„Nein. Ich schätze nicht." Thor schüttelte den Kopf. „Ich kann nicht anders, als mich zu fragen, ob wir Ragnarök hätten vermeiden können, wenn man ihm erlaubt hätte, richtig auf unserer Seite zu sein."

Ich blinzelte. „Odin scheint zu denken, dass es so ablaufen musste." Keiner der anderen Götter, nicht einmal Loki, hatte angedeutet, dass sie in dieser einen Sache anderer Meinung waren.

„Und vielleicht hat er recht", entgegnete der Donnergott. „Er weiß es vermutlich besser als ich. Doch bei Lokis Schlauheit … Ich schätze, Odin ist die einzige Person, die er nie richtig überlisten konnte. Ich kann mir nur ausmalen, wie anders die letzte Schlacht verlaufen wäre, wenn er seinen Verstand benutzt hätte, um für uns zu kämpfen."

Er betrachtete das Käsebrötchen, das er sich gerichtet

hatte, als könnte er sich nicht erinnern, warum er gedacht hatte, er wäre hungrig. Seine Stirn runzelte sich. „Ich schätze, es ist albern von mir, zu denken, *ich* könnte mir einen Plan überlegen.“

„Natürlich nicht“, widersprach ich. „Nur weil er klug ist, heißt das nicht, dass er allen Scharfsinn in Asgard besitzt. Warum? Hast du einen Plan?“

Thor winkte ab. „Es ist nichts. Die anderen haben das deutlich gemacht.“

„Nein, komm schon.“ Ich rutschte näher zu ihm und legte meine Hand auf seinen Arm. „*Ich* will ihn hören.“

Er schwieg eine Weile. Dann legte er das Brötchen ab und fuhr sich mit den Fingern durch die Haare. Sein Blick wandte sich von mir ab, als hätte er Angst davor, meine Reaktion zu beobachten, während er sprach. Es war süß, wie nervös er war, diesen Teil von sich mit mir zu teilen.

„Ich habe nachgedacht, so wie die Riesen sind … Surt war so lange von ihnen getrennt und sie haben immer untereinander gestritten … sie ließen sich so leicht reinlegen, wenn sie dachten, etwas, was sie wollten, wäre in Reichweite, oder wenn sie sich für irgendeine Beleidigung rächen wollten … Vielleicht könnten wir einen Weg finden, sie gegen Surt zu benutzen. Möglicherweise könnten wir sie zu unserer Armee machen, ohne dass ihnen bewusst ist, für wen sie kämpfen.“ Er zog den Kopf ein. „Es ist nur eine vage Idee.“

„Es hört sich für mich nach einer guten Idee an“, entgegnete ich und stellte mir eine Horde Riesen vor, die zu Surts Festung stürmten. „Warum erzählst du sie nicht den anderen und überlegst dir den Rest mit ihnen?“

Thor machte eine gequälte Miene. „Ich habe es versucht. Sie haben mich einfach abgewiesen und sich um ihre eigenen Pläne gekümmert. Es ist nicht so, als wäre ich in der

Vergangenheit eine Quelle der Weisheit gewesen, weißt du. Ich bin der Donnergott."

„Hey." Ich pikte ihn in den Arm, damit er mich ansah. „Das bedeutet nicht, dass sie dich ignorieren sollten, wenn du eine Idee hast. Und du bist nicht nur der Donnergott, oder? Du hast Blitze. Warum konzentrierst du dich nur auf die laute und starke Seite, wenn du auch hell und zackig sein kannst?"

Sein Mund öffnete und schloss sich, bevor er es schaffte, mir zu antworten. „Das ist eine sehr gute Frage", entgegnete er. „Ich habe so viel Zeit damit verbracht, herumzupoltern, dass es leicht ist, zu vergessen, wie mächtig ein einziger Blitz sein kann."

Sogar ein kleiner. „Ich habe es nicht vergessen", verkündete ich und dachte an die Funken, die während des Intermezzos in Munins Gefängnis von seinen Fingerspitzen über meinen Körper getanzt waren. Plötzlich sammelte sich Hitze tief in meinem Bauch, angetrieben von der Wärme seines Körpers neben meinem. Ich senkte meine Wimpern und versuchte mich in etwas Verruchtheit. „Ich biete mich gerne als Testperson an, falls du ein wenig Übung brauchst und deinem Gedächtnis auf die Sprünge helfen musst."

Thor sah mich so eindringlich an, dass die Temperatur im Raum um einige Grad zu steigen schien. „Ist das so?", fragte er und seine bereits tiefe Stimme klang noch heiser.

Ich berührte die Seite seines Gesichts und er beugte sich nach unten, um mich zu küssen. Sein heißer Atem mischte sich mit meinem und seine Zunge zuckte gegen meine Lippen, was ein elektrisches Kribbeln durch mich jagte. Oh ja, das war ein gutes Gespräch gewesen, doch ich war jetzt bereit für mehr.

Ich raunte ermutigend und packte die Vorderseite seines Shirts. Thor küsste mich immer wieder und jedes Mal mit mehr Begehren. Seine Hände begannen, über meine Seiten zu wandern. Jede Berührung seiner Fingerspitzen sandte ein frisches Beben über meine Haut, obwohl ich sie nur durch den dünnen Stoff meines Tops hindurch spürte.

Als er seine Hand nach oben gleiten ließ und meinen Busen umfasste, presste ich mich seiner Berührung entgegen und küsste ihn stürmischer. Sein Daumen wirbelte über meine Brust und ein Funke tanzte über meinen Nippel, der sofort hart wurde, was mir ein Wimmern entlockte.

Thor neckte ihn noch ein Weilchen durch mein Top hindurch, bevor er seine knisternde Folter auf die andere Seite verlagerte. Anschließend schob er seine Hand unter mein Oberteil, um mich ungestört zu liebkosen. Seine Finger streichelten und schnipsten, jeder Druckpunkt fühlte sich wie ein winziger Lichtblitz an. Ich riss ihn näher zu mir und stöhnte.

Seine Hand sank tiefer zu meiner Jeans. Ein begehrliches Beben durchlief mich, als er meinen Hosenschlitz aufzog. Er ließ seine Finger in mein Höschen gleiten und ihm stockte der Atem, als er die Feuchtigkeit dort spürte. Ein Lustblitz schlug in meinem Kitzler ein und meine Hüften zuckten. Ich keuchte.

„Oh Gott." Und einfach so war ich dem Höhepunkt unfassbar nahe. Ich ließ meine Hand an seinem Körper hinabwandern, um den Gefallen zu erwidern, doch Thor wich zurück und packte mein Handgelenk. Seine andere Hand blieb zwischen meinen Schenkeln. Sein Daumen glitt von meinem Kitzler zu meinen Falten und zurück.

„Ich will dich beobachten", sagte er belegt. In seinen braunen Augen loderte Sehnsucht. „Ich will sehen, wie gut ich dich verwöhnen kann, ohne Ablenkungen."

Ich schluckte schwer und meine Brust schnürte sich vor Emotionen zu. So viele Emotionen wallten in mir auf, dass ich nicht wusste, was ich mit ihnen tun sollte.

Ich hatte gesagt, dass ich Hödurs Dunkelheit liebte. Was

konnte ich über Thor sagen? Ich liebte seine Kraft. Ich liebte sein Mitgefühl – und auch seine Leidenschaft. Ich hätte das sagen können, es fühlte sich allerdings nicht an, als würde es reichen, um auch nur die Hälfte der Gefühle zu beschreiben, die mich durchströmten.

Thors Finger zuckten und erzeugten ein weiteres elektrisches Kribbeln. Alle anderen Gefühle wurden von der Wonne überwältigt, die durch mich schwappte. Ich neigte den Kopf nach hinten, bockte gegen seine Hand und gab mich allem hin, was er mir geben wollte.

KAPITEL NEUNZEHN

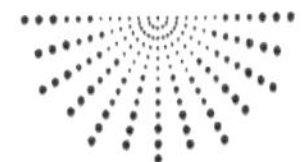

Aria

Ich hätte an diesem Morgen womöglich etwas länger geschlafen, wenn nicht ein gewaltiger, jedoch freudiger Schrei den Boden unter meinem Bett erschüttert hätte.

„Tyr!"

Wenn Thor so glücklich war, konnte das, was vor sich ging, nichts Schlechtes sein. Ich setzte mich auf, rieb mir über die Augen und ging nachschauen, worum es sich bei dem Aufruhr handelte.

Asgards andere aktuelle Bewohner versammelten sich ebenfalls auf dem Hof, wo der Schrei erklungen war. Zuerst konnte ich nichts anderes als Thors breite Gestalt sehen. Dann trat er aus einer Umarmung und offenbarte einen schlaksigen Mann mit bronzefarbenen Haaren, die bis zu seinen Schultern fielen. Der Neuankömmling sah älter als meine Götter und jünger als Odin aus. Nach menschlichen

Standards war er vielleicht Ende dreißig oder Anfang vierzig, da er an den Augenwinkeln kleine Fältchen hatte. Sein Gesicht war genauso attraktiv wie das aller anderen Götter, denen ich bisher begegnet war.

Außerdem fehlte ihm eine Hand. Sein rechter Unterarm endete kurz vor der Stelle, wo sein Handgelenk hätte sein sollen, in einem glatten Stummel, dessen Ränder nur ein schwaches Narbengewebe aufwiesen.

„Das ist mal ein begeisterter Empfang", stellte er mit einer warmen Bassstimme fest. „Vielleicht hätte ich schon eher zurückkommen sollen."

„Es ist schön, dich zu sehen", sagte Balder. „Wo warst du?"

„Oh, ich bin hauptsächlich durch Süd- und Osteuropa gereist", antwortete Tyr. „In diesen Gebieten gab es in letzter Zeit alle möglichen interessanten Entwicklungen."

„Das Gesetz und Kämpfe fallen in Tyrs Zuständigkeitsbereich", erklärte Thor, der meinen Blick auffing. „Es ist mindestens ein paar Jahrhunderte her, seit wir ihn zuletzt gesehen haben." Er schlug dem anderen Gott auf den Rücken.

Noch ein Kriegsgott? Ich vermutete, dieser Kerl, Odin und Freya deckten gemeinsam alle möglichen Aspekte ab.

„Interessanterweise erklärt keiner seiner Zuständigkeitsbereiche, wie er seine Hand verloren hat", bemerkte Loki, der es schaffte, lässig und bissig zugleich zu klingen. „Es ist so eine Schande, dass sie nicht mit dem Rest von dir wiedergeboren wurde, oder?"

Tyr warf dem Trickster einen misstrauischen Blick zu und beschloss scheinbar, ihn zu ignorieren. „Ich habe geschlussfolgert, dass Asgard Hilfe braucht", erklärte er und wandte sich wieder an Thor. „Allerdings war die Botschaft, die ich gefunden habe, ziemlich vage."

„Hmm", machte Odin. Ich zuckte zusammen – ich hatte

nicht gehört, dass sich der König der Götter hinter mir genähert hatte. „Es ist auf jeden Fall ein Vorteil, wenn mehr von uns hier sind. Willkommen zu Hause."

„Komm", sagte Thor. „Wir werden dir alles erzählen, was wir bisher wissen. Der wichtigste Teil ist, dass Surt wieder aufgetaucht ist und vorhat, jede Drohung wahrzumachen, die er in der Vergangenheit ausgesprochen hat."

Er führte Tyr zu seiner Halle. Balder, Hödur und Freya schlossen sich ihnen an. Loki zögerte und spannte seinen Kiefer an. Bevor ich entscheiden konnte, ob ich den anderen folgen oder zu ihm gehen und herausfinden sollte, was ihn bedrückte, schloss sich Odins Hand um meine Schulter.

„Walküre", sagte er. In dem Wort lag keinerlei Bewunderung, wenn *er* es aussprach. „Ich glaube, wir müssen uns ebenfalls unterhalten."

Lokis Blick schnellte zu uns. „Was willst du von ihr?", fragte er, wobei seine Augen viel dunkler waren, als es die leichte Neugier in seiner Stimme rechtfertigte.

„Oh, wir haben anscheinend eine Menge zu besprechen", erwiderte Odin. Er deutete mit dem Kopf in die Richtung, in die die anderen Götter gegangen waren. „Lass dich davon nicht daran hindern, mit dem weiteren Vorgehen auf dem Laufenden zu bleiben."

Sie starrten einander einen Augenblick lang nieder, der König und der Trickster, und Spannung kribbelte über meine Haut. Loki hob eine schmale Schulter zu einem unbekümmerten Zucken. „Ich werde schauen, ob ich Tyr noch etwas Neues verraten kann", verkündete er und marschierte davon. Mein Magen verkrampfte sich, als er außer Sichtweite verschwand und mich mit Odin allein ließ.

Odin schob mich in die entgegengesetzte Richtung zu seiner Halle und ich ging mit, obwohl mein Herz unbehaglich hämmerte. „Worum geht es?", fragte ich.

„Alles zu gegebener Zeit", antwortete der Göttervater in einem Ton, der keine Proteste zuließ.

Mein Rücken juckte, da meine Flügel erpicht darauf waren, hervorzubrechen und mich von Odin und seiner Unheil verkündenden Präsenz wegzutragen. Es fiel mir schwer, mir einzureden, dass dies ein vergnügliches Gespräch werden würde, obwohl ich keine Ahnung hatte, worüber er sprechen wollte. Wegzulaufen, war jedoch keine besonders erfolgreiche Strategie, wenn es um die Götter ging. Es war nicht so, als könnte ich es vermeiden, jemals zurückzukehren.

Vielleicht wollte er sich nur erkundigen, wie es mir ging, nachdem ich neulich Petey beobachtet hatte. Ein wenig königliche Sorge um seine Untertanen. Ha ha ha.

Als wir seine Halle erreichten, betrat Odin den Vorraum, wo sich unsere Gruppe zuvor stets mit ihm getroffen hatte. Ich zögerte mitten auf dem dicken weichen Teppich, als er sich auf seinem thronähnlichen Stuhl niederließ. Hier drin gab es keine Sitzmöglichkeit für mich, außer ich wollte mir eines der Kissen schnappen, die entlang der Wände lagen. Ich war mir ziemlich sicher, er erwartete, dass ich stehen blieb, während er auf mich herabblickte, so wie er es jetzt tat. Bei seiner grimmigen Miene stellten sich mir die Nackenhaare auf, noch bevor er zu sprechen begann.

„Soviel ich weiß, hast du meine Götter von der Vorgehensweise abgebracht, für die wir uns entschieden haben", stellte er fest. „Was das plötzliche Erscheinen von Tyr beweist."

„*Deine* Götter?", wiederholte ich. „Ich bin mir ziemlich sicher, dass sie sich selbst gehören. Wir sind diejenigen, die das Kämpfen übernommen haben, während du hier herumgesessen und deine Pläne geschmiedet hast."

„Meine Pläne werden dafür sorgen, dass dieses und dein

ehemaliges Reich sicher bleiben. Außer du hast beschlossen, dass dich dieses Ziel nicht mehr interessiert."

Ich verschränkte die Arme vor der Brust. „Wieso schadet es dem Ziel, mehr Götter zu finden, die sich dem Kampf anschließen?" Oder herauszufinden, was die Schwarzalben antreibt. Allerdings würde ich Odin nicht verraten, dass sich Hödur in ihr Reich gewagt hatte, falls er es noch nicht wusste. „Und warum sprichst du mit *mir* darüber? Wir arbeiten alle zusammen. Ich habe nicht das Sagen."

Er bedachte mich mit einem unheilvollen Blick. „Glaubst du wirklich, dass mir entgangen ist, wie viel Einfluss du auf sie hast? Du hast dir ihre Loyalität auf ehrliche Weise verdient, soweit ich weiß. Lass uns jetzt nicht zu Unehrlichkeit wechseln."

Wie viel hatte er bei all seiner Spioniererei von seinem Hochsitz aus gesehen? Ich konnte nicht erkennen, ob er bluffte oder ob er wusste, dass ich vorgeschlagen hatte, nach den anderen Göttern zu suchen. Er konnte nicht durch Mauern sehen. Wie viel hatten wir draußen besprochen?

„Ich lüge nicht", entgegnete ich, was im Grunde genommen wahr war. Auslassungen zählten nicht, oder? „Ich glaube *ehrlich*, dass es einfacher wird, einen Krieg zu gewinnen, wenn wir mehr Leute auf unserer Seite haben. Ich hätte gedacht, das wäre Alltagsdenken."

„Das hier ist kein alltäglicher Krieg", wandte Odin ein und hob seine Stimme zu einem Grollen, als er sich auf seinem Stuhl vorbeugte. Er schaute kurz finster auf mich herab. Ein erbittertes Licht loderte in seinem braunen Auge und sein Körper strahlte so viel Macht aus, dass es mich sämtliche Willenskraft kostete, nicht vor ihm zu kauern. Meine Arme wurden an meinen Seiten steif.

„Na schön", lenkte ich ein. „Nichts an dieser Situation ist normal für mich. Du willst, dass ich mir keine neuen Pläne mehr ausdenke? Dann verrate mir, was du *wirklich* vorhast.

Denn du kannst unmöglich denken, dass wir diesen Krieg gewinnen, indem wir zu sechst Surts Festung angreifen."

Odin lehnte sich langsam auf seinem Stuhl zurück. Er drehte den Kopf zu dem Fenster auf unserer anderen Seite und sein Blick richtete sich in die Ferne.

„Ich sehe Dinge, weißt du", erzählte er. „Nicht nur von meinem Hochsitz aus. Nicht nur mit meinem Auge." Er tippte auf die vernarbte Stelle über seiner anderen Wange. „Ich habe dieses für Wissen aufgegeben, das alles übersteigt, was wir vor uns sehen können. Es kommt als Flüstern und in Bruchstücken zu mir ... doch es kommt."

Ein Schauder lief mir über den Rücken. „Und du hast etwas in Bezug auf die Schlacht mit Surt gesehen?"

Sein Blick kehrte zu mir zurück. „Ich weiß so viel: Ganz gleich, wie viel Verstärkung du herholst, unser Sieg hängt von euch fünfen und eurer gemeinsamen Macht ab. Darauf müssen wir uns verlassen. Deswegen müssen wir eure Kraft verstärken. Der Rest spielt möglicherweise keine Rolle."

Ihr fünf und eure gemeinsame Macht. Die Kälte, die mich vor einer Sekunde berührt hatte, kribbelte tiefer. „Was genau hast du ‚gesehen'?", fragte ich. „Was werden wir tun?"

Nichts bewegte sich in seinen Augen, die jetzt ausdruckslos waren. „Ich kenne nur die Weisheit, die mich erreicht. Von ihr muss ich mich leiten lassen. Doch wenn die Antwort ihr fünf seid, müsst ihr fünf euch auf eure Stärken konzentrieren. Vergrößert eure Macht. Die Durchsuchung der Reiche schwächt uns bloß."

„Das ist also wirklich dein ganzer Plan?", hakte ich nach. „Wir greifen Surt an und hoffen, dass wir es schaffen, ihn und seine Armee zu zerstören?"

„Wie viel ihr zerstören könnt, hängt von euch ab", erwiderte Odin. „Ich hoffe, dass es euch gelingen wird, ihn lahmzulegen, sobald ihr kampfbereit seid. Vielleicht müsst ihr alles geben, um die Schlacht zu einem Ende zu bringen, doch das wäre ein würdiges Opfer."

„Alles geben?" Ich starrte ihn an. „Damit willst du sagen, dass wir deiner Meinung nach in dem Kampf sterben werden. Ich schätze, es wäre schwer, nicht zu sterben, wenn es davon abhängt, dass wir fünf versuchen, alles zu zerstören, was wir erreichen können. Und du denkst wirklich wegen etwas ‚Flüstern und Bruchstücken‘, dass dies die beste Vorgehensweise ist? Es ist für dich in Ordnung, deine Söhne und deinen Blutsbruder abschlachten zu lassen?" Ich hatte nicht erwartet, dass er sich für mein Wohl interessierte, doch die anderen … Mein Kiefer verkrampfte sich. Sie verdienten etwas Besseres.

„Vielleicht werden die, die fallen, wie zuvor wiedergeboren werden", entgegnete Odin ruhig.

„Und vielleicht werden sie es nicht. Du hast selbst zugegeben, dass du nicht weißt, ob das garantiert ist."

„Es ist eine Chance, die sie gerne ergreifen werden, um unser Reich zu retten." Seine Augen wurden schmal. „Wirst du es tun?"

Wie konnte ich das beantworten? Wenn ich in dem Wissen sterben würde, dass Petey den Rest seines Lebens sicher sein würde, wären die restlichen Reiche ein Bonus. Ich konnte jedoch nicht glauben, dass dies die einzige Methode war, nicht, wenn es so viel gab, was Odin partout nicht in Erwägung ziehen oder auch nur zugeben wollte.

Während ich vor ihm stand, konnte ich spüren, dass er nicht nachgeben würde, zumindest nicht an diesem Morgen. Möglicherweise niemals. Ich reckte das Kinn.

„Ich werde für Asgard kämpfen und ich werde für Midgard kämpfen, wo immer mich das hinführt, egal, welche Risiken dazu nötig sind", verkündete ich und meinte es ernst. Meine übrigen Gedanken behielt ich für mich. Ich würde weiterhin nach anderen Kampfmethoden Ausschau halten, ganz gleich, was Odin davon hielt. Wenn er uns aufhalten wollte, konnte er das gerne versuchen. Bisher hatte er nur viel geredet und wenig getan.

„Gut", erwiderte Odin. „Dann weißt du, worauf du dich konzentrieren musst. Sorg dafür, dass ich froh darüber bin, wieder eine Walküre in Asgard zu haben, Aria."

„Ich werde mein Bestes geben", entgegnete ich und der seltsame Teil war, dass ich das ebenfalls ernst meinte. Nur nicht auf die Art, die er gewollt hatte.

Ich floh so schnell aus Odins Halle, wie ich es tun konnte, ohne mich vollkommen zu blamieren. Die anderen Götter standen weiter entfernt als Gruppe vor Thors Halle und unterhielten sich. Ich vermutete, dass sie es nicht bis ins Gebäude geschafft hatten, bevor Tyr auf Antworten bestanden hatte.

Unter ihnen waren jedoch keine flammenfarbenen Haare zu sehen. Ich runzelte die Stirn und suchte die Gebäude um uns herum ab, doch Loki schien verschwunden zu sein. Als ich mich daran erinnerte, wie er mit Tyr und anschließend Odin gesprochen hatte, blubberte das unbehagliche Gefühl wieder in mir hoch, das ich verspürte, seit er mich gestern angelogen hatte.

Der Trickster war einer von uns fünfen. Odin konnte nicht sauer auf mich sein, wenn ich nach ihm suchte, oder?

Ich schlich in den Wald hinter Odins Halle, wo Loki mich neulich gefunden hatte. Dort war keine Spur von ihm zu sehen, genauso wenig wie im Obstgarten dahinter. Ich blieb stehen, lauschte und wünschte mir, dass das Band zwischen uns, mit dem er mich aufspüren konnte, in beide Richtungen funktionierte. Wenn er in der Nähe gewesen wäre, hätte ich seine Anwesenheit spüren können. So hatte ich in Munins Gefängnis jeden einzelnen Gott gefunden. Er war allerdings nicht in der Nähe.

Es wäre einfacher, ihn von oben aufzuspüren. Ich

entfaltete meine Flügel und stieß mich vom Boden ab. Die Luft rauschte über mich, als ich immer höher flog, bis es so wirkte, als wäre ganz Asgard unter mir ausgebreitet. Ich segelte über es hinweg und suchte nach einem roten Fleck in der grünen Landschaft.

Mein Blick glitt zu den blau-grauen Linien des Meeres in der Ferne, das beinahe die gleiche sturmgraue Farbe hatte wie Peteys Augen. Als ich mich dorthin wandte, schmeckte ich einen Hauch Salz in der Brise. Wie an dem Strand, wo Loki mir von seinen getöteten Kindern erzählt hatte.

Ich flog zu der felsigen Küste. Ich wusste nicht, wie viele Meilen ich zurückgelegt hatte, als ich dort eine hochgewachsene blasse Gestalt stehen sah.

Meine Flügelschläge wurden langsamer. Ich glitt näher und hielt die Luft an. Wollte Loki gestört werden? Ich vermutete nicht, angesichts dessen, dass er sich so weit von uns anderen entfernt hatte. Was machte er hier draußen?

Nicht viel, so wie es aussah. Er stand neben einem großen Felsen. Nein, er stand nicht – er lehnte an ihm, hatte seine Unterarme darauf abgestützt und den Kopf gesenkt.

Seine Haltung hatte etwas so Gequältes an sich, dass ich zögerte und auf der Stelle schwebte, hin und her gerissen, ob ich zu ihm gehen oder ihm die Einsamkeit schenken sollte, nach der er offensichtlich gesucht hatte.

Was für ein Felsen war das? Warum *hier*? Ich schlang die Arme um mich und die Gewissheit, die ich verspürt hatte, als ich mich Odin gestellt hatte, verpuffte.

Ich konnte dem Göttervater die Stirn bieten. Ich konnte *meine* Götter ermutigen, andere Pläne zu schmieden und andere Strategien auszuprobieren. Doch als ich Loki zusammengebrochen an dem Felsen lehnen sah, wurde eindeutig, dass unsere Probleme viel tiefer reichten. Und ich hatte keine Ahnung, wie ich dieses lösen konnte.

KAPITEL ZWANZIG

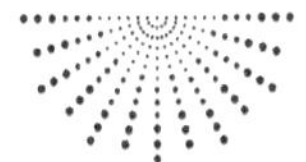

Thor

Das Kostüm, das ich zusammengestellt hatte, war nicht halb so lächerlich wie das, das ich einst getragen hatte, um die Riesen reinzulegen. Andererseits war es schwer, ein Hochzeitskleid zu toppen. Ich hatte Glück, dass Freya mir diese vulgäre Imitation verziehen hatte.

Heute versuchte ich nicht, eine bestimmte Person nachzuahmen. Ich durfte nur *nicht* wie ich aussehen.

„Was denkst du?", fragte ich Balder. Er war der Einzige meiner Begleiter, dem ich meine Absichten verraten hatte. Es wäre viel befriedigender, siegreich zurückzukehren und ihnen die Ergebnisse zu zeigen, als ihren Zweifeln im Voraus zu lauschen – wenn ich überhaupt mal zu Wort kam – und viel weniger peinlich, falls dieser Schachzug nicht aufging.

Mein jüngerer Bruder musterte mich mit schiefgelegtem Kopf. „Deine Größe kannst du schlecht verbergen", meinte er. „Größe ist unter Riesen allerdings nichts Ungewöhnliches. Ich bin mir nicht sicher, ob *ich* dich ohne deinen üblichen Zehn-Tages-Bart erkennen würde, wenn ich nicht zugeschaut hätte, wie du ihn abrasiert hast."

Ich schaute ihn gespielt finster an. „Sei froh, dass er wieder nachwachsen wird. Sieht der Zauber natürlich genug aus?"

Er nickte. „Er hellt nur deine übliche Haar- und Hautfarbe auf. Er fügt nichts hinzu und sollte bis zu deiner Rückkehr halten."

Er hatte mein Äußeres mit seinen Kräften gebleicht. Meine normalerweise kastanienbraunen Haare waren jetzt so hell, dass sie beinahe blond wirkten, und meine rötliche Haut war pfirsichfarben geworden. Dazu kam, dass ich jetzt glattrasiert war und seit einer ganzen Weile nicht mehr in Jötunheim gewesen war. Daher bezweifelte ich, dass mich jemand als Donnergott erkennen würde, wenn ich mich nicht verriet.

„Du lässt den Hammer hier, nehme ich an", fügte Balder hinzu.

Meine Hand sank auf Mjölnir, der von meinem Gürtel baumelte. Bei dem Gedanken, ohne meine beste Waffe ins Reich der Riesen zu marschieren und ohne zu wissen, ob ich sie dorthin rufen konnte, spannte meine Haut. Dieser Hammer würde meine wahre Identität allerdings schneller als alles andere verraten.

Ich löste ihn von meinem Gürtel und lehnte ihn an die Wand von Walhalla. Zwischen den Schwertern und Speeren, die dort befestigt waren, entdeckte ich eine Axt. „Die hier wird den Zweck erfüllen. Eine angemessene Riesenwaffe."

Ich lächelte, als ich sie von der Wand nahm. Ihr Griff war so dick, dass sie dort an meinen Gürtel passte, wo normalerweise Mjölnir hing. Ich strich mit den Händen über die schlichte Tunika und Hose, für die ich mich entschieden hatte, und holte tief Luft. „Ich schätze, ich bin bereit zum Aufbruch.“

„Bist du dir sicher, dass es klug ist, allein zu gehen?“, fragte Balder. „Ich könnte dich begleiten … wie Vater sagte, ist es ein Vorteil, mehr Leute zu sein.“

Ich schüttelte den Kopf. „Ich kann das nicht von dir verlangen … oder von einem der anderen. Du bist ein vollblütiger Ase. Ich habe wenigstens das Riesenerbe im Blut.“ Loki würde natürlich als Riese durchgehen und konnte sich noch besser tarnen, als ich es jemals schaffen würde, doch dieses eine Mal, wollte ich etwas tun, ohne dass mir der Trickster den Weg ebnete. Ich wollte ihm zeigen, dass ich nicht nur aus Muskeln bestand, sondern auch ein Hirn hatte.

„Dann viel Glück“, wünschte mir Balder und drückte meinen Arm. „Wenn du bis morgen nicht zurückgekehrt bist, muss ich Alarm schlagen.“

„Wenn ich das hier nicht bis Ende des Tages erledigen kann, verdiene ich die Scham einer Rettungsmission“, erwiderte ich. „Mach dir nicht zu viele Sorgen. Wie viele Male bin ich ins Reich der Riesen gegangen und unversehrt zurückgekehrt?“

Mein Bruder lächelte. „Öfter, als ich zählen kann.“

Keiner von uns erwähnte die Tatsache, dass ich noch nie ohne meinen Hammer und ganz allein dorthin gegangen war.

„Sollte ich mir Sorgen um dich machen?“, fragte ich ihn, als er mich durch den gewaltigen Raum zum Eingang des Kamins begleitete. „Die Dunkelheit in dir, mit der du gekämpft hast …“

Balder unterbrach meine Frage mit einer sanften Handbewegung. „Es macht den Anschein, als hätte ich den Druck nur verschlimmert, indem ich so erbittert dagegen angekämpft habe“, erklärte er. „Ich habe angefangen, ab und zu ein wenig Dunkelheit nach meinem Willen rauszulassen, und ich fühle mich mit jedem Mal ruhiger. Nichts könnte mein Licht ersticken."

„Daran habe ich nie gezweifelt." Ich klopfte ihm auf den Rücken, bevor ich beiseitetrat und mich in die Schwärze des Kamins duckte.

Yggdrasils Ast nach Jötunheim spuckte mich nicht in der Nähe einer der größeren Städte aus. Ich wollte zur Hauptstadt, wo mein Plan höchstwahrscheinlich die Ohren erreichen würde, die ihn hören mussten. Zum Glück bedeutete das verlassene Gebiet, auf dem ich ankam, dass ich auf Wolken, die von Blitzen angetrieben wurden, über die Landschaft sausen konnte, bis ich eine der belebteren Straßen erreichte, die zur größten Stadt des Reichs führte.

Ein Paar, das Räucherfleisch in diese Richtung transportierte, warf mir einen misstrauischen Blick zu, willigte jedoch ein, mich auf ihrem Wagen mitzunehmen, solange ich ihnen half, die Waren abzuladen, wenn sie ihren Laden in der Stadt erreicht hatten. Das einzig Schwierige an der Reise war, mich daran zu hindern, ihre Waren zu testen, bei deren Geruch mir das Wasser im Mund zusammenlief. Ich konnte Riesen für viele Dinge kritisieren, aber sie wussten, wie man gut aß, wenn sie es wollten.

Vielleicht stammte mein großer Appetit von den Riesen ab. Der Gedanke ließ sich unbehaglich in meinem Magen nieder, dennoch hielt ich an ihm fest und spannte meinen Kiefer an. Ich war als Riese hier. Ich musste jedes bisschen von mir willkommen heißen, was die Seite meiner Mutter beeinflusst hatte.

Wer hätte gedacht, dass mir meine Riesenseite und nicht mein göttliches Wesen dabei helfen würde, Asgard zu retten?

Den Wagen zu entladen, dauerte nur wenige Minuten, obwohl ich meine Kraft runterspielte, damit ich keine Blicke auf mich zog. Danach musste ich nur noch die beliebteste

Taverne der Stadt finden – die, zu der einflussreiche Gestalten unter den Riesen gingen, um sich zu amüsieren.

Die Straßen waren ruhiger als in meiner Erinnerung, andererseits hatte ich die Stadt in der Vergangenheit nur wenige Male betreten, und das war viele Jahrhunderte her. Ich nahm an, dass es einfach ein ruhigerer Abend war, bis ich um eine Ecke bog und vor einer Schlucht stand, welche die Straße der Länge nach durchzog. Sie war mehrere Meter breit und die Gebäude zu beiden Seiten waren hineingestürzt, sodass nur noch Ruinen übrig waren, die niemand aufzubauen versucht hatte. Eine provisorische Brücke aus Holzbrettern, die mit Steinen beschwert waren, überspannte die Schlucht in meiner Nähe.

Was für eine Katastrophe hatte das hier verursacht? Ich näherte mich der Spalte vorsichtig, spähte in ihre Tiefen und entdeckte nur Dunkelheit, wo die Seiten schmaler wurden. Das Paar mit dem Wagen hatte sich flüsternd über die ‚Teilung der Erde‘ unterhalten, aber ich hatte angenommen, dass sie über ein kleines Erdbeben oder dergleichen in der Nähe ihrer Farm gesprochen hatten.

Passierte das hier oft? Mir fielen Hödurs Kommentare über die Höhleneinstürze in Svartalfheim ein. Konnte das Reich der Riesen aufbrechen, so wie das Zuhause der Schwarzalben einbrach?

Angesichts unserer Vergangenheit war ich mir nicht sicher, ob ich *Mitleid* mit den Riesen hatte, die Möglichkeit sorgte jedoch dafür, dass mir noch unbehaglicher zumute war. Das allgemeine Empfinden, dass ihr Zuhause in Gefahr war, sollte mir allerdings dabei helfen, diejenigen, die meiner Geschichte lauschten, zu überzeugen.

Ich ging den gleichen Weg zurück, den ich gekommen war, da ich der provisorischen Brücke nicht mit meinem beachtlichen Gewicht traute, und schlenderte durch die Straßen. Es dauerte nicht lange, bis mir eine Bierwolke in die

Nase stieg. Ich folgte ihr zu einer Straße, die mit Restaurants, Läden und Tavernen gesäumt war.

Eine Taverne nahm am Rand eines gepflasterten Marktplatzes so viel Platz wie zwei Gebäude ein. Helles Licht und energische Stimmen drangen durch die geöffneten Fenster, obwohl noch Nachmittag war. Das sah nach einem vielversprechenden Laden aus.

Ich wappnete mich und trat durch die Tür ins schummrige Licht des Etablissements. Riesen, von denen die meisten Krüge in der Hand hielten, saßen um die vielen klobigen runden Eichentische herum. Der Barkeeper, der hinter der Eichentheke hinten im Raum stand, stellte gerade einige schäumende Krüge für die Gäste bereit.

Mehrere Blicke hefteten sich bei meinem Eintreten auf mich. Jetzt musste ich all die Gerissenheit ausgraben, die ich besaß. Ich ließ meine Schultern herabfallen und trottete zur Theke, als würde das Gewicht der neun Reiche auf mir lasten.

„Ein Glas deines besten Biers", bestellte ich und lehnte mich an die Theke. „Ah, nein, mach zwei Gläser daraus. Ich brauche zweifellos mehr, um alles für eine Weile zu vergessen."

„Hast du eine harte Zeit hinter dir?", erkundigte sich der Barkeeper, während er mein Getränk einschenkte.

„Das könnte man sagen", erwiderte ich. „Aber nicht so hart, wie wir sie alle haben werden, wenn nichts unternommen wird. Diese Mistkerle in Asgard! Sie lassen sich nie eine Gelegenheit entgehen, uns herablassend zu behandeln."

Einer der Riesen, der in meiner Nähe saß, schaute zu mir. „Was redest du da von Asgard?", fragte er. Sein Gesicht wurde bereits rot.

Wenn es eines gab, was ich über Riesen wusste, dann,

dass man das höchste Reich nicht erwähnte, wenn man niemanden provozieren wollte.

Ich schüttelte den Kopf, als wäre ich niedergeschlagen. „Es hat keinen Sinn, darüber zu sprechen. Schau uns nur an. Schau dir diese Stadt an. Er hat recht. Wir sind dem Untergang geweiht.“

Ein paar der anderen Riesen in der Nähe spähten zu mir. „Was meinst du mit dem Untergang geweiht?“, wollte der Erste wissen. „Sprich deutlicher! Ich habe kein Interesse an Ratespielen.“

Ich musterte ihn und die anderen, die uns beobachteten, und tat so, als würde ich nachdenken. Mein Herz hämmerte schneller als bei einem Kampf oder zumindest furchtsamer.

Ich konnte das hier tun. Ich konnte verschlagen sein – vielleicht nicht so gut wie Loki, aber ich hatte ihn oft genug in Aktion erlebt, oder nicht?

Mir den beeindruckten Schock auf dem Gesicht des Tricksters vorzustellen, wenn er herausfand, was ich geschafft hatte, stärkte mein Selbstbewusstsein.

„Vielleicht wirst du zuhören“, sagte ich. „Die anderen, mit denen ich geredet habe, waren zu begriffsstutzig, um es zu verstehen. Aber du … du scheinst zu wissen, was Sache ist.“

Der Riese richtete sich auf. Das war eine weitere Tatsache, die auf Riesen zutraf: Sie ließen sich leicht von Schmeichelei manipulieren. Vor allem, wenn es um die Intelligenz ging, deren Mangel ihnen zurecht häufig vorgeworfen wurde. „Ich werde zuhören“, versprach er.

Einige der anderen zogen ihre Stühle näher. „Was ist los?“, fragte eine Frau unter ihnen.

„Ich habe heute Surt gesehen“, erzählte ich, „und mit ihm *gesprochen*.“

Ein Raunen ging durch mein Publikum. Noch mehr Köpfe drehten sich in meine Richtung. „Surt?“, fragte jemand. „Ich habe seit Jahren nichts mehr von ihm gehört. Wurde er nicht nach Muspelheim verbannt wegen dieses erbärmlichen Versuchs eines Kriegs gegen die Götter?"

Jemand schnaubte. „Ja, einen schönen Sieg hat er für uns eingefahren. Er hat sie alle ausgelöscht, nur damit sie so gut wie neu wiedergeboren wurden."

„Er wurde verbannt", bestätigte ich nickend. „Aber irgendwie schleicht er sich ab und zu in unser Reich. Vielleicht erlauben es ihm die Götter. Ich denke … die Dinge, die er erzählt hat … Odin muss mehr getan haben, als ihn zu verbannen. Er muss Surt in seinen Bann gezogen haben."

„Wovon sprichst du?", fragte der erste Riese.

Ich schaute auf meine Hände hinab, als würde es mich quälen, diesen Teil zu sagen. „Er hat darüber gewettert, wie schwach die Jötun geworden sind. Dass keiner von uns dieses Reich verdient. Dass die Draugar, die er auferstehen hat lassen, bessere Krieger sind als wir. Ich glaube, er will das Reich gewaltsam an sich reißen. Warum sollte er das tun, wenn die Götter nicht hinter ihm stehen und ihn mit ihren schrecklichen Kräften anstacheln?"

Das Raunen, das auf diese Frage hin durch den Raum ging, klang nach Zustimmung. Ich verkniff mir ein Lächeln. Mein Plan ging auf. Ich hatte sie am Haken.

„Ein Draugr soll besser als ein Riese kämpfen?", schimpfte die Frau, die zuvor gesprochen hatte. „Jeder von uns könnte es mit zehn von ihnen aufnehmen."

„Ich habe versucht, ihm das klarzumachen", beteuerte ich. „Aber er hat nur gelacht. Er sagte, dass er seine Armee nur aufgebaut hätte, um uns das zu beweisen. Es war schrecklich, ihn so zu sehen. Ich habe versucht, es den anderen zu erzählen, mit denen ich gesprochen habe – wir müssen ihm helfen. Wir müssen ihn von ihrem Zauber befreien. Oder zumindest müssen wir ihn *aufhalten*, bevor er dieses Reich noch mehr auseinanderreißt, als es bereits geschehen ist."

„Letzteres wäre einfacher", meinte der erste Riese mit einem schiefen Grinsen, das mir verriet, dass er nicht mehr überzeugt werden musste, den Pfad zu beschreiten, den ich wollte. „Surt hält so viel von sich? Ich denke, er hat viel zu lange gelebt."

KAPITEL EINUNDZWANZIG

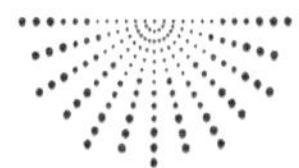

Aria

„Nun", sagte Tyr und klatschte in die Hände, während er am Rand des Übungsfelds stand. „Das war eine bemerkenswerte Show."

Er klang beeindruckt und sarkastisch zugleich, als könnte er sich nicht dazu überwinden, die Tat besonders erstaunlich zu finden, obwohl er nicht erwartet hatte, dass wir die Trainingsgeräte bezwingen würden. Meine Muskeln vibrierten noch vor Adrenalin, als ich auf dem Gras landete, die Füße auf der Erde platzierte und versuchte, meine Verärgerung zu unterdrücken.

Niemand hatte darauf bestanden, dass er hierblieb und bei unserem Training zur Perfektionierung unserer gemeinsamen Angriffe zusah. Wenn ihm langweilig war, konnte er sich mit seiner einzigen Hand einen runterholen.

„Angesichts deiner Fachgebiete", sagte Loki hinter mir, „hätte ich erwartet, dass du den Unterschied zwischen

Kriegsführung und Unterhaltung kennst." Seine Stimme besaß die gleiche Schärfe, die ich gestern gehört hatte, als er mit Tyr gesprochen hatte. Wenn überhaupt trat die Schärfe noch deutlicher zu Tage, nachdem er ein paar Stunden vor diesem zusätzlichen Zuschauer Leistungen hatte erbringen müssen.

Wie gestern ignorierte Tyr ihn. „Euch scheinen eure Trainingsgeräte schnell auszugehen", bemerkte er und drehte sich zu Thor. Anschließend wandte er sich an Freya. „Welche Rolle sollen wir in der Schlacht spielen, während dieser Haufen seine protzigen Talente demonstriert?"

„Ich bin mir sicher, wir werden wie immer an ihrer Seite kämpfen", erwiderte Freya, deren Miene andeutete, dass sie auch nicht besonders begeistert von Tyrs Auftreten war. „Wir müssen nur darauf achten, ihnen genügend Platz zu lassen, damit sie diese Talente nutzen können. Ich habe sie in einem echten Kampf gesehen. Es ist wirklich unglaublich, wie ihre Magie verschmilzt."

„Und wenn dir das nicht passt, wissen wir bereits, dass du einen exzellenten Köder abgibst", warf Loki ein.

Tyr versteifte sich bei dieser Bemerkung. Er schaute uns finster an. „Ich bin zurückgekommen, weil ich der Meinung war, dass meine Hilfe erwünscht ist. Ich bin hier, um Asgard zu schützen. Ist das ein Problem?"

„Natürlich nicht, natürlich nicht", beschwichtigte Thor und trat vor.

„Ach komm", sagte Loki. „Du kennst mich. Ich habe immer Freude an einem guten Witz. Sei nicht so schnell beleidigt." Seine angespannte Haltung sprach jedoch eine andere Sprache. Er bückte sich, um einen Apfel aufzuheben, der versehentlich in dem Durcheinander aus Trainingsgeräten gelandet war, die wir auf die Wiese geschleppt hatten. Er warf ihn hoch und fing ihn auf. „Gebt mir Bescheid, wenn wir für eine weitere Runde bereit sind. Ich muss mir die Beine vertreten."

Er schlenderte ohne ein Wort oder einen Blick zurück an den Hallen in der Nähe vorbei. Dabei warf er nach wie vor den Apfel mit scharfen Bewegungen aus dem Handgelenk hoch. Mein Blick fing Balders auf. Er schenkte mir ein gequältes Lächeln, als wollte er sagen: *Ich schätze, es könnte schlimmer sein?*

Ich war mir allerdings nicht sicher, ob es das sein konnte. Jedes Mal, wenn ich Loki in den letzten Tagen gesehen hatte, wirkte er gereizter und distanzierter zugleich.

„Wir könnten die neuen Ziele jetzt herschleppen", schlug Hödur vor.

Er wandte sich mir zu und bezog mich sowie seinen Zwilling in den Vorschlag mit ein. Das Zupfen in meinem Magen zog mich jedoch zu der schlanken Gestalt, die gerade hinter den glänzenden Gebäuden verschwand. „Ich glaube, ich sollte versuchen, mit ihm zu reden", erwiderte ich.

Hödur musste mich nicht fragen, wen ich meinte. „Viel Glück", wünschte er mir, wobei in seiner Stimme nur ein leichter Hauch von Sarkasmus mitschwang.

Ich eilte in die Richtung, die Loki eingeschlagen hatte, und ließ einen Teil meiner Walküre-Kraft und Geschwindigkeit durch meine Beine fließen. Bei einem Wettrennen hätte ich keinerlei Chance gegen Loki, momentan lief er allerdings nicht besonders schnell. Ich hatte den Eindruck, dass er nicht erwartet hatte, jemand würde sich die Mühe machen, ihm zu folgen.

„Verlangt der große Tyr meine Anwesenheit?", wollte er wissen, als ich ihn einholte. Dabei fixierte er nach wie vor den Wald, zu dem er ging.

„Nein", antwortete ich und war plötzlich sauer auf ihn. „Was ist in letzter Zeit mit dir los? Er ist ein Idiot, aber er ist nicht *so* schlimm."

„Vielleicht solltest du dich dann mit ihm unterhalten."

Ich verkniff mir ein frustriertes Knurren. Als ich schneller ausschritt, um mit ihm mitzuhalten, stieg eine Duftwolke aus seinem Shirt auf. Ein Hauch dieses Sulfurgeruchs, den ich mit Muspelheim verband. War er heute Morgen wieder dorthin gegangen?

Mein Zorn wurde von einer Woge der Hoffnungslosigkeit hinweggefegt. Ich knirschte mit den Zähnen, um gegen die Empfindung anzukommen. Loki hatte mir ein völlig neues Leben gegeben und mich für würdig erachtet, als mich keiner der anderen Götter eines zweiten Blicks gewürdigt hätte. Ich konnte ihn nicht aufgeben.

Plötzlich hatte ich eine Idee, als er erneut den Apfel hochwarf. Ich lief einige Schritte neben ihm her, bevor ich mich in die Lüfte schwang, gerade als er die Frucht warf. Ich streckte den Arm aus und meine Finger schlossen sich um die glatte Apfelschale.

„Fee!", protestierte Loki.

Ich wirbelte zu ihm herum, schwebte mit flatternden Flügeln einen halben Meter über dem Boden und warf den Apfel so, wie er es getan hatte. „Willst du ihn zurückhaben? Dann hol ihn dir."

Selbst ein mürrischer Loki konnte ein wenig Schabernack nicht widerstehen. Ein Funkeln erhellte seine bernsteinfarbenen Augen. „Bist du dir sicher, dass du diese Herausforderung aussprechen willst?", fragte er in dem verschlagenen Ton, an den ich gewöhnt war.

Ich zog eine Augenbraue hoch. „Versuchst du, es mir auszureden, weil du Angst hast, dass ich gewinne?"

Er sprang ohne Vorwarnung zu mir, allerdings nicht in seiner Höchstgeschwindigkeit – und ich hatte ohnehin mit einer derartigen Vorgehensweise gerechnet. Mit einem Flügelschlag sauste ich zum Wald davon. Meine Finger umklammerten den Apfel. Es war ein gewöhnlicher Apfel, der bereits Druckstellen aufwies, weil er mit den Trainingsgeräten herumgeschleudert worden war. In diesem Moment fühlte er sich jedoch wie etwas Kostbares an.

Die Brise trällerte, als Loki hinter mir herflitzte. Ich schwenkte in eine Richtung und sauste in eine andere, wobei ich meine Flügel zu Höchstgeschwindigkeiten antrieb. Wenn ich mich erst einmal im Schutz des Waldes befand, wäre es schwieriger für ihn, mich anzugreifen.

Da. Am Waldrand schoss ich zwischen zwei Bäume und zuckte zur Seite, kurz bevor sich seine Hand um meinen Knöchel schließen konnte. Ein empörtes Lachen entwischte seinen Lippen. Er schlängelte sich durch das Unterholz und war nie mehr als einen Meter hinter mir. Dann, gerade als ich den Punkt erreichte, an dem der wilde Wald dem Apfelgarten wich, sprang er so schnell, dass ich ihn nicht einmal kommen spürte, bis sich sein Arm bereits um meine Taille gelegt hatte.

Der plötzliche Ruck wirbelte mich herum, als wir fielen. Meine Flügel zogen sich in meinen Rücken zurück. Lokis Arm schnellte empor und seine Hand umfing meinen Hinterkopf, um mich vor dem schlimmsten Aufprall zu schützen, bevor wir auf das weiche Gras am Rand des Obstgartens stürzten. Dadurch landete er auf mir. Sein Atem wehte heiß über meine Wange, seine Lippen waren nur Zentimeter von meinen entfernt und sein Körper schwebte über mir.

Obwohl seine Arme den Großteil seines Gewichts abgefangen hatten, durchfuhr mich Panik, weil es sich anfühlte, als würde ich von seinem Körper fixiert werden. Mein Rücken spannte sich in Lokis schützender Umarmung an. Seine spielerische Miene verschwand.

Er stieß sich ab und entfernte sich von mir, während er seinen Arm unter mir hervorzog. Da durchfuhr mich eine andere Form von Panik. Gleich würde ich ihn wieder verlieren. Ich würde das zufriedene Licht verlieren, das ich in ihm entzündet hatte.

Meine Hand schnellte vor, packte den Stoff seiner Tunika und hielt ihn auf. „Nein."

Loki spähte auf mich herab und erstarrte. „Ari?"

Ich atmete zittrig ein. Zu viele Emotionen krachten in mir gegeneinander. Dass es mir Angst machte, dass ich ihn möglicherweise verlieren würde, machte mir noch mehr Angst. Wann hatte mir jemals etwas oder jemand abgesehen von Petey auch nur halb so viel bedeutet?

Falls dieses Szenario schiefging, welche Folgen hätte das für mich?

Ich wusste es nicht, aber ich wusste, dass es schlimmer wäre, Loki gar nicht zu haben. Ich veränderte meinen Griff um sein Shirt und zwang mich, ruhig zu atmen. Eines seiner Knie hatte meinen Innenschenkel gestreift, als er sich bewegt hatte. Meine Haut kribbelte bereits von der Berührung.

Er würde mir nicht wehtun und sich nur das nehmen, was ich ihm anbot. Ich *wusste* das.

„Ich will das hier", beteuerte ich und schaute ihm in die Augen. „Ich vertraue dir."

Loki zuckte zusammen. Ich hätte nicht sagen können, welche Reaktion ich erwartet hatte, diese war es jedoch definitiv nicht gewesen. Mein Herz schmerzte, noch bevor er sprach.

„Dann wärst du die Erste", erwiderte er und zögerte. „Ich will diese Erinnerungen nicht wecken und dich daran denken lassen, wie ... ich bin nicht besonders gut im Umgang mit zerbrechlichen Objekten, Fee. Ich habe die Tendenz, sie zu brechen, selbst wenn ich sie danach wieder repariere."

Die Rauheit seiner Stimme ließ mein Herz schneller schlagen, obwohl es bereits berauschend pochte. Meine anfängliche Panik wich Stück für Stück infolge der Wärme zwischen unseren Körpern.

„Vielleicht denkst du nur, dass du nicht gut im Umgang mit ihnen bist, weil das noch nie jemand von dir erwartet hat", gab ich zu bedenken.

Loki starrte mich an. „Ari", sagte er und schien nicht zu wissen, wie er fortfahren sollte.

Ich zerrte an seinem Shirt. „Jedenfalls breche ich nicht so einfach."

Ein heiseres Glucksen entwischte seinen Lippen. Sein Kopf senkte sich und seine Nase streifte meine. „Nein, das tust du auf keinen Fall."

Ich neigte mein Gesicht nach oben, suchte seinen Mund und er überwand die kurze Distanz augenblicklich. Seine Lippen trafen mit einem Hitzefunken auf meine, der geradewegs zu meiner Mitte schoss. Loki war nach wie vor auf seine Arme gestützt, sodass sich keines unserer Körperteile berührte mit Ausnahme unserer Münder und dem Knie, das oberhalb von meinem ruhte.

Dieser Kuss ging in einen zweiten und einen dritten über. Jeder Kuss war etwas inniger und etwas süßer als der Vorhergehende. Die Nervosität, die meine Muskeln noch immer fest im Griff hatte, begann, sich zu lockern. Meine Finger krallten sich weiterhin in den Stoff von Lokis Shirt, mein restlicher Körper entspannte sich allerdings auf der Wiese. Das hier war kein Vergleich zu den Erinnerungen, auf die er angespielt hatte. Es war etwas vollkommen anderes. Etwas Neues.

Loki rutschte ein Stückchen näher, seine Hüften pressten sich ganz leicht auf meine und mein Herz setzte einen Schlag aus. Im gleichen Moment schob sich jedoch seine Zunge in meinen Mund und die Furcht wurde von einer frischen Woge Lust überschattet.

Unsere Zungen tanzten miteinander wie flackernde

Flammen. Ich ließ den Apfel fallen, den ich noch immer in der anderen Hand gehalten hatte, und schlang meinen Arm um Lokis Hals, um ihn noch näher zu ziehen.

Er verlagerte sein Gewicht auf einen Arm, damit er mit den Fingern der anderen Hand über die Rundung meines Busens streicheln konnte. Ein sanfter Hitzestrom folgte seiner Berührung. Ich wölbte mich ihm entgegen, küsste ihn stürmischer und wollte mehr.

Der Trickster löste seine Lippen von meinen, um mein Oberteil zu betrachten. Sein Finger glitt am Ausschnitt entlang und entzündete Lust an meinem Schlüsselbein.

„Was sollen wir damit tun?", raunte er.

„Was immer du willst", erwiderte ich voller Neugier, zu sehen, was er mit dieser Einladung tun würde.

Ein Grinsen bog seine Mundwinkel nach oben. „Hmm. Du hast in deiner Halle einen vernünftigen Kleidervorrat, oder?"

„Ja?", erwiderte ich und sah ihn fragend an. Freya und ich hatten einen kurzen Ausflug zum Haus der Götter in Midgard gemacht, kurz nachdem wir hier angekommen waren, damit ich Wechselklamotten holen konnte.

„Exzellent. Wenn das so ist …"

Er zeichnete eine Spur über mein Brustbein und Flammen loderten hinter seinem Finger auf. Das magische Brennen sickerte in meine Haut, ohne mich zu verbrennen. Es breitete sich auf meinem Oberteil aus und verzehrte den Stoff. Zugleich flutete es mich mit weiterer wundervoller Hitze. Als die Flammen über meine nun entblößten Nippel leckten und mich ein Lustblitz durchfuhr, keuchte ich.

Ich riss Lokis Mund wieder auf meinen. Sobald er mich küsste, setzten die Flammen, die er entzündet hatte, ihren brennenden Abwärtspfad fort – über meinen Brustkorb und Bauch, sie kitzelten meinen Bauchnabel und krochen den Bund meiner Jeans entlang.

Als sie über meinen Kitzler knisterten, hoben sich meine Hüften wie von selbst. Die Flut aus Lust war so intensiv, dass mein ganzer Körper zitterte. Ein Stöhnen blieb mir in der Kehle stecken und meine Zähne knabberten an Lokis Lippe. „Loki …“

„Ich bin da, Fee“, murmelte er. „Was immer du von mir brauchst.“ Sein Daumen glitt über meinen Nippel und entlockte mir ein Wimmern.

Ich fuhr mit den Händen über seine schlanke Brust. Die Flammen hatten seine Kleider nicht einmal angesengt. Ich packte den Saum und riss ihn hoch. „Runter damit.“

Er zog die Tunika aus und warf sie im Nu beiseite. Ich hatte bereits tiefer gegriffen, um seinen steifen Penis durch seine Hose hindurch zu umfassen. Loki stöhnte und die Flammen, die er vor wenigen Augenblicken zu meinen Füßen geschickt hatte, kehrten zurück und züngelten über meine Mitte. Die sanfte, jedoch heiße Liebkosung entlockte meinen Lippen ein weiteres Stöhnen. Als er sich vorbeugte, um meinen Mund erneut zu erobern, hatte ich das Gefühl, als würde ich an beiden Stellen gleichzeitig verschlungen werden.

Meine Hüften bockten erneut und streiften die Wölbung seiner Erregung. Unterdessen machte ich mich an seinem Hosenschlitz zu schaffen. In mir waren kein Zögern, keine Angst mehr, nur noch eine Flut des Verlangens.

Weitere Flammen entzündeten sich, als Loki seine restlichen Kleider abstreifte. Sie knisterten über meine Nippel und knabberten an meiner Kehle, brannten über meinen Bauch und leckten an meinem Kitzler. Mit der Erregung, die sie in mir auslösten, ging keinerlei Schmerz einher.

Die Empfindung strömte tiefer, als Loki meine Öffnung mit seiner Schwanzspitze neckte. Ich gab einen ungeduldigen Laut von mir und hob die Beine, um seine Hüften zu umarmen. Er glitt mit einer Woge der Hitze und Wonne in mich. Ein Seufzen entfuhr meinen Lippen.

Loki bewegte sich langsam in mir. Meine Ekstase wuchs mit jedem Stoß seines Schwanzes, der mich mit dem köstlichsten Brennen füllte. Die magischen Flammen kribbelten über jede empfindliche Körperstelle und sorgten dafür, dass ich mich innerhalb weniger Stöße wand. Eine zwickte meinen Kitzler und der Damm in mir brach. Ich kam zitternd auf einer Woge der Glückseligkeit.

„Oh, ich glaube, wir können dich weiterbringen", raunte Loki neben meinem Ohr. Er küsste mich während der letzten Beben, bevor er sich wieder bewegte. Seine Stöße waren noch immer rhythmisch, wurden jedoch schneller. Mit jedem Stoß füllte er mich tiefer. Die knisternde Hitze breitete sich in meiner gesamten Mitte aus, pulsierte an meinem Kitzler und ließ meinen Körper von innen und außen heißer brennen.

Eine weitere Woge der Lust schwoll in mir an, bis ich vor Verlangen zitterte. Ein Wimmern entwischte mir mit jedem Keuchen. Meine Finger vergruben sich in den seidenen Haaren an Lokis Hinterkopf. Er sah mir in die Augen und in seinem bernsteinfarbenen Blick schwelte eine eigenartige Sanftheit, als er mich betrachtete. Wir wiegten uns gemeinsam. Jeder Stoß seiner Härte wurde von einem Lustblitz begleitet. Lokis Gesicht spannte sich an, als sein Verlangen größer wurde.

„Komm mit mir, Ari", verlangte er mit der zärtlichsten Stimme, die ich jemals von ihm gehört hatte. Die Flammen leckten mit einem schärferen Kribbeln der Lust an mir, es war jedoch der Ton und der Ausdruck in seinen Augen, die meine Seele fliegen ließen.

Ich schrie auf, mein Kopf neigte sich nach hinten, meine Augen rollten zurück und mein Rücken bog sich durch, um die Explosion meines zweiten Höhepunkts zu reiten. Hitze explodierte in meiner Mitte und strahlte durch mich hindurch. Ein abgehackter Schrei entfuhr Loki. Er stieß sich härter in mich, packte meinen Schenkel und ich flog noch höher als zuvor. Mit zuckenden Hüften folgte er mir und der sengend heiße Dunst der Ekstase ließ meine Sicht verschwimmen.

Loki hielt über mir inne. So verharrte er mehrere Sekunden lang, während er nach Luft schnappte. Anschließend schob er seinen Arm unter mich und drehte uns mit einer geschmeidigen Bewegung um, sodass er auf dem Rücken lag und mich an seine Brust drückte.

Ich kuschelte mich an ihn und schwebte von den Höhen meines Orgasmus herab. Seine feurige Hitze hatte den Schweiß von unseren Körpern verdampfen lassen, meine Haut war allerdings überall dort heiß, wo sie seine berührte.

Die Finger des Tricksters streichelten meine Haare. Ich rieb meine Nase an seinem Kiefer und hob den Kopf für einen weiteren Kuss. Seine Hand hob sich, um mein Kinn zu umfassen, und der Kuss dauerte an, bis ich wieder atemlos war. Mein Herz hämmerte so heftig vor Wonne, dass mir die Worte fehlten.

Loki lehnte seinen Kopf an meinen. „Keine Verkündungen?", fragte er leichthin, doch ich meinte einen Hauch Sehnsucht aus seiner Stimme herauszuhören.

Ich schluckte schwer und atmete den herben Duft seiner Haut ein. „Hast du etwas, was du verkünden möchtest?"

„Weißt du, ich glaube, das habe ich möglicherweise."

Ich war nicht auf den Strom an Emotionen vorbereitet, der mich daraufhin traf, obwohl er noch nichts gesagt hatte: eine entsprechende Zuneigung – und ein Anflug von Furcht davor, was passieren würde, wenn dieser Moment endete und wir uns wieder all den schrecklichen Komplikationen des echten Lebens stellen mussten. Ich schlang meinen Arm um seine Brust und umarmte ihn fest. Die Worte entfuhren mir, bevor ich sie aufhalten konnte.

„Geh nicht.“

„Wer hat gesagt, dass ich das tun werde?“, erwiderte Loki. Seine Muskeln hatten sich jedoch minimal angespannt.

„Du bist nach Muspelheim gegangen“, sprach ich in seine Brust. „Ich kann es an dir riechen. Aber du hast dem Rest von uns nichts davon erzählt. Hast du mit Surt gesprochen?“

Da spannte er sich wirklich an und sein Körper bewegte sich, als wollte er emporschnellen und mich von sich stoßen. „Wenn du auch nur eine Sekunde lang denkst, dass ich mich mit diesem jämmerlichen …“

„Nein!“ Ich packte seine Schulter und zog ihn so weit zurück, dass ich seinen Blick halten konnte. „Das habe ich nicht gemeint. Ich kenne dich. Ich weiß, dass du uns nicht den Rücken kehren würdest, weil du es möchtest. Ich habe mir nur Sorgen gemacht, dass Odin dich als Teil eines neuen Plans weggeschickt hat. Dass er dich zwingt, eines seiner Spielchen zu spielen. Er hat dich zuvor schon so weit getrieben …“ Mein Griff um Lokis Schulter spannte sich an, als könnte ich ihn bloß mit einer Hand von dem Göttervater und seinen Manipulationen fernhalten.

Lokis Gesicht nahm sofort sanftere Züge an. Er setzte sich auf, allerdings nur, um mich an sich zu ziehen und auf seinem Schoß zu umarmen. „Oh, Fee. Darum musst du dir keine Sorgen machen. Ich bin zwar noch durch den Blutschwur mit Odin verbunden, aber jeder Zwang, seinen Befehlen zu gehorchen, ist mit unserem ersten Tod verschwunden. Ich habe nicht vor, jemals wieder seinen Anweisungen in die Schurkerei zu folgen.“

„Was *hast* du dann dort unten getrieben? Du wirktest in den letzten Tagen … aufgebracht. Und so wie du Tyr angegangen bist …“

„Tyr ist eine andere Geschichte“, brummte Loki. „Weißt du, wie er seine Hand verloren hat?“

Ich zögerte, da ich mir plötzlich nicht mehr sicher war, ob ich es wissen wollte. „Nein."

„Ich habe dir erzählt, dass sie meinen wölfischen Sohn angekettet haben. Er war klug und merkte, dass sie nicht nur Spielchen spielten und seine Kraft testen wollten, wie sie es ihm weisgemacht hatten. Als sie die von Schwarzalben gemachte Kette hervorholten, erlaubte er ihnen nicht, sie ihm anzulegen. Er verlangte, dass einer der Götter zum Zeichen ihrer Gutwilligkeit freiwillig die Hand in sein Maul legte, bevor er sie an sich heranließ." Loki lachte humorlos. „Tyr war derjenige, der ‚mutig' genug war, es anzubieten. Ohne guten Willen. Und so verlor er seine Hand und mein Sohn verlor seine Freiheit für den Rest seines Lebens."

„Oh. Kein Wunder, dass du ihn nicht magst."

Er seufzte. „Ich schätze, ich sollte mittlerweile über diesen Groll hinweg sein. Es liegt einfach an der letzten Woche. Es wurden so viele Erinnerungen aufgewirbelt …"

„Ich weiß", erwiderte ich sanft.

Er zog meinen Kopf an seinen Hals und spannte seine Arme an. „Was den Rest angeht … meine kleinen Ausflüge nach Muspelheim … Surt kam zu mir und hat mir ein Bündnis angeboten. Ich habe eine Weile mitgespielt, um zu sehen, was ich über seine Pläne und Ressourcen in Erfahrung bringen kann."

„Und du bist mit ihm in sein Reich gegangen, um das alles zu besprechen?" Ich drückte mich an ihn, um das Kribbeln der Furcht zu lindern. „Was, wenn er versucht hätte, dich wie Odin in einen Käfig zu sperren?"

Loki machte einen abweisenden Laut. „Denkst du wirklich, irgendein gewöhnlicher Riese könnte mich austricksen? Ich blieb wachsam. Leider vertraute *er* mir nicht besonders, obwohl seine Vorsicht in diesem Fall gerechtfertigt war. Ich hatte gehofft, dass ich mehr zu berichten haben würde, wenn ich euch davon erzähle. Ich bin mir nicht sicher, ob das, was ich erfahren habe, besonders nützlich sein wird."

„Wirst du zurückgehen?"

„Wie es aussieht, werde ich das nicht tun. Heute Morgen bestand er darauf, dass wir genug geredet hatten und ich mich seiner Sache unwiderruflich verpflichten sollte. Ich glaube, er war nicht besonders glücklich, als ich ihm mitteilte, dass ich mit meiner Seite unserer theoretischen Abmachung nicht zufrieden war." Sein nächstes Glucksen klang mehr wie sein übliches Selbst.

„Du warst schon vor Tyrs Ankunft schlecht gelaunt", bemerkte ich. „Warst du einfach frustriert, dass du nicht mehr von Surt erfahren konntest?"

„Nun, ja. Das und ..." Loki hielt inne. Seine Brust hob und senkte sich, als er langsam durchatmete. „Mit ihm zu reden, erinnerte mich zu sehr an gewisse Gefühle, die einst ein viel zu großer Teil meines Lebens waren. Gefühle, die wieder in meinen Verstand gekrochen sind auf Arten, die ich nicht richtig zur Kenntnis genommen hatte."

„Was meinst du?"

„Die Götter von Asgard haben viel getan, über das ich mich gerne beschweren würde, Fee, aber ... Ich musste Odins Bedingungen nicht zustimmen. Ich musste seine Geheimnisse nicht wahren. Es gab Teile von mir, die es genossen, zu sehen, dass die Götter durch meine Hände ihre wohlverdiente Strafe erhielten. Wer kann schon sagen, ob ich mich mit der Zeit besser eingefügt hätte, wenn das nicht so gewesen wäre?" Er seufzte. „Möglicherweise bin ich nicht das Monster, als das sie mich gerne sehen, aber ich bin beim besten Willen auch kein Held."

Meine Brust zog sich zusammen und ich vergrub mein Gesicht an seiner Halsbeuge. „Du bist du", verkündete ich. „Wer ist schon die ganze Zeit ein Held?"

Ich war es jedenfalls nicht. Doch ich wollte verdammt

sein, wenn ich zuließ, dass mir irgendjemand – der König der Götter oder ein Riese mit einem flammenden Schwert oder eine Armee Draugar – die Freuden und den Frieden nahm, die ich in meinem neuen Leben gefunden hatte.

„Ich fühle mich von deiner Hingabe geehrt", erwiderte Loki. Sein Tonfall war trocken, er drückte mich jedoch kurz, bevor er zurückwich. „Ich schätze, wenn wir mit der heldenhaften Seite der Dinge fortfahren wollen, sollten wir in Erfahrung bringen, was die anderen getrieben haben. Wir sollten zu diesem verflixten Training zurückgehen."

Ich stand auf und sah mich um, als er seine Hose wieder anzog. „Ähm", sagte ich und verschränkte die Arme vor meiner nackten Brust. „In meiner Halle habe ich eine Menge Kleider. Du hattest nicht zufällig einen Plan dafür, wie ich zu meiner Halle *zurückkehren* kann, um sie zu holen, jetzt, da du sie in Asche verwandelt hast?"

Loki lachte und warf mir seine Tunika zu. „Zieh das hier an. Ich kann deine Sittsamkeit so gut schützen wie den Rest von dir."

Das Oberteil war sogar für Lokis hochgewachsene Gestalt lang, weshalb es mir fast bis zu den Knien reichte. Ich streckte ihm die Zunge raus, als wir zur Stadt aufbrachen.

„Woher weißt du, dass *ich* nicht dich beschützen werde, hm?"

Er grinste, senkte seine Hand und umschloss meine. „Beide Optionen sind für mich vollkommen in Ordnung."

KAPITEL ZWEIUNDZWANZIG

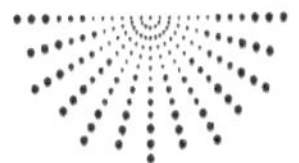

Aria

„Sind wir uns wirklich sicher, dass dies die beste Vorgehensweise ist nach allem, was wir erfahren haben?", fragte Hödur, als unsere Gruppe die Regenbogenbrücke verließ.

Die feuchte Luft in dem Teil Midgards, zu dem uns Loki geführt hatte, hüllte uns ein. Der dunkle Gott drehte den Kopf, vermutlich, um den Umgebungslauten zu lauschen und ein Gespür für das Terrain zu entwickeln, so wie ich alles mit den Augen erfasste. Dichte dschungelähnliche Vegetation wuchs entlang des Straßenrands und eine Ansammlung kleiner Häuser auf Stelzen war in der anderen Richtung in der Ferne zu sehen.

„Wir müssen noch nicht entscheiden, wie wir *vorgehen* wollen", sagte Loki und rieb seine Hände aneinander. „Zu diesem Zeitpunkt stellen wir lediglich Nachforschungen an.

Einer der Draugar, die mir Surt nach ein wenig Überzeugungsarbeit gezeigt hat, trug ein Shirt mit einem sehr speziellen Logo. Ich bin mir ziemlich sicher, dass das Opfer in dieser Gegend entführt wurde. Das bedeutet, dass es hier ein weiteres Tor geben muss, ungeachtet dessen, ob die Schwarzalben noch Menschen hindurch transportieren oder nicht."

Ich streckte meine Flügel hinter mir aus. „Finden wir es heraus. Wir können ihnen nicht helfen, ihr Reich zu reparieren, bis sie aufhören, allen möglichen unschuldigen Leuten zu schaden."

„Wenn wir sie auf frischer Tat ertappen …", brummte Thor und hob seinen Hammer, als wir losliefen. Er musste diese Drohung nicht beenden.

Balder trat neben mich. „Kannst du ihre Energie in der Nähe spüren?", fragte er.

Ich hatte mein Bewusstsein bereits über das Gebiet ausgesandt. „Ich muss es womöglich im Flug versuchen, damit ich eine größere Fläche abdecken kann … oh." Ein schimmernder Klumpen dieser öligen Energie streifte meine Walküre-Sinne. Er schien sich nicht allzu weit rechts von uns zu befinden. „In dieser Richtung sind Schwarzalben", berichtete ich und deutete in den Dschungel. „Vier oder fünf von ihnen, glaube ich."

„Dann auf in die Wildnis", verkündete Loki und ging mit federnden Schritten weiter. Unsere Begegnung beim Obstgarten schien ihn aus der schlechten Laune gerissen zu haben, die ihn so lange in ihrem Griff gehabt hatte.

Thor schlug uns mit seinem Hammer einen Pfad, bis der Trickster anmerkte, dass es vorzuziehen wäre, wenn sie uns nicht schon von weitem kommen hören. Danach bahnten wir uns selbst einen Weg über den feuchten Boden und um die mit Schlingpflanzen bewachsenen Baumstämme, waren jedoch viel langsamer. Nachdem wir einige Minuten in diese

Richtung gegangen waren, erschien bereits eine Gestalt vor uns im Unterholz: ein Schwarzalb, klein und stämmig wie die meisten, mit den üblichen schwarzen Haaren und bleicher Haut. Zum Zeichen der Kapitulation hielt er ein weißes Tuch hoch, das nur wenige Schattierungen heller war als seine Hand.

Wir blieben stehen und musterten ihn. „Ihr habt Leute aus den Städten in der Nähe entführt", grollte Thor. „Wir müssen ..."

„Wir wollen diese Verbrechen nicht fortführen", fiel ihm der Alb ins Wort. „Nicht, wenn es eine andere Möglichkeit gibt. An unseren restlichen Toren warten Delegationen und halten Ausschau nach euch, da wir euch in Asgard nicht erreichen können."

„Eine Delegation?", fragte Hödur in misstrauischem, aber nicht harschem Ton.

„Drei meiner Vorgesetzten würden mit euch nach Asgard zurückkehren, um mit Odin zu sprechen", erklärte der Mann. „Gemeinsam haben sie die Autorität über mehrere Gebiete Svartalfheims und sie könnten die anderen Anführer überzeugen, falls sie der Meinung sind, dass es in unserem Interesse ist. Uns wäre es lieber, wenn sich dieser Konflikt nicht zu einem offenen Krieg entwickelt."

Wir fünf wechselten einen Blick. Eine Delegation, die darauf wartete, Friedensverhandlungen mit Odin zu führen – das klang vielversprechend. Es war jedoch schwer, ihnen zu glauben nach allem, was wir bereits gesehen hatten.

„Lass diese ‚Vorgesetzten' rauskommen", schlug Loki mit einer lockenden Geste vor. „Wir möchten sie uns ansehen. Wenn wir ihnen vertrauen sollen, dürfen sie weder Waffen noch andere eurer kriegsähnlichen Vorrichtungen bei sich tragen."

Der Schwarzalb nickte und verschwand in der dichten Vegetation. Weniger als eine Minute später kehrte er mit drei

Begleitern zurück – zwei Männer und eine Frau, die alle eine ähnliche Statur und Färbung hatten, jedoch bestickte, dunkelblaue Tuniken trugen, die vermutlich ihren Status unter den Alben widerspiegelten.

„Ich kann sie durchsuchen", bot Hödur mit einem schiefen Lächeln an. Er hob eine Hand und seine Schatten regten sich um ihn herum. Sie sickerten durch die Büsche ringsum und wanden sich um die Schwarzalben. Sie suchten ihre Taschen und jeden aufgebauschten Teil ihrer Kleidung nach versteckten Gegenständen ab.

„Wir wollen nicht kämpfen", verkündete die Frau. „Wir versuchen nur, das Richtige für unser Volk zu tun."

„Ihr habt den Vertrauensbonus verloren, als ihr angefangen habt, dafür eine ganze Menge anderer Leute abzuschlachten", entgegnete Loki. „Gebt uns einen Moment, damit wir uns besprechen können."

Wir traten ein paar Schritte zurück und Loki zog seinen Arm mit einem magischen Kribbeln durch die Luft. Dieses verbarg unser Gespräch vermutlich auf die gleiche Art, mit der er mich versteckt hatte, als wir Petey besucht und beobachtet hatten.

„Nach dem zu urteilen, was ich von ihren Motiven spüren konnte, fürchten sie sich hauptsächlich vor der Zukunft und sie wollen unbedingt, dass dieser Versuch funktioniert", berichtete Balder leise. „Es war Hoffnung in ihnen und Reue wegen der Vergangenheit. Ich glaube, sie wollen ehrlich mit uns verhandeln. Ich habe keine Täuschung in ihnen gespürt."

„Den Eindruck habe ich auch", bestätigte ich. „Das bedeutet jedoch nicht, dass wir sie nicht genauestens im Auge behalten sollten. Allerdings könnte das hier eine Möglichkeit sein, Surt ein für alle Mal zu besiegen, falls wir die Schwarzalben auf unsere Seite bringen, oder?"

Thor machte ein finsteres Gesicht. „Ich bin mir nicht

sicher, inwieweit ich den Dreckfressern traue, dass sie eine Vereinbarung einhalten, nach allem, was sie bereits getan haben. Wir brauchen sie möglicherweise nicht."

„Es kann jedenfalls nicht schaden, sie zu *haben*", wandte Loki ein. „Meiner Meinung nach können wir uns genauso gut anhören, was sie zu sagen haben, bevor wir sie abweisen."

„Dem stimme ich zu", sagte Hödur. „Sie haben schreckliche Dinge getan, befanden sich allerdings in einer schrecklichen Situation. Und was könnten die drei uns oder Odin antun, was sie nicht hätten tun können, als er sich jahrelang in ihrer Gefangenschaft befand?"

Thor senkte den Kopf. „In Ordnung", gab er nach. „Aber ich halte Mjölnir bereit."

„Wie du es tun solltest, mein Freund", erwiderte Loki und schlug ihm auf den Arm. Er wedelte die Magie weg, die er um uns gezogen hatte, und hob seine Stimme, damit sie die Schwarzalben erreichte. „In Ordnung, kommt mit. Lasst uns das schnell hinter uns bringen."

Die drei Alben trotteten schweigend und mit stoischen Mienen mit uns durch den Dschungel. War das ein Kribbeln der Scham, das ich bei ihnen wahrnahm, wegen des Schadens, den sie verursacht hatten, oder weil sie sich hilfesuchend an die Götter wenden mussten? Ich konnte es nicht sagen. Solange es hauptsächlich Ersteres war, spielte es vermutlich keine Rolle.

Loki führte uns über die Regenbogenbrücke. Balder ging neben ihm, während Thor, Hödur und ich hinter unseren ‚Gästen' das Schlusslicht bildeten. Freya und Tyr waren in Asgard zurückgeblieben, um weitere Strategien zu besprechen und sich gegenseitig auf den neuesten Stand zu bringen, warteten nun jedoch am anderen Ende der Brücke. Freya warf einen Blick auf die Schwarzalben in unserer Mitte und ihre Augenbrauen hoben sich. Ihre Hand schnellte zu ihrem Schwert.

„Warum bringt ihr *sie* hierher?", wollte sie wissen.

„Eine Delegation, die mit Odin sprechen möchte", erklärte Loki und deutete mit dem Arm auf unsere Begleiter. „Wir werden sie geradewegs zu ihm bringen, wenn du nichts dagegen hast."

Tyrs Gesichtsausdruck wirkte skeptisch, er protestierte jedoch nicht. Freya ging neben uns her, als wir über die Hauptstraße nach Walhalla liefen. „Seid ihr euch sicher, dass dies …"

„Was ist hier los?", wollte eine tiefe Stimme wissen, die durch die Luft rollte. Odin war aus seiner Halle getreten und marschierte schneller auf uns zu, als ich es bei seinem stattlichen Körper für möglich gehalten hätte.

Loki trat beiseite, als wäre er der Meinung, die Schwarzalben könnten ihre Bitte genauso gut selbst vortragen. Die Frau verneigte den Kopf vor dem herannahenden Göttervater. „Großer Odin", begann sie und ihre Schultern spannten sich an. „Wir wissen, dass wir dir und dem Volk von Midgard ein Unrecht getan haben. Wenn du uns eine Chance geben würdest …"

„Hinfort mit euch!", grollte er so düster, wie ich es bisher nur von Thor gehört hatte, und blieb vor ihnen stehen. „Geht mir aus den Augen. Verschwindet aus meinem Reich."

Hödur, der ebenfalls zur Seite getreten war, versteifte sich. „Vater, ich denke, wir sollten sie wenigstens anhören."

„Es gibt nichts, was ein Schwarzalb sagen könnte, das für mich von Interesse wäre", entgegnete Odin. „Mit denjenigen, die sich wie Ungeziefer verhalten, können keine Abmachungen getroffen werden." Er bedeutete ihnen mit einer Handbewegung und flatterndem Umhang, zu gehen. Sein Speer funkelte, als er dessen Ende auf die Marmorfliesen knallte. „Hinfort mit euch. *Jetzt.* Bevor ich beschließe, euch auf eine viel schmerzhaftere Art wegzuschicken."

„Odin", protestierte ich, doch die Schwarzalben wichen

bereits vor seinem Zorn zurück. Sie drehten sich um und eilten zur Regenbogenbrücke.

„Ich denke wirklich …“, begann Loki.

Odin wandte sich von ihm ab und seiner Halle zu. „Mich interessieren deine Gedanken in dieser Angelegenheit nicht.“

Er marschierte so schnell zu seiner Halle zurück, wie er gekommen war, wobei sein Mantel hinter ihm flatterte.

Mein Kiefer verkrampfte sich. Nein. Er würde nicht unsere möglicherweise beste Chance ruinieren, diesen Krieg zu gewinnen – und *lebend* zu überstehen – weil er sich weigerte, eine andere Meinung als seine eigene in Erwägung zu ziehen.

Ich eilte hinter ihm her und schwang mich in die Luft, um die Geschwindigkeit meiner Flügel zu nutzen. Odin stapfte in seine Halle und schleuderte die Tür mit einem dumpfen Knall hinter sich zu. Ich zerrte sie mit meiner Walküre-Kraft auf und folgte ihm.

„Stopp!“, rief ich. „Wir müssen sie zurückrufen. Du musst mit ihnen sprechen. Wenn wir sie auf unserer Seite hätten …“

Er wirbelte zu mir herum. In seinem einzelnen Auge loderte so viel Wut, dass mir die Worte in der Kehle steckenblieben. „Sie bedeuten nichts“, sagte er und deutete mit einem Finger auf mich. „Hast du nichts von dem gehört, was ich dir gestern erzählt habe? Wir werden nicht die Ausreden von Verrätern dulden oder sie aufrichten, wenn sie ohnehin keine Rolle bei unserem Sieg oder Versagen spielen.“

„Das weißt du nicht“, protestierte ich. Die Tür knarzte hinter mir und Schritte tappten über den Boden, als mindestens ein paar der anderen Götter hinter mir hereinkamen. „Du weißt nur, dass wir fünf wichtig sind. Die Schwarzalben könnten trotzdem einen Unterschied machen, oder? Der Unterschied zwischen einem einfachen und einem hart errungenen Sieg. Ein Unterschied dazwischen, ob deine eigenen *Söhne* leben oder sterben.“

„Sie haben mich jahrelang in einem *Käfig* eingesperrt“, entgegnete Odin. „Ich werde nicht mit ihnen verhandeln.“

„*Surt* hat dich in einem Käfig eingesperrt“, widersprach ich. „Sie haben nur auf seine Befehle gehört, weil sie nicht wussten, was sie sonst tun sollten.“

„Weil du sie im Stich gelassen hast“, meldete sich Loki zu Wort und erschien mit vor der Brust verschränkten Armen links von mir. Er blickte zu den anderen, die uns gefolgt waren. „Das haben wir alle getan. Die Reiche brechen wegen unserer Vernachlässigung zusammen. Also wer kann schon sagen, wer den ersten Fehler begangen hat?“

„Dies sind die Karten, die uns ausgeteilt wurden“, sagte Odin. „Ich habe gesehen, wie alles ablaufen wird. Ich habe alles gesehen, was ich wissen muss. Jahrelang habe ich euch angeführt und Asgard florierte.“

„Die anderen Reiche spielen auch eine Rolle“, wandte Hödur leise ein und trat auf meine rechte Seite.

Odins Auge blitzte auf. „Die Dinge werden so sein, wie sie sind. Wir werden handeln, wo wir können. Es gibt kein …“

Ich hatte es so satt, mit ihm zu diskutieren und keinen Schritt weiterzukommen. All dieser Frust fegte gleichzeitig durch mich hindurch und bevor ich es richtig durchdacht hatte, setzte ich mich in Bewegung und stürzte mich auf ihn.

Odin war ein Kriegsgott, jedoch kein Krieger wie Thor – und er hatte seit Jahren mit niemandem mehr gekämpft. Seine Speerhand hatte sich schnell genug bewegt, doch meine Reflexe reagierten schneller. Ich stieß den Stab mit meiner Ferse weg und wirbelte hinter den Göttervater, bevor seine andere Hand meine Glieder erwischen konnte. Mein Klappmesser sprang mit einem Druck meiner Finger in meine Hand. Ich packte Odins ergraute Haare und stieß das Messer in die Richtung seines übriggebliebenen Auges.

Meine Hand hielt inne, als weniger als ein Zentimeter zwischen seiner braunen Iris und der Klingenspitze war. Odin hatte sich versteift. Die Halle um uns herum war totenstill. Als ich nicht zustieß, machte er Anstalten, mich von seinen Schultern zu schütteln, doch ich sprang bereits von ihm. Ich landete vor ihm auf dem Boden und sah finster zu ihm auf. Das Klappmesser glänzte noch in meiner Hand.

„Wenn ich es gewollt hätte, hättest du jetzt keine Augen mehr", verkündete ich. „Du würdest nichts als dieses ‚Flüstern und die Bruchstücke' in deinem Kopf sehen. Haben sie dich davor gewarnt? Hast du mich kommen sehen? Oder ist es möglich, dass es ein oder zwei Dinge gibt, die dir entgehen?"

Odin starrte auf mich herab und mahlte mit dem Kiefer. Jemand berührte leicht meine Schulter. Zu meiner Überraschung war es Balders klare Stimme, die erklang.

„Sie hat recht, Vater. Du weißt nicht alles. Wir sollten alle mitbestimmen, wie wir in diesem Krieg kämpfen. Wir sollten bei allem mitreden, was wir ab jetzt unternehmen."

Odin blinzelte. „Mein Sohn."

Balder schluckte hörbar, gab allerdings nicht klein bei. „Du hast uns gut angeführt und ich habe dich lieb. Aber ich werde nicht an deiner Seite stehen, wenn du jede andere Gelegenheit verjagst, die wir haben. Der Rest von uns lebt mittlerweile fast so lange wie du. Wir haben beinahe genauso viel gesehen – wir haben Dinge gesehen, die du nicht gesehen hast. Das hier ist unser Leben, möglicherweise das letzte, das wir jemals bekommen werden. Wir sollten entscheiden dürfen, wie wir es nutzen."

Ich schaute zu dem Lichtgott auf, da mich die Heftigkeit in seiner Stimme verblüffte. Balder hatte seinen funkelnden Blick auf Odin geheftet und stand unerschütterlich da.

Andere Schritte flüsterten über den Boden und ich spürte, dass sich vier Gestalten neben uns stellten.

„Du hast genug getan", sagte Hödur. „Keine Lügen mehr, keine Pläne hinter unseren Rücken. So viel Respekt haben wir verdient."

„Wir haben *alle* Ideen, die wir beisteuern können", verkündete Thor. „Wir kommen nicht weiter, wenn du nicht auf andere hörst. Wenn du Dinge vor uns geheim hältst."

Odins Blick glitt zu jemandem, der sich jetzt hinter mir befand. „Du hast es ihnen erzählt", stellte er dumpf fest.

„Ich habe es ihnen gezeigt", erwiderte Loki mit leiser Stimme. „Die Umstände haben es erfordert. Und denkst du nicht, dass es an der Zeit war?"

„Das war es." Freya trat zu ihrem Ehemann und legte ihre Hand auf seinen Arm. „Teile die Bürde mit uns, Liebster. Lass uns diesen neuen Pfad gemeinsam bauen. Den Rest … den Rest können wir besprechen, wenn die Katastrophe abgewendet wurde."

Odins Schultern sackten leicht herab. Er atmete geräuschvoll aus. „Ich weiß, was ich gesehen habe", verkündete er, seine Stimme stockte jedoch stärker als zuvor.

Wir mussten diesen Vorteil nutzen, solange wir ihn hatten. „Wir können die Schwarzalben zurückrufen", sagte ich. „Oder … wenn du dich nicht mit ihnen befassen willst, lass einen deiner Söhne mit ihnen sprechen. Du …" Die Antwort kam zu mir, sowie ich begann, die Worte zusammenzufügen. „Du musst Frieden mit Munin schließen. Sie mag Surt nicht. Sie will diesen Krieg auch nicht. Doch was immer zwischen euch vorgefallen ist, sie kommt nicht darüber hinweg, nicht ohne ein Angebot von dir. Sie war jahrhundertelang eine deiner engsten Vertrauten, oder nicht? Es muss eine Möglichkeit geben, wie du sie zurückgewinnen kannst."

Odin verzog das Gesicht und ich erwartete, dass er

protestieren würde. Dann senkte er den Kopf und fuhr mit der Hand über seinen Bart.

„Ich weiß eventuell eine Möglichkeit, wie ich zu ihr durchdringen kann", erwiderte er. „Aber du musst sie zu mir bringen. Ich werde mich nicht auf Surts Grund und Boden mit ihr treffen, solange er dort regiert."

KAPITEL DREIUNDZWANZIG

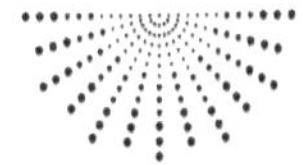

Hödur

„Sie sind möglicherweise wütend nach dem, wie Odin ihre drei Anführer verjagt hat", gab Ari zu bedenken, als wir die Wiese nach Walhalla überquerten. Das Gras wurde höher und die weichen Halme raschelten unter unseren Füßen. Ich sog den warmen, beinahe süßen Duft tief in meine Lunge, als könnte er mich während der gesamten Zeit mit Frische versorgen, die ich in den Höhlen der Schwarzalben verbrachte.

„Wir wissen bereits, dass Munin schrecklich wütend auf Odin und den Rest von uns ist", bemerkte ich. „Ich bin mir nicht sicher, ob deine Bitte viel begeisterter aufgenommen werden wird."

„Sie ist hauptsächlich auf Odin sauer", brummte Ari. „Außerdem ist sie allein."

„Und sie hat uns länger, als ich mich erinnern möchte, in einem beinahe unentrinnbaren Gefängnis eingesperrt." Da ich mir Aris Präsenz stark bewusst war, konnte ich die Hand ausstrecken und ihre Haare verwuscheln. „Ich glaube, wir sollten einfach sagen, dass wir uns beide in Gefahr begeben. Es gibt keinen Wettbewerb darum, wer von uns sich größere Sorgen machen sollte, Walküre."

„Vielleicht nicht. Ich werde mir trotzdem Sorgen machen." Sie schwieg einen Augenblick. Dann drehte sie sich so schnell um, dass ich fast stolperte, schlang ihre Arme um mich und hinderte mich mit ihrer Umarmung am Weitergehen.

„Ari?", fragte ich überrascht, auch wenn es mich zugleich freute. Die Nornen wussten, dass unsere Walküre zärtlich sein konnte, aber ich hatte nicht mit so viel spontaner Zuneigung gerechnet.

Meine Arme schlossen sich um sie und umarmten sie. Ich konnte nicht leugnen, dass ich es vorgezogen hätte, sie nie wieder loszulassen, damit keiner von uns in ungewisse Reiche reisen musste.

„Ich … Du weißt, wie viel du mir bedeutest, oder?", fragte sie. „Du und die anderen … Ihr bedeutet mir so viel, dass es mir Angst macht. Aber ich habe mir gesagt, ich habe mir *versprochen*, dass ich mir nicht mehr erlauben würde, aus Furcht einen Rückzieher zu machen. Du musst wissen … in den letzten zehn Jahren hat mir mit Ausnahme von Petey niemand so viel bedeutet. Und du hast gesehen, wie wichtig er mir ist."

„Das habe ich", bestätigte ich und meine Stimme wurde heiser. „Du musst nichts sagen, Ari. Ich warte nicht darauf, dass du mir etwas gibst. So wie du jetzt bist – das ist alles, was ich will. Ich schwöre es. In Ordnung?"

Sie nickte an meiner Schulter, hielt mich allerdings nach wie vor so fest, dass sich mein Magen verknotete – um ihretwillen, weil sie sich so sehr anstrengte, es allen rechtzumachen, und weil es für sie so schwer war, zu akzeptieren, dass sie so geliebt wurde, wie sie war. Ich glaubte nicht, dass meine Liebe noch stärker werden konnte, und diese Gefühle hatten nichts mit dem zu tun, was sie sagte oder nicht sagte.

Ich hob meine Hand an die Seite ihres Gesichts und zog sie für einen Kuss zu mir. Sie hatte ihn zwar nicht initiiert, doch sobald meine Lippen ihre streiften, eroberte sie meinen Mund und gab so viel Leidenschaft in unsere verbundenen Körper, dass ein Lustblitz durch meine Brust zu meinem Schritt zuckte.

Später. Wenn dieser Krieg vorbei war, wenn Surt bezwungen war, würden wir alle Zeit in den Reichen haben, um einander gründlicher zu erkunden, als wir es bereits getan hatten.

Der Weg durch Walhalla wurde mir zunehmend vertraut. Mittlerweile brauchte ich nur wenige kurze Schattenranken, um sicher zwischen den Tischreihen hindurchzulaufen. Der Kamin und die Tür dahinter strahlten einen Hauch Kälte aus, was im Gegensatz zu seinem eigentlichen Zweck stand. Ari betrat Yggdrasils Pfad zuerst und wartete dort auf mich.

„Dann wollen wir mal sehen, wer als Erster zurückkehrt", meinte sie und klang entspannter, als wir über den Baumstamm liefen.

„Ich bin mir nicht sicher, ob dies der richtige Zeitpunkt für ein Wettrennen ist", wandte ich ein.

„Na gut, vielleicht nicht. Nur ... sei vorsichtig, okay? Wir wissen nicht, wie sehr wir ihnen vertrauen können."

„Das Gleiche gilt für dich und Munin."

„Oh, glaub mir, ich werde in ihrer Gegenwart noch lange Zeit auf der Hut sein, ganz gleich, wie sich das hier entwickelt." Sie blieb an dem Ast stehen, der den sauren Geruch von Muspelheim verströmte, und drückte meine Hand. „Bis bald."

Irgendwie löste dieses zwanglose Versprechen einen Teil

meiner Angst darüber auf, dass sie sich erneut in Surts Reich wagte. „Bis bald", erwiderte ich.

Sie küsste mich rasch, bevor sie über den Ast huschte.

Kurz darauf erreichte ich die Route, die ich einschlagen musste. Ich straffte die Schultern und marschierte den Ast entlang zu dem Tor, das mich nach Svartalfheim bringen würde.

Die Luft, die mir auf der anderen Seite entgegenschlug, war so feucht und kalt wie zuvor. Ich testete meinen Stand auf dem felsigen Boden und drehte den Kopf dorthin, wo die Wachen das letzte Mal gewartet hatten. Ich bezweifelte, dass sie ihren bevorzugten Posten oft änderten.

„Ich wurde von Odin geschickt mit der dringenden Bitte, mit einem eurer Anführer zu sprechen."

Die Wachen tuschelten untereinander, ohne sich die Mühe zu machen, mich dieses Mal anzusprechen. Es klang, als würden sie miteinander streiten, allerdings konnte ich nicht genug Worte ausmachen, um mir den Inhalt zusammenzureimen. Ich wartete, trat von einem Fuß auf den anderen und hoffte, dass mein Unbehagen nicht offensichtlich war.

Schließlich trat einer von ihnen zu mir – eine Bewegung der feuchtkalten Luft. „Kannst du mir folgen? Dann komm. Ich kann jedoch nicht versprechen, dass er dich sehen will."

„Was immer du tun kannst", erwiderte ich und neigte dankbar den Kopf.

Meine Schatten halfen mir, dem Pfad zu folgen, den mein Schwarzalben-Führer vorgab, wobei ich mir nur gelegentlich den Zeh an einer unebenen Stelle des Höhlenbodens anstieß. Ich war noch nicht oft hier gewesen, weshalb ich keine mentale Karte des Ortes hatte. Allerdings hatte ich den Eindruck, dass wir den gleichen Weg wie zuvor einschlugen. Dieser Eindruck erhärtete sich, als ich einen größeren Raum betrat, der sich wie der anfühlte, in dem ich mich bei meinem ersten Besuch mit dem örtlichen Kommandanten getroffen hatte.

„Warte hier", wies mich der Schwarzalb an.

In den ersten Minuten fragte ich mich, warum er mich unbewacht zurückgelassen hatte. Dann erklang ein leises schabendes Geräusch in dem Tunnel hinter mir und verriet mir, dass dies nicht der Fall war – er hatte einfach darauf verzichtet, mich auf meine Wache aufmerksam zu machen.

Dieses Mal schien ich länger zu warten als beim letzten Mal. Vielleicht wollte sich der Kommandant nicht mit mir abgeben. Als endlich Schritte über den Steinboden kratzten, um sich mit mir zu treffen, hatten sie eine Schärfe an sich, an die ich mich nicht erinnerte.

Seine Stimme war ebenfalls scharf. „Blinder. Du bist zurückgekehrt. Worum geht es dieses Mal? Ich habe bereits gehört, dass dein Göttervater heute Morgen eine friedliche Delegation aus Asgard verjagt hat. Ich begreife nicht, was ein Gespräch jetzt noch nutzen soll."

„Das verstehe ich", erwiderte ich rasch. „Und ich entschuldige mich für die Art und Weise, wie deine Kameraden behandelt wurden. Odin erholt sich noch von seiner Gefangenschaft und ich hoffe, ihr könnt verstehen, warum er momentan keine besonders angenehmen Dinge mit den Schwarzalben verbindet. Der Rest von uns glaubt allerdings, dass wir zumindest eine Friedensverhandlung versuchen sollten. Er hat sich mit dieser Einstellung einverstanden erklärt. Deswegen bin ich hier."

„Soll ich dir einfach glauben, dass der Göttervater seine Meinung so schnell geändert hat?"

Ich schob die Hand in meine Tasche und streckte einen gemeißelten Stein aus. „Er hat mir das hier als Beweis gegeben, dass ich an seiner statt hier bin und für ihn spreche."

Jemand, vermutlich einer der Untergebenen des

Kommandanten, eilte vor und entriss meinen Fingern den Stein. Kurz herrschte Schweigen, als der Kommandant ihn betrachtete.

Odin verteilte diese Zeichen seiner Gunst nicht ohne Weiteres. Er tränkte die eingeritzten Runen mit einem vorübergehenden magischen Leuchten, das nur er erschaffen konnte. Dadurch verrieten die Runen jedem, der sie sah, dass sie erst vor kurzem vom Göttervater höchstpersönlich geschrieben worden waren. Natürlich bedeutete das nicht, dass die Schwarzalben den Stein als Beweis akzeptieren würden.

„Eure Delegation hat auf uns gewartet", sagte ich. „Sie wollten uns etwas Konkretes anbieten. Ich werde mir dieses Angebot jetzt anhören, wenn ihr es mir erlaubt. Ich kann im Namen von Odin verhandeln. Wir wollen nicht, dass dieses Reich zusammenbricht, das kann ich euch versprechen."

Der Kommandant atmete rau aus. Er warf mir den Stein wieder zu – er traf meinen Arm und fiel zu Boden. Ich bückte mich, um ihn aufzuheben, und mein Herz sank.

„Was, wenn wir euren Versprechen nicht mehr glauben können?", fragte der Kommandant.

Ich zögerte und mir kam der Gedanke, dass es womöglich nicht reichte, nur zu reden. Es hatte auch nicht gereicht, um zu Odin durchzudringen. Wie konnte ich die Feindseligkeit zerstören, die sich über die Jahrhunderte angesammelt hatte, in denen wir die äußeren Reiche ignoriert hatten?

„Ich kann es euch zeigen", erwiderte ich und hoffte, dass ich recht hatte. „Ihr könnt euch mit eigenen Augen anschauen, wie ich dieses Versprechen einlöse. Bringt mich zu einer der Höhlen, die kurz vor dem Einsturz stehen."

Der Kommandant wechselte einige Worte mit seinen Untergebenen. Dann seufzte er. „In Ordnung. Komm mit."

Er verlangsamte seine Schritte nicht für mich oder bot mir Hilfe an, was jedoch in Ordnung war. Ich konnte einigermaßen mit ihnen mithalten, als sie mich tiefer in das Gewirr aus Höhlen führten. Eine milde Klaustrophobie breitete sich in mir aus, doch ich verdrängte mein Unbehagen. Wie viel schlimmer war es, die ganze Zeit an diesem Ort zu leben und nicht zu wissen, wann einem die Decke auf den Kopf fallen könnte?

„Hier", verkündete der Kommandant und blieb stehen. Einer seiner Untergebenen packte meinen Ärmel und zog mich vor.

Meine Hand legte sich auf die Kante eines Eingangs, wo eine Höhle von dem breiten Durchgang abzweigte, in dem wir standen. Selbst diese kurze Berührung reichte, dass ein Beben durch meine Hand ging. Der Fels bewegte sich, wurde dünner – geringfügig, allerdings genug, um alle misstrauisch zu machen.

„Also? Welche großartige göttliche Magie wirst du wirken?"

Ich ignorierte die Skepsis in der Stimme des Kommandanten und richtete meine gesamte Aufmerksamkeit auf die Höhle vor mir. Meine Schatten flossen aus meinem Körper über den Boden, die Wände und Decke und lieferten mir Informationen über jede Spalte und jeden Riss. Es gab mehrere Risse, die sich wie ein Spinnennetz über die Decke und oberen Wände zogen. Ich spannte meinen Kiefer an und senkte den Kopf.

All diese schwarzen Felsen, diese kalte Masse um uns herum – sie hallten in einem tief in mir verwurzelten Teil meines Wesens wider. Ich konzentrierte mich auf die Risse, die ich so deutlich spüren konnte, als würde ich mit den Fingerspitzen über sie streichen. Dabei goss ich immer mehr Schatten in sie. Ich ließ die Schatten in den festen Felsen fließen und durch jede Lücke sowie in jede instabile Stelle tröpfeln. Ich stärkte den Stein und machte ihn so hart, kalt und fest wie das Eis im tiefsten Winter.

Als all diese kühle Energie durch mich strömte, verkrampfte sich meine Lunge. Ich schnappte nach Luft und sandte mehr Energie aus. Ich musste alles in meiner Macht Stehende tun. Ich musste sicherstellen, dass in den folgenden Tagen kein einziger Kiesel von dieser Decke fiel, andernfalls wäre alles, was ich hier erreichte, vergebens.

Ich war mir nicht sicher, wie viel Zeit vergangen war, bevor mir ein Schmerzensstich in die Brust fuhr, als ich weitere Schatten aussandte. Ich wich zurück und ließ den letzten Hauch Dunkelheit meine Arbeit testen.

Der Fels entlang des schmalen Durchgangs war jetzt glatt und jede Spalte geschlossen. Er fühlte sich hart unter meiner Hand an. Ich drehte mich wieder zu dem Kommandanten um.

Er schob sich an mir vorbei, wobei er mir näher kam als je zuvor, und marschierte in die Höhle. Seine Schritte stockten. Er drehte sich, blieb stehen und wandte sich wieder um. Seine Finger flüsterten über die Steinoberfläche.

„Das ist keine Illusion?", fragte er, seine Stimme klang allerdings bereits ehrfürchtig. „Es wird halten?"

„Besser als jeder Stein, mit dem du es jemals zu tun hattest", antwortete ich.

„Es reicht nicht, um all unsere Probleme zu beseitigen. Bei weitem nicht."

„Ich weiß." Ich atmete tief in meine schmerzende Lunge ein. „Ich würde zurückkommen. Einmal pro Woche, bis wir beschließen, dass eine andere Vereinbarung besser wäre. Ich würde so lange bleiben, dass ich einen anderen Durchgang wie diesen stabilisieren oder dabei helfen kann, neue Höhlen zu räumen. Oder ich könnte mir einfach eure Neuigkeiten anhören und euch meine mitteilen."

Der Kommandant kehrte zur Mündung des Durchgangs

zurück. „Odin hat dir bestimmt einige Bedingungen genannt.“

„Ihr werdet jegliche Beziehungen zu Surt beenden“, zählte ich auf. „Ihr werdet jedes Tor zu seinem Reich blockieren. Dabei kann ich euch helfen. Weiterhin werdet ihr uns verraten, was ihr über seine Armee und seine Pläne wisst. Ihr wolltet ohnehin nicht seine Lakaien sein, oder?“

„Wenn wir das jetzt tun, wie können wir darauf vertrauen, dass ihr eure Seite des Handels einhaltet? Womöglich besiegt ihr Surt morgen und was passiert dann mit uns, wenn ihr euer Wort nicht haltet?“

Ich hielt eine Hand hoch und mein Kopf begann, zu pochen. Ich war in dem Wissen hierhergekommen, dass ich möglicherweise so weit gehen musste. Ich war darauf vorbereitet gewesen. Dennoch sträubte sich mein Körper kurz, bevor ich die Worte hervorzwingen konnte.

„Ich werde einen Blutschwur leisten. So wie der, der Odin und Loki während ihres ersten Lebens aneinandergebunden hat. Weder ich noch derjenige, der den Schwur mit mir ablegt, wird ihn brechen können.“

Ein Schweigen legte sich über die Schwarzalben, die um mich herum versammelt waren, das sich verwunderter als zuvor anfühlte. Der Kommandant schluckte hörbar. „Ein Blutschwur mit einem Schwarzalb?“

„Wir haben euch zu lange im Stich gelassen“, erklärte ich. „Ich denke, das sind wir euch schuldig.“

„Nun ... dann komm mit. Du solltest den Schwur nicht mit mir leisten. Ich werde ihnen erzählen, was ich gesehen habe. Wenn du wirklich gewillt bist, dies durchzuziehen ... du wirst unsere Loyalität besitzen, egal, wie viel du davon brauchst.“

KAPITEL VIERUNDZWANZIG

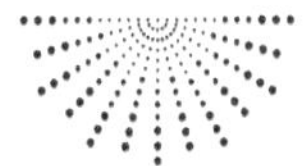

Aria

Ich hockte auf der Tischkante und meine Füße ruhten auf der Bank, während ich dem Drang widerstand, sie ungeduldig baumeln zu lassen. Der schwache Metgeruch Walhallas schien heute stärker als üblich zu sein. Vielleicht lag das daran, dass Odin auf seinem goldenen Thron saß, wo ich ihn mir schon vorgestellt hatte, bevor ich den echten Gott gekannt hatte.

„Sie hat gesagt, dass sie kommen würde", beteuerte ich und presste meine Hände auf das lasierte Holz, damit ich nicht herumzappelte. „Allerdings konnte sie nicht auf dem gleichen Weg hierher zurückkehren, den ich genommen hatte. Sie musste zu einem der Portale in Surts Festung gehen." Mein Blick schnellte zum Göttervater. „Du *hast* sichergestellt, dass sich Yggdrasils Magie für sie öffnet, oder?"

Er neigte den Kopf und sein Auge funkelte wegen meiner Skepsis. „Wie versprochen. Ich habe diese Wege nie für sie verschlossen. Ein Wesen aus Asgard bleibt ein Wesen aus Asgard.“

Das war eine kleine Erleichterung. Ich bezweifelte, dass Munin versucht hatte, zurückzukehren, seit sie und Odin getrennter Wege gegangen waren.

Sie hatte wie zuvor nach mir oder jemandem aus Asgard Ausschau gehalten. Dieses Mal hatte ich mich nicht weit von dem Tor entfernt, durch das ich Muspelheim betreten hatte – ich hatte nur so viel Abstand zu dem Wachdrachen genommen, dass ich mir keine allzu großen Sorgen darum machen musste, dass er sich auf mich stürzen würde. Anschließend hatte ich mich einfach an den Fuß der Felswand gesetzt und das Tuch auf dem dunklen Felsen ausgebreitet, das ich mitgebracht hatte: weiße Seide, die ich Freya zu verdanken hatte – eine Bitte um einen Waffenstillstand, so wie es die Schwarzalben getan hatten.

Es hatte ungefähr eine halbe Stunde gedauert, bis Munin es bemerkt hatte, doch sie war gekommen. Und obwohl sie das Gesicht verzogen hatte, als ich ihr erzählt hatte, dass Odin mit ihr sprechen wollte, um Wiedergutmachung zu leisten, war sie geblieben und hatte zugehört.

„Woher weiß ich, dass es keine Falle ist?“, hatte sie wissen wollen, nachdem ich mein Gesuch vorgetragen hatte. „Dass ihr keine Rache plant, weil ich bei eurer Gefangennahme die Hand im Spiel hatte?“

„Ich schätze, das kannst du nicht mit Sicherheit wissen“, hatte ich erwidert. „Aber wie können wir wissen, dass du uns keinen Erinnerungstrick spielst? Wir vertrauen darauf, dass du mit guten Absichten zu uns kommst. Ich hoffe, du kannst auch ein wenig Vertrauen für uns aufbringen. Wenn dir nicht gefällt, was du vorfindest, kannst du einfach gehen.“

Sie hatte gesummt und ihr Kleid gerafft. Anschließend hatte sie gesagt, dass sie dem Göttervater ein oder zwei Minuten geben würde. Mehr wollte sie nicht versprechen.

„Das Tor nach Asgard ist bei den anderen auf der Rückseite von Surts Festung", hatte sie erklärt. „Er hat mir freien Zugang gewährt, doch ich muss eventuell warten, bis niemand in der Nähe ist, der beobachten kann, welches ich nehme."

„Selbstverständlich", hatte ich entgegnet. „Wir werden auf dich warten."

Und jetzt waren wir hier.

„Selbst wenn sie nicht kommt, können wir diese Schlacht ohne sie gewinnen", meinte Hödur, der auf der Bank neben mir saß. Er legte beruhigend eine Hand auf meine Wade. „Die Schwarzalben haben uns einen guten Ansatzpunkt geliefert. Thor schaut, was er aus seinem Plan mit den Riesen machen kann."

„Thor der Intrigant", murmelte Loki, der sich an den Tisch neben uns gelehnt hatte. „Ich hätte nie gedacht, dass ich das mal erleben würde."

„Du kannst nicht *allen* Scharfsinn in Asgard für dich beanspruchen, Trickster", neckte ihn Freya. Sie stand auf der anderen Seite des Throns und sah aus, als wäre sie der Meinung, sie müsste ihren Ehemann möglicherweise vor seiner ehemaligen Bediensteten verteidigen.

Loki grinste. „Und ich schätze, ich sollte dankbar dafür sein."

„Wie einfach ist es, sich vor ihren Illusionen zu schützen?", fragte Tyr. Er hatte ein Schwert von den Wänden genommen, ließ es jedoch in einer entspannten Haltung an seiner Seite baumeln.

„Sie kann sie bei mir nicht anwenden", antwortete Odin. „Ich bezweifle, dass sie es versuchen wird, solange ich hier bin. Falls sie es doch tut, werde ich euch von ihnen befreien."

„Ich werde auf ihren emotionalen Zustand achten", sagte Balder. Er lehnte sich gegen den Tisch, an dem er neben Loki saß, und richtete seinen Blick auf den Kamin.

„Falls ich irgendeine Bösartigkeit spüre, werde ich euch warnen.“

„Was wirst du zu ihr sagen?“, fragte ich Odin. Um ehrlich zu sein, machte ich mir am meisten Sorgen darum, dass er das hier vermasseln würde. Munins Gefühle für ihn waren so roh, dass ich den Schmerz und Zorn in ihren Augen sehen konnte, wann immer sie nur seinen Namen sagte. Falls er auch nur den Hauch seiner besserwisserischen Arroganz in diesem Gespräch durchschimmern ließ, konnten wir uns von Friedensverhandlungen mit ihr verabschieden.

„Du wirst es hören, wenn ich es zu ihr sage“, erwiderte der Göttervater ruhig, was mich nicht beruhigte. Ich verlagerte mein Gewicht und der Impuls, herumzuzappeln, wurde immer stärker.

Ein Beben der Energie wusch wie eine schwache Brise vom Kamin aus über uns. Ich hob den Kopf. Odin beugte sich vor.

„Ein Gast ist angekommen.“

Er richtete sich auf und betrachtete seinen Speer. Nach kurzer Überlegung lehnte er ihn an seinen Thron, anstatt ihn in der Hand zu halten. Ich vermutete, dass sogar er verstehen konnte, dass es besser wäre, sich Munin unbewaffnet zu stellen. Seine Gesichtszüge wurden sanfter, als ich es jemals für möglich gehalten hätte. Vielleicht war er wirklich für dieses Gespräch bereit.

Meine Ohren nahmen ein Rascheln wahr, das so leise war, dass ich mir nicht sicher war, ob es außer Loki noch jemand bemerkt hatte. Dann brach eine kleine schwarze Gestalt aus dem Kamin hervor und segelte mit flatternden Federn zur Decke.

Der Rabe kreiste unter den Dachbalken und spähte auf uns herab. Nachdem sie einige Male über unsere Köpfe gesegelt war – vermutlich oft genug, um festzustellen, dass wir keinen Vogelkäfig bereithielten, in den wir sie sperren wollten – flog sie herab und landete vor dem Kamin. Sie erhob sich in ihrer Menschengestalt, wobei sie die mit Asche bedeckte Öffnung im Rücken hatte. Dadurch hatte sie eine schnelle Fluchtroute, falls ihr nicht gefiel, was sie in den ein oder zwei Minuten hörte, die sie uns angeboten hatte.

„Odin", sagte sie mit ihrer leisen heiseren Stimme, die Schultern leicht abwehrend gebeugt. Ihre großen dunklen Augen hoben sich stark von ihrem blassen Gesicht ab. Sie waren unverwandt auf ihn gerichtet. Wir anderen hätten genauso gut nicht im Raum sein können.

„Munin", grüßte Odin und neigte respektvoll seinen ergrauten Kopf. „Danke, dass du gekommen bist. Es ist lange her, seit ich dich hier gesehen habe."

„Und davor hast du mich viel zu lange um dich gehabt", entgegnete sie.

„Ja." Er hielt den Kopf gesenkt und rieb sich über den Mund. „Ich habe es versäumt, zu bedenken, dass du möglicherweise ein eigenes Leben willst, das darüber hinausgeht, mir zu dienen. Es war ein Versäumnis, das mir nicht hätte passieren sollen, und ich entschuldige mich dafür."

Munin blinzelte und sah verblüfft aus. Dann spannte sich ihr Mund wieder an. „Und dir ist dieses Versäumnis erst jetzt bewusst geworden?"

„Ich habe erst vor kurzem erkannt, wie wütend du auf mich bist", erwiderte Odin leicht ironisch. „Aber hast du wirklich gedacht, dass ich dich in dem Moment vergessen habe, in dem du deinen eigenen Weg beschritten hast? Ich habe im Lauf der Jahre nach dir gesehen."

Sie empörte sich. „Du hast mich *ausspioniert*."

„Nein!" Er hob seine Hand. „Du weißt, dass es mir mein Sitz nicht erlaubt, durch Wände zu schauen. Ich habe deine Privatsphäre nicht verletzt. Ich habe nur ab und zu einen kurzen Blick auf dich erhascht, wenn ich nachschauen wollte, wie es dir ging. Das hat jedoch gereicht, um ein oder zwei Bruchstücke von bestimmten Gesprächen aufzufangen."

Die Rabenfrau war nach wie vor angespannt. Odin stieß den Atem aus. „Lange Zeit habe ich dich als eine Erweiterung meiner selbst betrachtet und das war falsch. Das bedeutet jedoch nicht, dass mir dein Wohlbefinden egal war."

„Du hattest eine eigenartige Art, diese Sorge zu zeigen", entgegnete sie.

Ein wissendes Leuchten trat in sein Auge. „Ich habe nie etwas von dir verlangt, bei dem ich mir nicht sicher war, dass du damit klarkommen würdest."

„Es geht nicht nur um mich. Du hast so viele der Reiche vernachlässigt … so viele der Leute in diesen …"

„Ich weiß", unterbrach er sie. „Ich muss mich bei vielen entschuldigen. Allerdings haben wir bereits begonnen, Kontakt mit den anderen aufzunehmen. Wir werden die Kraft der Götter in alle Reiche zurückbringen."

„Ich habe heute Morgen mit den Schwarzalben gesprochen", warf Hödur ein. Er hielt seine Hand hoch, auf der noch immer eine frische Messerwunde prangte, die er seinen Zwillingsbruder nicht hatte heilen lassen. „Wir werden die Dinge so gut in Ordnung bringen, wie wir können. Wir hätten das alle schon viel früher realisieren sollen."

Munin trat von einem Fuß auf den anderen. Sie blickte von Hödur zu Odin. „Nun, was jetzt? Du kannst mir nicht zurückgeben, was verloren ist. Wie könntest du die Jahrhunderte wiedergutmachen, die ich unter deiner Fuchtel stand?"

Das Funkeln in Odins Auge schimmerte heller. „Ich kann es nicht wiedergutmachen – das ist mir bewusst. Aber ich *kann* dir etwas mehr Zeit mit dem geben, was du zuletzt verloren hast. Und ich verspreche, dass du dir ab jetzt ein

Zuhause in Asgard einrichten darfst. Du kannst uns oder jeden anderen Gott um Hilfe bitten, ohne dass jemand im Gegenzug einen Dienst von dir erwartet."

„Was ich zuletzt verloren habe?", wiederholte die Rabenfrau.

Er schenkte ihr ein Lächeln, das beinahe zärtlich wirkte. „Mir sind einige sehr offenkundige Dinge entgangen, aber ich denke nicht, dass mir das hätte entgehen können. Wenn ein Geist zu lange von der Welt der Lebenden losgelöst war, kann ich ihn nicht mehr hierher rufen. Walhalla besitzt jedoch genügend Macht, um ihnen einen kurzen Aufschub zu gewähren."

Er senkte seine hochgewachsene Gestalt auf den Thron und packte die goldenen Armlehnen mit den Händen. Sein Auge schloss sich. Munin starrte ihn an und ihr Körper versteifte sich.

Ein schwaches Summen drang durch die Halle. Meine Nackenhaare stellten sich auf. Ich packte die Tischkante und unterdrückte einen Schauder.

Dort, vor dem Thron, begannen, drei Gestalten Form anzunehmen. Zuerst waren sie nicht mehr als schattenhafte Eindrücke, doch als sich Odins Stirn runzelte und sich das Summen zu einem hohen Ton verschärfte, wurden auch ihre Körper schärfer. Alle drei waren Männer. Einer besaß die Haut- und Haarfarbe eines Schwarzalbs, war jedoch mindestens einen Kopf größer. Einer war ein muskulöser Kerl mit hellbraunen Haaren und weichen Gesichtszügen, die in Kontrast zu seinem kantigen Kiefer standen. Und einer …

Den letzten erkannte ich. Seine blonden Haare waren weiß gewesen, als ich ihn in einer von Munins Erinnerungen gesehen hatte. Sein Gesicht war viel faltiger gewesen, die Narbe, die zackig über die linke Seite seines schmalen Gesichts verlief, war allerdings unverkennbar.

In dem Moment, in dem ich die beiden gesehen hatte, hatten sie wie Liebende miteinander gekuschelt.

Munin riss die Augen auf, ihre Hände schlossen und öffneten sich an ihren Seiten. Sobald sich die drei Männer verfestigt hatten, schienen sie zum Leben zu erwachen. Sie sahen an sich hinab und schauten sich um. Der große Kerl riss den Mund auf und der Schwarzalb gluckste amüsiert. Ihre Blicke hefteten sich auf die Rabenfrau.

„Svend", sagte sie. „Gunnar. Jerrik. Ich …"

Sie unterbrach sich und stürzte sich einfach auf die Männer. Sofort hüllten sie Munin gemeinsam in eine Umarmung. Meine Haut kribbelte, da ich das Gefühl hatte, dass es eine gewaltige Verletzung ihrer Privatsphäre war, dass wir alle hier waren.

Ausnahmsweise dachte Odin eindeutig das Gleiche wie ich. „Wir werden euch diese Zeit miteinander geben", sagte er leise und verließ seinen Thron. Alle, die sich mit ihm in der Halle der Krieger versammelt hatten, gingen so schnell raus, wie uns unsere Füße trugen.

„Wie lange werden diese vorübergehenden Manifestationen standhalten?", fragte Loki den Göttervater, als wir auf der Wiese stehen blieben.

Odin seufzte. „Mindestens einige Minuten lang, hoffe ich. Es ist schwer, Geister ins Leben zurückzuholen, die schon so lange tot sind, ganz gleich, wie würdig sie einst waren. Walhallas Kräfte sind nicht unerschöpflich."

„Es wirkte auf mich, als wäre sie froh, sie überhaupt bei sich zu haben", meinte Freya. Ein sanftes Lächeln umspielte die Lippen der Göttin und erinnerte mich daran, dass sie nicht nur die Göttin des Kriegs, sondern auch der Liebe war.

Ein Kloß war in meiner Kehle entstanden. „Ich glaube, das war das Richtige", sagte ich. „Ihr zu zeigen … ihr zu zeigen, dass du sie verstanden hast, und dass du möchtest, dass sie glücklich ist."

Odins Blick legte sich einen Augenblick lang auf mich – so lange, dass es mich störte. „Wie es scheint, musste ich auch daran erinnert werden, dass ich dir die gleiche Höflichkeit entgegenbringen sollte, meine Patchwork-Walküre", erwiderte er. „Dafür sollte ich mich ebenfalls entschuldigen."

Die Entschuldigung überraschte mich, allerdings nicht so sehr, dass ich mich vergaß. „Vielleicht solltest du dich auch bei deinen Söhnen und den anderen Göttern hier entschuldigen", schlug ich vor.

Er gluckste. „Du wirst nicht klein beigeben, oder? Wir werden sehen, wie die Konfrontationen verlaufen, die noch vor uns liegen. Es wird genügend Zeit für weitere Diskussionen geben, wenn Surt erst einmal aufgehalten wurde. Aber ich bin bereit, diese Gespräche zu führen."

Er blickte zu Loki, dessen Kiefer sich anspannte. Der Trickster nickte zum Zeichen, dass er es gehört hatte.

Fast eine Stunde später verließ Munin Walhalla, weshalb ich vermutete, dass Odins Magie und die der Halle besser funktioniert hatte als erwartet. Oder vielleicht hatte sich die Rabenfrau ein wenig Zeit für sich genommen, bevor sie sich uns wieder angeschlossen hatte. Ihre Augen und Wangen waren gerötet, ihre Haltung war jedoch entspannter, als ich sie jemals zuvor gesehen hatte.

„Lasst uns die Reiche wieder in Ordnung bringen", verkündete sie. „Wenn ihr Surt daran hindern wollt, noch mehr Unheil anzurichten, müsst ihr morgen Nachmittag zuschlagen."

KAPITEL FÜNFUNDZWANZIG

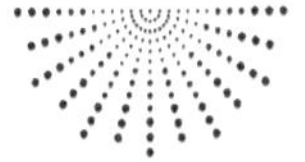

Aria

Von dem Berghang, an dem uns Munin hatte anhalten lassen, hatte man freie Sicht auf Surts Festung. Sie betrachtete die raue Landschaft um uns herum und nickte.

„Ich glaube nicht, dass euch eine der Patrouillen hier erwischen wird. Diese Stelle liegt nicht auf ihren Routen. Ihr könnt hier ungestört warten, bis ihr bereit seid, loszulegen.“

„Bist du dir sicher, dass er fort ist?“, fragte Hödur. „Die Schwarzalben, mit denen ich mich unterhalten habe, meinten, dass er die Festung noch nie verlassen hat. Er scheint immer auf der Hut zu sein und nach einem Kampf Ausschau zu halten.“

Munins schmale Lippen kräuselten sich. „Jeden zweiten Nachmittag ist der Surt in der Festung ein paar Stunden lang eine Illusion, die aus ihren Erinnerungen gezogen wird. Ich erschuf ein Konstrukt von ihm als Teil unserer Vereinbarung, damit er die Gebiete in Midgard aufsuchen kann, die er möglicherweise als Erstes angreifen wird. Er wollte den *Anschein* erwecken, als wäre er ständig auf der Hut."

„Es gibt immer noch Wachen", bemerkte ich. Trotz der Entfernung zwischen uns und den unebenen Mauern konnte ich die Gestalten erkennen, die entlang der Mauer standen und vor den Gebäuden außerhalb dieser stationiert waren.

Die Rabenfrau zuckte mit den Achseln. „Ihr werdet die Festung nie *un*bewacht vorfinden. Die meisten dieser ‚Soldaten' haben viel trainiert, besitzen jedoch keine echte Kampferfahrung. Sie werden auf Anweisungen von ihm warten, bis sie realisieren, dass sie sich selbst einen Verteidigungsplan überlegen müssen. Wenn ihr die geplante Zerstörung so schnell durchführen könnt, wie ihr behauptet, solltet ihr die Draugar ausschalten können, bevor viele hochgerufen wurden – oder sie einen Gegenangriff starten."

„Die Riesen werden sie als Erstes ablenken", erklärte Thor. „Wir werden dort reinrennen, während sie damit beschäftigt sind, die Horde abzuwehren."

„Falls sie auftauchen", gab Loki zu bedenken und zog eine Augenbraue hoch.

Thor schaute ihn gespielt finster an. „Sie kommen. Du hättest sehen sollen, wie aufgebracht sie waren, als ich mit meinem Aufruf fertig war." Ein wenig des Helligkeitzaubers, mit dem Balder ihn belegt hatte, schimmerte noch in seinen Haaren. Er hatte allerdings noch nie so erleichtert ausgesehen wie in dem Moment, als er Mjölnir wieder an seinen Gürtel geschnallt hatte.

„Wir haben sieben Ziele", sagte ich. „Sollen wir uns die Karte noch einmal anschauen, jetzt, da ihr alle die Festung vor euch habt und alles vergleichen könnt?"

„Es kann nicht schaden, so vorbereitet wie möglich zu sein", meinte Balder.

Hödur zog das gefaltete Papier hervor, das er bei sich

trug, seit die Schwarzalben es ihm gegeben hatten. Es war eine Grundrisszeichnung der Festung, auf der die Stützwände der Höhlen markiert waren, die sie unterirdisch gegraben und vergrößert hatten. Sie hatten bestätigt, dass Surt dort seine Armee der Untoten untergebracht hatte – mittlerweile befanden sich tausende von ihnen in dem weitläufigen Höhlensystem. Wenn wir die richtigen Stellen zerstörten, konnten wir die Felsendecke auf sie herabfallen lassen, während sie in den Höhlen eingepfercht waren.

Freya und Tyr musterten die Karte ebenfalls erneut, obwohl ihre Aufgabe darin bestehen würde, uns Rückendeckung zu geben, während wir fünf mit unseren vereinten Kräften die schwere Arbeit übernahmen. Odin hatte sich nicht *geirrt*, nicht wirklich. Falls das hier funktionierte, wäre es hauptsächlich uns fünfen zu verdanken. Er hatte allerdings nicht zu hundert Prozent recht gehabt. Sein ursprünglicher Plan hätte womöglich gar nicht funktioniert, hätten wir diesem Plan nicht noch andere Dinge beigesteuert, wie beispielsweise, dass sich Hödur mit den Schwarzalben in Verbindung gesetzt und Thor die Riesen angestachelt hatte.

Der Felsvorsprung, auf dem wir standen, erzitterte unter meinen Füßen. Ich spannte mich an und kauerte mich auf den Felsen. Thor lächelte.

„Hier kommen sie.“

Einen Augenblick später kam die erste Reihe Riesen auf der Ebene unter uns in Sicht. Sie stürmten auf die Festung zu und ihre schweren Füße donnerten über den Boden. Dabei brüllten sie und schwenkten ihre Waffen.

Loki verdrehte die Augen. „Man sollte meinen, dass sie im Lauf der Jahre ein wenig Raffinesse gelernt hätten.“

„Die Wachen bewegen sich“, stellte ich fest. „Was, wenn sie anfangen, die Draugar rauszuholen?“

„Dann schicken wir diejenigen, die an die Oberfläche

kommen, zurück in den Frieden des Todes", antwortete der Trickster.

„Sie müssen bloß ihre gesamte Aufmerksamkeit auf die Riesen richten", sagte Freya. „Diejenigen bei den Gebäuden sind jetzt auf dem Weg zu den Mauern. Sie versammeln sich am Tor, um ihr Herannahen zu beobachten, so wie wir es erwartet haben. Auf geht's! Von der Seite können wir sie als Erstes angreifen – sie werden nicht wissen, wie ihnen geschieht, bis wir bereits die Hälfte von ihnen niedergemäht haben."

Mehr musste sie nicht sagen. Wir stießen uns bereits von der Felszunge ab. Nur Munin ließ sich zurückfallen. Ihr blasses Gesicht war kurz vor Angst angespannt, bevor sie ihre Rabengestalt annahm. Sie flog höher über den Berg, wo sie bleiben und alles beobachten würde, um notfalls Odin Bericht zu erstatten. „Wie in alten Zeiten", hatte sie gesagt, als wir es besprochen hatten, jedoch ohne allzu viel Bitterkeit.

Falls das hier gut ging, würden wir *alle* zu Odin zurückkehren und ihm von unserem Erfolg berichten. Mein Herz schlug schneller, als wir am Rand der Ebene entlangflogen und zur Seite der Festung segelten. Die Wachen entlang der Mauer schrien die Riesen an, die beinahe den dampfenden Burggraben voller Magma erreicht hatten. Sie *brachten* die Draugar hoch – mehrere taumelnde Gestalten waren bereits aus einem Loch neben einem der Gebäude heraufgekommen. Mein Herz setzte aus.

„Beeilt euch", rief ich. „Sie holen die Armee."

Ich schlug noch schneller als zuvor mit den Flügeln. Thor eilte uns voraus und hob seinen Hammer. Wir flogen über die brennende Hitze des Burggrabens und er stieß seinen Schlachtruf aus.

Ich bewegte mich jetzt automatisch und schwang das Kurzschwert, das ich aus Walhalla mitgenommen hatte. Es hatte nicht den gleichen Erinnerungswert wie mein Klappmesser, bei dieser Schlacht wollte ich jedoch vollständig bewaffnet sein. Um mich herum schleuderten meine Götter ihre Magie auf unser erstes Ziel – ein Fleck Erde nur wenige Meter von einigen Gebäuden entfernt, die wie Barracken aussahen.

Feuer, Licht und Schatten verbanden sich miteinander und packten Mjölnir, der mit der Kraft von vier Göttern – und dem, was eine Walküre beisteuern konnte – in diese Stelle krachte. Der Boden schlingerte und Risse breiteten sich auf dem felsigen Terrain aus.

Ein Schrei erklang an der vorderen Mauer. Sie wussten jetzt, dass es weitere Schwierigkeiten gab. Ich schwenkte nach rechts, was meine Flügel sehr anstrengte, und meine Begleiter bewegten sich mit mir. Wir eilten zu unserem nächsten Ziel.

Mit einem weiteren Magie- und Hammerstoß brach der felsige Untergrund entlang dieser Seite des Festungshofs ein. Die Gebäude neben uns sackten zusammen, als sich die Risse unter ihrem Fundament ausbreiteten. Grobkörniger Staub stieb bei dem Zusammenbruch in die Luft. Ich wischte über meine Augen und wirbelte herum.

„Hier entlang!", rief Freya. Ihr Schwert glänzte, als sie es vor sich ausstreckte.

Während wir um das Gebäude zur Rückseite der Festung rasten, näherten sich trommelnde Schritte. Ich wich dem Kreischen eines Bolzenpfeils aus und duckte mich unter eine sengende Flamme, die von einer von Surts magischen Klingen ausgespuckt worden war. Die Oberseite meiner Flügel brannte dort, wo die Magie sie gestreift hatte. Thor brüllte erneut und wir richteten unsere vereinte Kraft auf die kunterbunte Gruppe aus Wachen, die die Riesen verlassen hatten, um uns anzugreifen.

Die Wucht der Magie der Götter warf sie um. Wir drehten uns um und zielten mit dem nächsten Stoß auf den

Boden. Weitere Risse breiteten sich auf der Steinoberfläche aus. Ein schwaches Ächzen erreichte meine Ohren – die Draugar, die realisierten, dass sie dem Untergang geweiht waren?

Sie waren einst Menschen gewesen, doch Surt hatte sie zu Monstern gemacht. Ich wappnete mich für den nächsten Schlag und den nächsten. Als weitere dunkle Felsen in die hohlen Tiefen darunter polterten, stieß ich einen Jubelschrei aus. Loki gab uns ein Zeichen, woraufhin er und Balder gemeinsam zuschlugen und eine Flut glitzernder Flammen durch das eingestürzte Gebiet sandten. Die wenigen Felsen, die sich bewegt hatten, erstarrten und wurden in der Hitze schwarz.

Wir mussten nur noch zwei Stellen treffen – an der Vorderseite, wo die Riesen nun noch lauter brüllten. Wir hatten Surt bisher nicht gesehen, was zu beweisen schien, dass Munin die Wahrheit gesagt hatte. Er war nicht hier, um seine Truppen anzuführen oder uns abzuwehren.

Surts Bodentruppen wandten sich mal in diese, mal in jene Richtung und stießen beinahe miteinander zusammen, weil sie nicht wussten, mit welcher Bedrohung sie sich zuerst befassen sollten. Eine immer größer werdende Horde Draugar schlurfte aus den Höhlen in der Nähe und versammelte sich um diese herum. Einige der Riesen schafften es, über den Magmagraben zu springen, und rissen an der Zugbrücke. Das Knarzen der Scharniere verriet mir, dass sie nicht viel länger standhalten würde.

„Drängt sie zurück, drängt sie zurück!", rief Loki mit einem begeisterten Grinsen und wies die Wachen an, die Riesen anzugreifen, als wären er und die anderen Götter tatsächlich mit Surts Seite verbündet. Die Riesen, die ihn entdeckten, brüllten vor Zorn. Wir durften nicht mehr hier sein, wenn sie durch das Tor brachen.

Thor schüttelte den Kopf über den Trickster, lächelte jedoch ebenfalls, als er unsere nächste Explosion ankündigte.

Der Boden brach unter den Füßen der Wachen weg, die zu uns geeilt waren. Sie und ein Haufen Draugar fielen in die Höhlen. Andere Wachen rannten aus der entgegengesetzten Richtung auf uns zu, doch Freya und Tyr waren mit ihren Schwertern zur Stelle und wehrten sie ab. Wir schleuderten ein letztes magisches Geschoss auf das einzige verbliebene Ziel, das die Schwarzalben für uns markiert hatten.

Eine Grube öffnete sich mitten in Surts Festung am Fuß des großen Turms. Das hohe Gebäude neigte sich vor. Mir stockte der Atem, als die vordere Wand begann, wie ein architektonischer Bergrutsch in die Grube zu stürzen.

Thor hob erneut seinen Hammer und ich nahm eine Kampfhaltung ein, obwohl ich bei diesem Teil nicht helfen konnte. Eine weitere Welle aus Flammen knisterte über und zwischen die Trümmer.

Wir hatten es geschafft. Wir hatten Surts Zuhause zerstört und seine Armee in Brand gesetzt.

Oder nicht? Als ich herumwirbelte, bereit das Tor nach Asgard zu suchen, das sich in den Trümmern des Turms befinden musste, fingen meine Ohren trotz des Lärms ein schwaches Kratzgeräusch auf. Mein Blick sprang zu der Felswand hinter den Festungsmauern.

Dort war eine Öffnung. Eine Öffnung, die zu anderen Höhlen führte? Die Schwarzalben hatten keinen anderen Ort erwähnt, an dem Surt seine untoten Soldaten untergebracht hatte, aber vielleicht wussten sie es nicht – oder vielleicht hatten sie sich nach allen Seiten abgesichert.

Loki schnellte zu mir. Seine Ohren, die noch schärfer waren als meine, hatten das Geräusch bestimmt ebenfalls gehört. „Verbrennen und zerschlagen?", schlug er vor.

„Du hast meine Gedanken gelesen", erwiderte ich.

Auf seine Geste hin fegten die anderen mit uns über die

hintere Mauer. Dieses Mal führte Loki den Angriff an. „Verbrennt sie!", schrie er, durchschnitt die Luft mit der Hand und wir stürzten uns alle gleichzeitig auf die Felswand.

Eine Woge feurigen flackernden Lichts brannte über die Landschaft und in die Öffnung. Etwas zischte und knisterte auf der anderen Seite. Nach dem anschwellenden Licht zu urteilen, waren die Flammen zu einem Inferno explodiert.

Thor hatte im gleichen Moment seinen Hammer geworfen. Er krachte genau über dem Eingang in die Felswand und ein echter Bergrutsch ergoss sich abwärts. Mit einem Donnern, das sich für den Donnergott geziemte, häufte sich ein Regen aus Felsen und kleineren Steinen vor der Öffnung auf.

„Das Tor", sagte Balder und drehte sich zur Turmruine. „Ich kann es spüren – sie alle. Sie sind in dieser Richtung."

„Wir haben uns noch nicht mit Surt befasst", grollte Thor und schlug mit dem Hammer in seine breite Handfläche.

„Das war der Plan", erklärte Loki. „Wir haben die Armee zerstört, die er jahrzehntelang aufgebaut hat. Wir können ihn später aufspüren und aufspießen."

Das triumphierende Brüllen eines Riesen und das Krachen der Zugbrücke verrieten uns, dass *wir* bald aufgespießt werden würden, wenn wir länger hierblieben. „Kommt", sagte ich. „Gehen wir nach Hause."

KAPITEL SECHSUNDZWANZIG

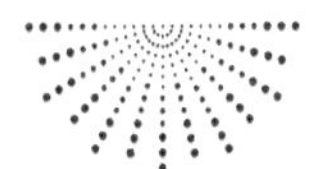

Aria

Asgard konnte wirklich ein reizender Ort sein, wenn man nicht jeden freien Moment damit verbrachte, sich auf eine Zombie-Invasion vorzubereiten. Ich drückte mich tiefer in das weiche Gras. Mein Kopf ruhte auf Thors Schenkel, meine Füße steckten unter Balders Armen, da beide ausgestreckt mit mir auf der Wiese lagen. Eine warme Sommerbrise wehte über uns und kein Laut unterbrach meine Entspannung abgesehen von dem Zwitschern einiger Vögel, die vorbeiflogen.

Warum hatte ich so große Angst davor gehabt, mich meinen Göttern so nahe zu fühlen? Genau hier sollte ich sein. *Das* konnte ich mit jeder Faser meines Walküre-Wesens spüren.

„Okay", sagte ich. „Es ist beschlossen. Ich glaube, ich werde für immer in dieser Position liegen bleiben."

Thor gluckste und streichelte mit der Hand über meine

Haare. In kurzer Entfernung merkte Loki auf und schüttelte seine Nachdenklichkeit ab.

„Aber es gibt so viele Positionen, die wir noch nicht ausprobiert haben, Fee", protestierte er mit seiner sanften, verruchten Stimme.

Ich verdrehte die Augen so gut ich konnte, während ich auf der Wiese lag. „Lass mich einfach den Moment genießen, okay?"

Bald mussten wir uns wieder der Suche nach Surt widmen. Der Krieg mochte vorbei sein, es hinderte den Riesen jedoch nichts daran, einen weiteren Angriff vorzubereiten, während er auf freiem Fuß war. Balder hatte vorgeschlagen, dass es unsere Laune heben würde, einen Tag Pause zu machen, bevor wir mit der nächsten Mission begannen, und ich würde nicht protestieren. Obwohl ich mir nicht sicher war, ob meine Laune vollkommen gehoben werden konnte, während der Riese, der diese und meine ehemalige Welt auseinanderreißen wollte, irgendwo frei herumlief und wütend auf uns war.

Eine schwarze Gestalt flog über unseren Köpfen hinweg – ein Vogel, der nicht nur ein Vogel war. Munin machte sich wieder mit Asgard vertraut, wobei sie wahllos zwischen ihren Gestalten hin und her wechselte, soweit ich das erkennen konnte. Sie hatte mir heute Morgen gestanden, dass sie das Reich der Götter noch nie in einer anderen Gestalt als der eines Raben erlebt hatte.

„Wisst ihr, was wir wirklich brauchen könnten?", fragte Hödur von seinem Platz hinter mir. „Ein wenig von diesem edlen Met. Die Sorte, die wir für Feiern aufgehoben haben."

Loki warf ihm einen amüsierten Blick zu. „Von dir hätte ich diesen Vorschlag nicht erwartet, Dunkler."

„Ich weiß ein gutes Getränk zu schätzen", erwiderte Hödur in Lokis neckischem Ton. „Solltest du nicht herausfinden können, woher wir den Met kriegen, Verschlagener?"

Thor regte sich. „Wir *haben* einen exzellenten Grund zum Feiern."

Ich winkte ab. „Ihr könnt den Met haben. Bringt mir einfach ein Bier, wenn ihr schon dabei seid. Oder eine Cola mit Rum, falls das im Angebot ist."

Balder drückte meinen Fuß liebevoll. „Das sagst du vielleicht nicht mehr, nachdem du richtigen asgardischen Met probiert hast."

Ich verzog das Gesicht. „Nach der Zeit, die ich in den letzten paar Wochen in Walhalla verbracht habe, glaube ich, dass ich durch Osmose genug aufgenommen habe. Trinkt ihr *nichts* anderes als …"

Ein knisternder Laut durchbrach unser Geplänkel. Ich versteifte mich und hob den Kopf.

Ein Feuerstrom schoss über den Bäumen am Rand der Wiese zum Himmel.

Mein Herz setzte aus. Ich rappelte mich zusammen mit den anderen auf. „Odin!", brüllte Tyr.

Der Strom wölbte sich und stürzte auf uns zu – eine Brücke aus Flammen. Auf deren höchstem Punkt stand ein stämmiger Mann mit einem grauen Bart und einem Schwert, auf dessen Klinge Feuer tanzte.

„Hallo Asgard", brüllte Surt. „Ich bin endlich gekommen, um zu beenden, was ich begonnen habe."

Eva Chase ist eine Amazon Top 100-Bestsellerautorin für Urban Fantasy und paranormale Liebesromane. Sie ist mit Magie, Chaos und Herzschmerz aufgewachsen und bringt alle drei Elemente in ihre Geschichten ein. Aber keine Angst vor dem gefürchteten Liebesdreieck - Evas Heldinnen müssen sich nie entscheiden. Online findet man sie unter www.evachase.com.